10/18

12, AVENUE D'ITALIE. PARIS XIIIe

Sur l'auteur

Jonathan Tropper est né et a grandi à Riverdale, dans l'État de New York. Son premier roman, *Plan B*, a paru aux États-Unis en 2001. Il a écrit par la suite *Le Livre de Joe*, *Tout peut arriver*, *Perte et fracas*, *C'est ici que l'on se quitte* et *Une dernière chose avant de partir*. Ces romans sont aujourd'hui traduits dans plus de vingt langues, et leur auteur est sans cesse courtisé par les studios de cinéma. Jonathan Tropper vit à Westchester (New York).

JONATHAN TROPPER

UNE DERNIÈRE CHOSE AVANT DE PARTIR

Traduit de l'anglais (États-Unis)
par Christine Barbaste

10
18

FLEUVE ÉDITIONS

Du même auteur
aux Éditions 10/18

Le Livre de Joe, n° 3995
Tout peut arriver, n° 4089
Perte et fracas, n° 4196
C'est ici que l'on se quitte, n° 4425
► Une dernière chose avant de partir, n° 4801

Titre original :
One Last Thing Before I Go

ISBN : 978-2-264-06097-6

Pour Spencer, Emma et Alexa,
grâce à qui toute mon œuvre
n'est que travaux d'amour.

LIVRE UN

CHAPITRE 1

C'est mardi. Dans un peu moins de trois semaines, sa femme va se remarier, et d'ici quelques jours, Silver décidera, provisoirement, que la vie ne vaut pas nécessairement le coup d'être vécue quand on l'a aussi peu réussie que lui. Cela fait maintenant sept ans et quatre mois, environ, que Denise a demandé, et obtenu, le divorce, pour tout un tas de raisons fondées, et plus ou moins huit ans que son groupe, The Bent Daisies, a sorti son seul album, dont l'unique tube – « Rest In Pieces » – a fait d'eux des rock stars du jour au lendemain. L'espace d'un été enchanté, il leur a semblé que le monde entier chantait leur chanson, que toutes les radios n'en avaient que pour elle. Et puis, tout le monde s'est lassé, les radios aussi, et en matière de poste, Silver dut se contenter de deux passages à celui de la police. Une fois pour conduite en état d'ivresse, et l'autre pour avoir sollicité les services d'une prostituée (deux épisodes qu'il vous raconterait volontiers si les détails – dans le meilleur des cas déjà un peu flous à l'époque – n'avaient aujourd'hui rejoint ces légendes orales perdues dans la nuit des temps). Ensuite, grâce à une petite magouille orchestrée par leur label, Pat McReedy, leur chanteur, a quitté le groupe pour se lancer dans une interminable carrière solo, et Danny (basse), Ray (guitare) et Silver (batterie) se sont retrouvés de retour à la case départ, à Elmsbrook, où il ne leur restait plus qu'à contempler, sans broncher si possible, l'avenir douloureusement terne et ordinaire qui les attendait. N'ayant nulle part où aller, Silver est rentré chez lui, pour découvrir que Denise avait déjà changé les serrures et engagé un avocat.

Mais tout ça appartient au passé et aujourd'hui, huit ans et d'innombrables erreurs plus tard c'est mardi. Aussi incroyable que cela puisse paraître, Silver a maintenant quarante-quatre ans, il n'a plus vraiment la forme, et il est déprimé – encore qu'il se demande si, quand on a toutes les bonnes raisons de l'être, on peut encore appeler ça « dépression ». Peut-être en ce cas est-on tout bêtement triste, accablé d'un sentiment de solitude ou de la conscience douloureuse et permanente du vide laissé par tout ce qu'on a perdu, sans espoir de le retrouver un jour.

Et donc, puisque nous sommes mardi, Silver et Jack se rendent à leur séance de branlette.

— C'est une alliance, ça ?

Ils sont en train de bomber sur l'autoroute dans la décapotable de Jack, une BMW vieille de dix ans, lorsque celui-ci remarque l'anneau au doigt de Silver. Jack passe du hip-hop à fond et fait mine de connaître les paroles pendant que Silver tapote distraitement sur ses genoux en suivant le tempo robotisé. Jack et Silver ont le même âge – deux vétérans chevronnés en matière de mauvaises décisions mémorables et d'entreprises avortées. Silver a oublié de retirer l'alliance. Qui sait depuis combien de temps elle est à son doigt. Des heures ? Des jours, peut-être. Son annulaire a conservé la trace de l'époque où il était marié, alors chaque fois qu'il enfile son alliance, elle retrouve sa place comme une pièce usinée – et il l'oublie. Embarrassé, il la retire et la glisse dans sa poche, où elle va rejoindre sa petite monnaie.

— C'est quoi, ce bordel, Silver ?

Jack est obligé de crier pour couvrir le raffut de l'autoroute, le hip-hop et le sifflement continu dans les oreilles de son ami. Silver souffre d'une forme, modérée à grave, d'acouphène. Il n'existe pas de traitement et, à sa connaissance, personne ne court de triathlon pour sensibiliser le public à ce problème, ni ne lève de fonds pour la recherche. Il souffre tout seul dans son coin.

— Je jouais avec, c'est tout.

— C'est ta vraie alliance ?

— Par opposition à quoi ?

— Je ne sais pas, je me disais que tu en avais peut-être acheté une.

— Tu peux me dire pourquoi j'achèterais une alliance ?

— Tu peux me dire pourquoi tu porterais l'ancienne, dix ans après ton divorce ?

— Sept.

— Pardon. Sept ans. Au temps pour moi.

Jack lui décoche un petit sourire rusé, celui qui sous-entend *Je te connais mieux que tu ne te connais toi-même*. Celui qui, en général, donne envie à Silver d'enfoncer son index dans l'orbite de Jack et de l'enrouler derrière le nez pour le faire ressortir par l'autre orbite, créant ainsi une poignée bien pratique pour lui arracher la gueule.

— Un truc qui cloche, Silver ?

— Qu'est-ce qui pourrait bien clocher ? J'ai quarante-quatre ans et je pars me masturber dans un gobelet en plastique en échange de soixante-quinze dollars. C'est la vie dont j'ai toujours rêvé.

— Je connais aucun autre moyen de se faire du fric aussi facilement, lui rétorque Jack avec un sourire jusqu'aux oreilles.

Silver consacre une bonne partie du temps qu'il passe en compagnie de Jack à se demander si celui-ci croit vraiment à toutes les conneries qu'il débite. Jack et lui sont deux divorcés dans la force de l'âge, qui se sont liés d'amitié à la faveur d'un désagrément commun puisque le hasard a voulu qu'ils deviennent voisins de palier au Versailles. Jack pense que Silver est déprimé, et Silver pense que Jack est un crétin, et il arrive toujours un moment où l'un et l'autre ont raison.

Ils se rendent dans une antenne du Blecher-Royal Medical Facility Research où, passé les formalités d'enregistrement, ils se soumettront au dard d'une prise de sang avant d'infliger à leur propre dard une séance de masturbation éclair et stérile, afin d'éjaculer sans grâce dans le récipient prévu à cet effet. Ils accompliront cela sans l'aide d'aucun lubrifiant chimique, au nom de la science et moyennant une rétribution hebdomadaire de soixante-quinze dollars.

Le protocole d'essai clinique dans lequel ils se sont inscrits – c'est Jack qui l'a déniché en ligne – ambitionne de déboucher sur un nouveau traitement non hormonal pour les spermatozoïdes à faible motilité. Les effets secondaires éventuels incluent des sautes d'humeur, des vertiges et, bizarrement, une chute de la libido, ce dont l'administrateur du protocole les a prévenus sans la moindre trace d'ironie, lors de la réunion de présentation de vingt minutes.

Mieux vaut vous passer les détails de la scène suivante – la petite cabine empuantie par la vaporisation généreuse d'un désinfectant industriel ; les magazines porno froissés et cornés auxquels il ne touchera pas, à cause de toutes les mains poisseuses qui les ont manipulés avant lui ; la déprimante petite télévision sur son socle Ikea branlant ; le fauteuil, dans lequel il s'abstient de poser ses fesses ; la pile de DVD, dont chaque boîtier est marqué d'un H(étéro), ou d'un G(ay), et dont il ne fera pas usage parce qu'il préfère rester debout, le pantalon sur les chevilles, et se remémorer des filles avec lesquelles il a couché, à l'âge où l'on peut encore se consumer entièrement dans un baiser profond et passionné, ou à la vue d'une poitrine tout juste dénudée, ou parce qu'une fille en chaleur et aux yeux charbonneux vous observe à travers ses paupières mi-closes tout en s'activant à l'étage inférieur.

Mais comme toujours, juste avant que son éjaculat ne touche le fond du gobelet en plastique avec un rot discret, et quelle que soit sa détermination à l'éviter, l'image qui s'impose à lui est celle de Denise. Denise qui, sourcils froncés, le gratifie comme d'habitude de son mépris, le privant ainsi de tout plaisir moléculaire que cet instant aurait éventuellement pu lui offrir.

Un dernier grognement résigné, une dernière pression, la caresse froide et humide de la lingette, et puis, contre le bout de ses doigts, à travers les parois minces du gobelet, la tiédeur de sa semence, dotée de plus de vie que n'est en droit de l'être toute émanation de lui-même.

CHAPITRE 2

Dans le hall d'accueil, Jack, qui a déjà terminé, est en train de faire du gringue à la réceptionniste. Avec son physique passe-partout et ses discrètes plaques d'acné le long des mâchoires, la fille n'est pas son genre, mais Jack aime bien rester sur le qui-vive. On ne sait jamais qui peut se révéler intéressé par l'achat d'une maison. Jack est agent immobilier ; il a une carte professionnelle perpétuellement intercalée entre l'index et le majeur et, avec une habileté digne d'un pickpocket, il vous la glisse dans la main sans que vous vous en aperceviez. Il a la démarche arrogante et présomptueuse de celui qui conclut à coup sûr, qu'il s'agisse de baratiner une femme pour l'attirer dans un lit ou dans un hall d'entrée à plafond cathédrale. À vrai dire, la rumeur lui prête de réussir souvent les deux simultanément. Cette réputation remonte à l'époque où il était encore marié, donc la suite n'était qu'une question de temps. Il y avait dans le paysage une barmaid portoricaine. La fille s'était pointée chez lui à l'heure du dîner, en le maudissant en espagnol. Sa femme s'en était prise à lui, d'abord avec un attendrisseur à viande, puis avec une équipe d'avocats qui travaillaient dans le prestigieux cabinet de son père.

— Le voilà ! s'exclame Jack, annonçant la présence de Silver à l'ensemble du bureau. Alors quoi ? Tu as dû te payer à dîner, d'abord ? J'étais sur le point d'envoyer Vicki, ici présente, pour accélérer la manœuvre.

Vicki sourit, gênée, offensée peut-être même, mais un peu flattée aussi. Jack a le don pour ça.

— Je vais bien.

Silver tend son dépôt à Vicki, sans croiser son regard, elle lui tend son chèque, et voilà ; il a vendu sa semence. Le gobelet a beau être opaque, remettre son sperme à une femme compte parmi ces gestes auxquels il ne se fera jamais.

— Bon boulot, approuve Jack en lui tapant dans le dos tandis qu'ils sortent de la clinique sous un beau soleil.

Ceci est ma vie, songe Silver et, comme toujours, il se démène comme un beau diable pour ne pas paniquer.

Des erreurs, il y en a eu.

Par où commencer ? La débandade dure depuis tant d'années que vouloir repérer un point de départ serait comme essayer de comprendre où commence votre peau. La seule certitude, c'est qu'elle vous enveloppe, parfois un peu plus étroitement que vous ne l'aimeriez.

Mais des erreurs, il y en a eu un certain nombre, ça crève les yeux. Et elles n'étaient pas minces. Il vous suffit de le regarder pour le comprendre.

Déjà, pour commencer, il est devenu gros. Pas obèse, sa métamorphose n'est en rien comparable à celles, spectaculaires, qui font les choux gras du magazine *People,* mais tout de même. La forme physique et lui, cela fait deux, et depuis un bon bout de temps. Emploie-t-on encore ce terme, « forme physique » ? Pas sûr. Il n'en est pas au stade de la décrépitude totale, mais les lézardes évoluent rapidement en fissures : un ventre de plus en plus proéminent, une amorce de bajoues, sans parler du talc qu'il doit appliquer en des endroits stratégiques dès qu'il fait chaud, pour minimiser les irritations.

Du coup, pour éviter de sentir le talc, il use et abuse de déodorant et ne lésine pas non plus sur *Eternity* de Calvin Klein, qu'il vaporise dans l'air avant de se glisser sous la brume de gouttelettes, comme il voyait sa mère le faire lorsqu'il était petit. Alors, ouais, il est devenu ce gros type qui sent le talc et empeste l'eau de Cologne, celui qui s'attable seul chez Manny's Famous Pizza et macule de traces grasses le livre qu'il fait semblant de lire, tout en épongeant les coulées d'huile sur son menton mal rasé et en surveillant du coin de l'œil les jolies filles qui entrent.

On ne pourrait vous tenir rigueur de le trouver un peu pathétique. Voire limite pédophile.

Voilà pourquoi, ces derniers temps, il a pris l'habitude de porter son ancienne alliance. Non pas parce que Denise lui manque – elle ne lui manque pas du tout, ce qui est peut-être bien la confirmation affligeante qu'elle avait vu juste quant à ses piètres ressources affectives –, mais parce que cet anneau en or à son doigt modifie l'ensemble du tableau ; il lui confère une lueur de respectabilité. Cette alliance sous-entend que quelqu'un l'attend à la maison, quelqu'un qui lui trouve des qualités de nature à compenser ses défauts, qui ne répugne vraisemblablement pas à des contacts physiques au moins occasionnels et, du coup, toutes ses imperfections qui sautent aux yeux semblent plus superficielles, moins enracinées. L'alliance pourrait compliquer les choses si jamais il liait conversation avec une femme séduisante, mais les femmes qu'il a tendance à séduire, ces temps-ci, ne sont pas du genre à blêmir à la vue d'une alliance.

CHAPITRE 3

Il a pour habitude de dissiper la satisfaction déprimante qui suit son dépôt de sperme par une visite à The Last Page, une grande librairie indépendante située dans le centre paisible d'Elmsbrook. En général, il s'installe dans le coin cafétéria et lit *Rolling Stone* tout en sirotant un grand verre de soda, pour reconstituer ses fluides.

Lily arrive à 14 h 45, ses longs cheveux sont négligemment noués en un chignon dont s'échappent déjà quelques mèches folles qui volettent derrière elle comme une queue de comète. Ses cheveux passent depuis si longtemps d'une nuance de blond à une autre qu'ils ont perdu toute mémoire génétique et leurs racines sont moins sombres qu'obscures. Elle porte un collant et des santiags noirs, et son buste raplapla nage dans un ample cardigan couleur terre. Elle trimballe sa guitare sur le dos, manche en l'air, dans un étui noir et souple, comme une épée de ninja.

Silver l'observe attentivement depuis la cafétéria. Les imperfections abondent : le front proéminent, le petit nez de boxeur, cette dent latérale qui chevauche sa voisine. Mais l'ensemble est agréable à l'œil, et même après que Lily l'a dépassé pour rejoindre le rayon de littérature enfantine, Silver reste ébloui par sa beauté parcourue de lignes de fractures.

Il l'aime autant qu'un homme peut aimer une femme à laquelle il n'a jamais adressé la parole, soit considérablement plus que vous ne seriez tenté de l'imaginer. C'est un amour pur, héroïque à sa façon. Si la situation l'exigeait, pour l'amour de Lily, Silver ferait barrage de son corps devant un bus lancé à plein régime. La seule autre personne pour laquelle il s'interposerait ainsi, c'est Casey, sa fille, dont il imagine que le spectacle pourrait ne pas lui déplaire. En dix-huit ans, Silver n'a pas vraiment fait ses preuves en matière de paternité. La triste vérité, c'est que mourir pour Casey pourrait bien être sa seule chance de rédemption, mais que même ce sacrifice ne plaiderait pas forcément en sa faveur. Mourir n'est-il pas à la portée du premier imbécile venu ?

Il entreprend de se déplacer furtivement de rayon en rayon, comme un voleur à l'étalage. Il entend déjà les doux accords de la guitare de Lily, que ponctue de temps à autre le sifflement du percolateur de la cafétéria. Lily joue ici deux fois par semaine, pour une poignée d'enfants, des mômes de trois quatre ans. Ils s'assoient en cercle autour de sa chaise basse en plastique en sirotant leur brique de jus de fruits et ils chantent avec elle, pendant que l'assortiment de nounous et de jeunes filles au pair bavardent entre elles à voix basse dans des dialectes insulaires.

Silver se poste entre les rayons dévolus au développement personnel, d'où il peut écouter Lily sans alarmer qui que ce soit par son manège. *Un ventre plat en trente jours. Maigrissez en mangeant. Le Cahier d'exercices de l'estime de soi* – une industrie de plusieurs milliards de dollars bâtie sur la notion absurde que l'être humain est perfectible. Il feint de passer les titres en revue tout en observant Lily. Le visage masqué par ses mèches blondes comme par un rideau, elle gratte les cordes, et son corps tout entier accompagne le mouvement de ses doigts, puis elle relève la tête, regarde les enfants et commence à chanter.

Thomson le vieux fermier a beaucoup d'ennuis
Il n'arrive pas à se débarrasser de son vieux chat gris
Pour le mettre à la porte il a tenté n'importe quoi
Il l'a même envoyé par la poste au Canada et lui a dit « Tu resteras là-bas »
Mais le matou revient le jour suivant
Le matou revient, il est toujours vivant.

C'est inexplicable. Elle chante une comptine inepte d'un filet de voix qui chevrote sur les notes aiguës et, de temps à autre, s'étrangle. Mais elle la chante avec passion, comme elle le ferait d'une chanson d'amour déchirante, d'une plainte fervente, comme si c'était sa douleur la plus profonde qu'elle mettait en musique. Cette chanson ridicule est bien trop dérisoire au regard de l'énergie qui habite la jeune fille, alors cette énergie déborde, envahit la pièce, l'envahit lui. Les enfants entonnent le refrain – ils sont déjà venus –, mais la voix de Lily s'élève au-dessus de leur cacophonie et flotte autour des ventilateurs fixés au plafond de cette petite librairie pugnace qui, à l'âge du numérique, continue à s'accrocher à la vie. Comme chaque fois, Silver sent une boule lui obstruer la gorge, et il éprouve le sentiment paradoxal d'avoir perdu quelque chose qu'il n'a jamais possédé. Lorsque Lily attaque le troisième couplet, il est complètement défait.

Le voisin de Thomson commence à s'énerver
Il prend sa carabine et la bourre de TNT
Le fusil éclate, la ville est affolée
Une pluie de petits morceaux d'homme vient de tomber.
Mais le matou revient...

Par moments, une vague de lucidité le submerge ; tout ce qu'il a perdu lui revient en mémoire, il prend conscience de ce qu'il est devenu : un cas désespéré, un pauvre type planqué entre deux rayonnages de développement personnel, un homme entre deux âges, au cœur blessé, qui souffre d'impatience musculaire dans les jambes et d'acouphènes dans les oreilles, et qui lutte pour retenir ses larmes parce qu'une fille à laquelle il n'a jamais adressé la parole chante avec ses tripes les tentatives de meurtre perpétrées à l'encontre d'un chat.

Selon lui, il se maintient en équilibre précaire au bord de l'abîme. D'après ses estimations – et abstraction faite de prédispositions altérées et profondément compromises à cet égard –, il lui reste peut-être une dernière chance de connaître un amour sincère et durable, de quelque nature qu'il soit. Il a aimé plus de femmes qu'un homme ne le devrait. Silver ne tombe pas amoureux, il bombarde son amour avec l'intrépidité d'un pilote kamikaze, à fond les gamelles. Un temps, cette propension lui est apparue comme un don ; puis il a vu en elle une malédiction et, aujourd'hui, il comprend qu'elle révèle juste à quel point il est un homme brisé.

Cela fait un bail maintenant qu'il est seul, plus de sept ans. À un moment donné, la solitude devient moins un mal qui vous ronge qu'une habitude. Avec le temps, on cesse de contempler son téléphone en s'étonnant de ne pas savoir qui appeler, on arrête d'aller chez le coiffeur, de faire du sport, de penser que demain sera le premier jour du reste de notre vie. Parce que demain sera comme aujourd'hui, qui est comme hier, et hier, on s'est pris une sacrée claque qui nous a laissé à genoux. La seule façon de demeurer sain d'esprit, c'est de faire une croix sur tout espoir d'amélioration.

Mais Silver garde en lui une petite réserve d'insurrection qui n'a pas dit son dernier mot. Une part de lui persiste à croire qu'elle est là, quelque part, la femme qui saura voir l'homme sous cette masse terrestre mouvante et menacée de désagrégation, celle qui saura quel usage précis faire du paradoxe inextricable de cet amant kamikaze. Et il sait que c'est cette part de lui qui doit mourir pour de bon s'il veut être en mesure, un jour, de dormir à nouveau d'un sommeil de plomb.

La toute première fille qu'il a aimée s'appelait Sofie Kinslehour. Elle avait une coupe à la garçonne, une tache de naissance rose en forme de corne sur le cou et la première fois qu'ils se sont embrassés, elle a lâché un petit gémissement qui exprimait un monde de sensualité dont, à ce stade, il n'avait encore qu'une vague intuition. Deux gamins de seize ans, blottis dans un recoin sombre du parking, derrière le lycée – ils participaient à quelque jeu collectif – et lorsqu'elle a gémi, il s'est entendu gémir à son tour, comme si elle avait réveillé en lui une chose dont il ignorait la présence. Collée de tout son long contre lui, elle a ouvert la bouche pour y accueillir sa langue.

Au cours des semaines suivantes, il s'est senti comme un territoire occupé par une armée conquérante. À la maison, il se masturbait avec une telle ardeur et à une telle fréquence qu'à un moment donné, il a craint des dégâts réels et durables. Quand ils étaient ensemble, ils s'embrassaient avec voracité, jusqu'à ce que leurs lèvres ne soient plus que des bogues boursouflées et irritées, et leurs langues des muscles contusionnés. Et puis un jour, ça s'est arrêté. Il ne se souvient plus des détails, mais aussi bien les statistiques que les regrets qui lui contractent le ventre chaque fois qu'il y repense prouvent que c'est lui qui a déconné le premier, lui qui lui a trouvé un quelconque défaut qu'il a monté en épingle, jusqu'au point de non-retour.

CHAPITRE 4

C'est l'été et l'air est lourd de cette humidité corrosive typique de la côte Est, qui vous essouffle et détrempe le dos de votre chemise dès que vous posez un pied dehors. Il est installé avec Jack et Oliver autour de la piscine du Versailles, sur leurs chaises longues attitrées, et il s'efforce, comme tout le monde, d'avoir l'air de ne pas mater les jeunes filles.

À moins qu'elles ne soient déjà des femmes ? Il ne saurait le dire. Elles défient toute catégorisation, ces étudiantes bronzées, en bikini, étirées tels des rubans de caramel fermes sur les transats en bordure du grand bain. Silver est allongé comme d'habitude entre Jack et Oliver, à la diagonale du petit groupe de filles, et feint de lire un magazine. Il y a d'autres hommes autour de la piscine, seuls ou en petits groupes, des hommes qui se ressemblent, des hommes tristes, abattus, et qui se font du mal en reluquant le fruit défendu.

— Non, mais regardez-moi ces filles, dit Jack, sans doute pour la troisième fois.

Silver a tendance à ne plus l'écouter. Ils n'ont pas besoin que Jack attire leur attention. Ils sont des hommes, après tout – pas ceux qu'ils ont pu être autrefois, ni ceux qu'ils pourraient être aujourd'hui, mais au moins ce qu'il en reste. Et ces filles, ces femmes… Eh bien, elles scintillent de perfection nubile sous leurs écrans solaires indice 15 ; le soleil rôtit leur peau douce et sans défaut, la dore d'un glacis couleur miel pendant qu'elles lisent des manuels scolaires et des magazines people, pianotent des messages sur des téléphones glissés dans des étuis de caoutchouc rose ou rouge, écoutent leur iPod en agitant leurs orteils vernis au rythme de la musique. Elles font aussi cette mimique avec leurs lèvres, typique des filles lorsqu'elles s'immergent dans la musique, elles les pincent, comme pour embrasser l'air tout en dodelinant de la tête.

Normalement, la piscine est réservée aux clients du Versailles, une résidence hôtelière située à la sortie de l'autoroute, mais les filles sont là tous les jours, invitées par Jack, et personne ne s'en plaint. Elles sont étudiantes au Hudson College, de l'autre côté de la Route 9, à quatre blocs de distance seulement. Le semestre recommence à peine, et la présence de toutes ces jeunes femmes, mûres à point, dans un endroit comme le Versailles, revient à ranger des allumettes et des amorces dans le même tiroir.

Oui, il vit dans une résidence hôtelière. Des erreurs, comme on disait.

Le Versailles, terne monolithe dressé telle une pierre tombale de quatorze étages au-dessus de l'enchevêtrement de voies express et de bretelles qui alimentent la 195, est le seul immeuble résidentiel d'Elmsbrook. Converti, il y a des années de cela, en hôtel proposant des locations à la semaine ou au mois, il est devenu la destination incontournable de tous les hommes abattus et brisés de la ville, bannis de leur foyer dans le sillage d'un mariage en voie de désintégration. Il flotte au Versailles une atmosphère d'échec – des hommes d'âge plus tout jeunes vivant seuls, dans un hôtel subdivisé en petits appartements sommairement meublés. « Il vit au Versailles, maintenant », entend-on dire, et tout le monde comprend aussitôt de quoi il retourne. C'est *cet* immeuble. La piscine, la salle de gym, le concierge, l'élégant mobilier du hall d'accueil – rien de tout ça ne parvient à masquer le fait que le Versailles est un lieu où des hommes à terre se réfugient pour lécher leurs plaies, le temps de perdre lentement leurs batailles pour le patrimoine conjugal et les arrangements de garde d'enfants au tarif horaire d'environ six cent cinquante dollars – sans les faux frais.

Sur le dessin d'architecte encadré qui orne toujours le hall d'entrée, le bâtiment offre une façade blanc cassé qui chatoie au soleil, il est entouré de pelouses vert émeraude, de frênes et de chênes aux frondaisons luxuriantes. Mais le service d'urbanisme ayant exigé un parking plus vaste, la pelouse, les arbres et les gamins qui font voler leurs cerfs-volants rouge et jaune n'ont jamais dépassé le stade de la planche à dessin, et les gaz d'échappement des diesels en provenance des autoroutes alentour ont progressivement transformé le Versailles en un bloc vertical couleur cumulo-nimbus. On peine à comprendre quelle logique a conduit la direction à afficher cette image du bâtiment dans toute sa splendeur avortée. Quelque plaisantin aurait-il vu là l'occasion de jouer un tour cruel aux résidents en leur infligeant une sorte de torture subliminale ?

Du temps où Silver était marié, le bâtiment, alors en meilleur état, n'était encore qu'un genre de chute ajouté bêtement à la fin des disputes : « Si je suis à ce point épouvantable, pourquoi tu ne déménages pas ? Je suis sûre qu'il y a de la place au Versailles… » Plan de coupe et, sept ans plus tard, le voici dans la place, où la somme de son existence tient dans un appartement exigu, au huitième étage, aux côtés de ses frères d'armes, ces hommes exilés des rues résidentielles et arborées d'Elmsbrook, bannis du confort coquet des belles demeures de style Tudor et colonial, privés d'une famille qu'ils continuent d'entretenir, chacun selon ses moyens. Ils honorent les traites des crédits de maisons dans lesquelles ils ne sont plus les bienvenus ; ils financent les nouvelles garde-robes, les coupes de cheveux, les soins du visage, les épilations, les abonnements au club de gym, tout ça pour entretenir la tonicité, la douceur et la perfection de corps qu'ils n'auront plus l'occasion de toucher. Ils rémunèrent des coaches à domicile qui baisent probablement leurs femmes, les avocats de celles-ci qui les baisent eux, et leurs propres avocats qui semblent impuissants à trouver la riposte et ne sont bons qu'à leur expliquer en jargon juridique dans quelles exactes proportions ils se sont fait baiser. Ils payent pour le base-ball et le foot des gosses, les leçons de piano, de patinage et de karaté, les fringues Gap Kids, les écoles privées, les séances d'orthophoniste, les cours particuliers de soutien, les activités parascolaires et la mutuelle. Quand on est dans le hall du Versailles, on sent le bâtiment vibrer du cumul d'angoisses qui hantent ces hommes aux abois – des hommes qui vivent dans un état permanent de panique et de fatigue, évitent d'ouvrir leurs relevés bancaires et liquident des actifs qui fondent à vue d'œil, tout en sachant que la viabilité de cette usine à gaz est condamnée à court terme, que tout l'édifice va s'effondrer dans une salle de tribunal, dans un nuage toxique de banqueroute et de vitriol.

Aussi, les résidents du Versailles, frères de disgrâce, se tendent-ils la main, sans le montrer, comme le font les hommes, et des amitiés fragiles, de commodité, se forment-elles, pareilles à des lichens du désert. Ils pestent et geignent en présence d'oreilles amicales, ils prêchent des convertis en s'insurgeant contre les tribunaux, les lois archaïques, ces maudits avocats et la paupérisation apparemment inéluctable à laquelle ils sont tous condamnés. Et lorsqu'ils ne sont pas en train de rouspéter, ils se démènent pour croire que leur situation n'a rien de définitif, qu'ils peuvent, et vont, retrouver l'amour, qu'ils ne mourront pas seuls et que dans un proche avenir, ils auront des rapports sexuels, de quelque nature qu'ils soient. Mais entre-temps, ils vont se morfondre, boire à l'excès et mater des filles à peine majeures, s'obliger à voir le bon côté de leur situation, en se demandant quand ils pourront enfin profiter de ses avantages.

Ce qui nous ramène aux étudiantes.

— Non mais, franchement, regardez-les. Regardez-moi ça, radote Jack.

Avec son physique, Jack peut se permettre des regards ouvertement lubriques sans trop de risque. Grand et mince, bien bâti, il peut se prélasser torse nu, exhiber sa toison brune et drue, et son menton à fossette de super héros. Silver et lui étaient, dans leurs vies antérieures, de vagues connaissances ; ils appartenaient à un même cercle informel de maris et de pères, mais l'amitié qui les liait était moins authentique que celle qui liait leurs épouses. Aujourd'hui, ils sont liés par leur absence. Personne ne s'est plus réjoui du divorce de Silver que Jack, qui a quasiment dansé la gigue dans le hall d'entrée le jour où Silver a emménagé au Versailles.

— Toi, tu mates, grommelle Oliver, le visage masqué sous sa casquette de base-ball chiffonnée. Moi, je fais la sieste.

Oliver approche de la soixantaine ; c'est un grand costaud à la peau flasque et aux yeux fatigués qui trimballe un océan de whisky sous la ceinture. Il est l'un des rares, ici, que rien n'oblige à vivre au Versailles ; il est assez riche pour habiter où bon lui semble, franchement, mais il apprécie la camaraderie qui règne en ces lieux. Il a été marié trois fois, il a des enfants adultes, qui ne lui parlent plus, et des petits-enfants qu'il n'a jamais rencontrés. Oliver a quatorze ans de plus que Silver, et Jack est un misogyne obsédé par le sexe, mais quelque part, et Silver serait bien en peine d'expliquer comment, ils en sont arrivés, tacitement, à former une bande.

Et chaque jour, ils sont là, étendus sur ces chaises longues, à rôtir au soleil : Jack, grand et svelte, qui commence à peine à perdre un peu de fermeté aux abdominaux et aux pectoraux ; Silver, épaissi de partout, comme un sportif vieillissant ; et Oliver, depuis longtemps décrépit, avec sa bedaine flasque et informe de buveur de bière qui lui confère une silhouette en poire. Jack et Oliver sont comme des photos avant/après, et lui, Silver, incarne l'étape intermédiaire, celle où tout se ramollit, l'instant T où tout part en vrille.

— Évidemment, il y a ce qui saute aux yeux, poursuit Jack, sans tenir compte des protestations d'Oliver. Les avantages anatomiques vont sans dire. Mais allez plus loin. Regardez leurs yeux, regardez comment ils bougent, comment ils rient. Ils débordent de cet… appétit sexuel que les hommes n'ont pas encore saccagé. Elles nous aiment encore. Elles ont au moins mille baises devant elles avant de se transformer en femmes aigries et cyniques qu'elles finiront toutes par devenir.

— Ou bien il leur suffira d'une nuit avec toi.

— Oh, va te faire foutre, Oliver.

— Elles sont un peu jeunes pour toi, non ? demande Silver.

— Absolument pas, riposte Jack. Qui, selon vous, peut donner du plaisir à ces nanas ? Des étudiants ? Repensez à vos vingt ans. Certes, vous étiez une érection ambulante, mais est-ce que vous assuriez ? Est-ce que vous saviez comment satisfaire une femme ? Est-ce que cela vous préoccupait, seulement ? Non, tout ce que vous saviez, c'était où la fourrer et, neuf fois sur dix, vous aviez terminé avant même que la fille n'ait démarré.

Silver pense à une fille dont le prénom lui échappe. Il la revoit dans cette chambre de résidence universitaire exiguë et transformée en étuve, étendue sous lui, les yeux écarquillés par un désir impérieux, et il éprouve cette sensation sourde, semblable à un bourdonnement, à laquelle il s'est habitué ces derniers temps – une mélancolie à l'égard de tout ce qu'il a irrémédiablement perdu.

— Oubliez ce que vous pensez connaître. (Jack est en train de trouver sa vitesse de croisière, ce qui n'est jamais une bonne chose.) Ces filles ne sont pas celles que vous et moi avons connues à la fac. Celles-ci appartiennent à une espèce évoluée. Elles adorent le sexe. Elles l'adorent, elles en veulent, et elles jugent que c'est leur droit inaliénable d'en profiter. Ces filles sont féministes, que Dieu les bénisse.

— Pourrais-tu arrêter de pérorer ? J'essaie de me détendre, moi.

— Arrête, Oliver. Tu sais que tu pourrais choisir n'importe laquelle de ces nanas. Une bouteille de vin, deux Viagra, et tu es paré.

Oliver soulève sa casquette et dévisage Jack en plissant les yeux.

— Oui, mais est-ce que n'importe laquelle d'entre elles me choisirait ?

— Qu'est-ce que tu me chantes ? Tu es bel homme.

— Je suis vieux et gros, et je survis uniquement parce que je connais mon rôle dans la jungle.

— À savoir ?

— Celui du vieux crapaud friqué qui paie pour se faire mâchouiller la queue de temps à autre, précise Oliver en rabattant la casquette sur son visage.

Et c'est vrai que là, à cet instant précis, quelque chose dans sa physionomie évoque vaguement le batracien, songe Silver.

Les filles s'étirent et roulent sur elles-mêmes en dégrafant d'un geste expert leur soutien-gorge de maillot pour éviter les marques de bronzage. Elles balancent les jambes, étalent de la crème sur leur décolleté, humectent leurs lèvres d'un coup de langue, jouent avec leur chevelure. Jack soulève ses Ray Ban pour mieux observer ce merveilleux spectacle, puis lâche un rire.

— Je suis comme le bon Dieu au paradis, décrète-t-il.

Oliver, lui, lâche un pet, long et aigu, qui évoque le bruit de l'air s'échappant d'un ballon pincé entre deux doigts.

— Nom d'un chien, Oliver, prends un cachet ! s'insurge Jack.

Voilà ce qui lui tient lieu d'amis ces temps-ci.

Ils n'ont pas bougé quand, deux heures plus tard, Casey débarque. Le soleil est au zénith et ils ont les sens émoustillés par le parfum de l'huile solaire qui grésille sur la peau des étudiantes et flotte jusqu'à eux. Pour peu qu'on se tienne au bon endroit, le grondement des semi-remorques qui filent sur l'autoroute, en contrebas, peut évoquer le martèlement des vagues. Silver, comme souvent ces derniers temps, semble-t-il, dérive paresseusement dans une brume où s'enchevêtrent souvenirs, fantasmes et regrets.

— Silver.

Et où perce peut-être aussi, les jours fastes, une lueur d'espoir.

— Silver !

Casey, toute pimpante en short et débardeur, se dirige droit vers lui. La brise légère d'août gonfle sa cascade de cheveux couleur amande. Il distingue bientôt la constellation de taches de rousseur qui dessine un fer à cheval sur son visage. Jack pousse un grognement démonstratif pour bien souligner qu'il consent l'effort de ne pas reluquer la fille de son ami.

— Salut, dit Casey avec cette nonchalance accablée qu'elle lui réserve en exclusivité.

Comme chaque fois qu'elle apparaît, Silver sent son cœur se serrer, exactement comme dans l'instant qui suit un impact ou qui précède la noyade. Une réaction d'amour ou de panique. Il lui a toujours été très difficile de les distinguer.

— Salut, Casey.

Il se redresse, s'assied, et son gros bide flasque, sa barbe de trois jours et ses cheveux qu'il avait l'intention de faire couper le plongent dans un soudain embarras.

— Que viens-tu faire ici ?

Elle sourit, comme si la question relevait d'une blague entre eux.

— On se le demande…

Cela ne surprendra personne d'apprendre que Silver ne correspond en rien au modèle du père idéal. En sept ans, depuis le divorce, il a loupé, à dessein ou par négligence, plus d'anniversaires, de spectacles de fin d'année, de matchs universitaires et de rendez-vous au restaurant qu'il n'ose se le rappeler. D'enjouée et taquine, sa relation avec Casey a progressivement évolué en des rapports tendus, puis distants, et une fois la puberté passée par là, Silver n'a plus su comment s'y prendre pour bénéficier de l'indulgence que sa fille lui témoignait autrefois. Il sait que tout est sa faute et qu'il mérite bien plus de mépris qu'elle n'est capable d'en concevoir, mais il n'empêche, quand votre petite fille vous prend de haut avec un « On se le demande… », le sarcasme vous donne le sentiment que jamais vous ne pourrez recoller les morceaux.

Tandis que Casey examine le trio, Silver voit ses amis à travers les yeux de sa fille : Jack, le vieux beau qui continue de capitaliser sur un charme béotien sérieusement en voie de péremption ; Oliver, gras et grincheux, assez âgé pour être son grand-père ; et lui-même, qui transpire sous son tee-shirt XXL à l'effigie d'un groupe déjà ringard avant même sa naissance. Le regard de Casey virevolte brièvement vers les étudiantes puis revient se poser sur eux, et ce regard où brille maintenant une lueur cynique les épingle pour ce qu'ils sont : de vieux boucs au scrotum défraîchi.

Se lever avec élégance, quand on chevauche une chaise longue et qu'on s'efforce en même temps de rentrer le ventre, n'est pas une tâche aisée. Silver réussit à atteindre la position verticale au prix d'une lutte peu gracieuse avec les lois de la gravité, et ce simple effort lui donne des bouffées de chaleur et l'essouffle. Le Versailles possède une salle de gym correcte, et avec tout le temps libre dont il dispose, on pourrait penser qu'à l'heure qu'il est, il serait allé y faire un tour.

Il embrasse sa fille. Le geste ne provoque en apparence aucun mouvement de recul, ce qui le comble bêtement de joie.

— Regardez-moi ça ! s'extasie Jack. Quel âge ça te fait, maintenant ?

— Dix-huit.

— Waouh. Ça ne me rajeunit pas.

— Non, je pense que c'est plutôt ton âge qui ne te rajeunit pas.

— Ta-dam ! s'exclame Jack. Ça lui prend, parfois. Personne ne sait pourquoi.

Casey lève les yeux au ciel, avant tout pour rayer Jack du paysage, puis regarde Silver.

— Il faut que je te parle.

— Tout va bien ?

La question semble exiger un instant de réflexion.

— Ça va.

— On va s'asseoir à côté des cabines ? propose-t-il.

— Si tu veux.

Alors qu'elle le précède, il aperçoit un flash coloré, un éclair rouge, sur son épaule.

— C'est quoi, ça ?

— Juste une rose, répond-elle sur la défensive.

C'est vrai qu'en matière de tatouage, celui-ci fait plutôt dans la mesure : une rose rouge sang, avec une seule feuille, tatouée sur son omoplate. Mais qui suffit pourtant à désoler même les pères qui ont tout foiré. Cela étant, comme il a depuis longtemps dilapidé ses droits à l'indignation paternelle, autant marquer un point, décide-t-il.

— Sympa.

Casey lui décoche le sourire ironique de celle qui n'est pas dupe.

— Tu devrais voir celui que j'ai sur le cul.

— Doux Jésus !

— Concentre-toi, Silver. On a d'autres chats à fouetter.

— Lesquels ?

Elle se tourne vers lui, sans se départir de son rictus, mais elle a les yeux écarquillés et Silver remarque qu'elle tremble comme une feuille.

— Je suis enceinte.

À certains moments, vous pouvez sentir la planète tourner sous vos pieds, littéralement, et si vite qu'il vous faut d'instinct vous raccrocher à quelque chose. Silver attrape avec délicatesse le bras de sa fille, la regarde droit dans les yeux, et pendant que le monde se disloque autour d'eux, ils restent là, face à face, attendant chacun d'entendre ce que l'autre va répondre.

CHAPITRE 5

— Waouh.

Voilà ce qu'il répond. Casey ne sait pas à quoi elle s'attendait, franchement. Drew Silver n'est pas réputé pour savoir trouver les mots justes quand quelqu'un est dans le pétrin. Ni quand c'est lui-même qui s'y trouve, d'ailleurs. Pour sa défense, cependant, voici ce qu'il n'a pas répondu :

— Tu es sûre ?

— Qui t'a fait ça ?

— Tu me déçois.

Il ne se met pas en colère, il ne crie pas, ne détourne pas le regard. Avoir un père à ce point largué offre au moins ce modique avantage : il n'est pas en position de juger. Silver la regarde droit dans les yeux puis lui prend le bras, ce qui, d'ordinaire, l'agacerait. Mais pour l'heure, parce qu'elle vient de prononcer ces mots à voix haute pour la première fois, elle a plus ou moins besoin que quelqu'un lui prenne le bras. Et ce contact desserre un nœud depuis longtemps fossilisé en elle.

Silver répète « waouh », sans crier. Ce « waouh » opère comme un bouche-trou, le temps pour lui d'assimiler cette triste nouvelle et toutes les informations annexes qui vont avec. C'est le « waouh » de quelqu'un qui a passé une part non négligeable de sa vie à encaisser de tristes nouvelles, et Casey comprend maintenant que c'est la raison pour laquelle elle est venue le trouver.

Il a beau être un mauvais père et elle savoir qu'il y a de fortes chances pour qu'il la déçoive dans les cinq prochaines minutes, en cet instant, elle l'aime tellement qu'elle pourrait en pleurer. Elle s'en veut à mort d'éprouver ce sentiment, mais c'est plus fort qu'elle. Donc, elle pleure. Au vu et au su de tous ces pauvres types cabossés par la vie et de ces bimbos à moitié à poil qui se prélassent au bord de la piscine, du côté du petit bassin – et puis d'abord, qui les laisse entrer ici, ces nanas ? Le portier russe, à l'entrée, se comporte comme s'il gardait la Maison-Blanche, bon sang ! Ça montre juste le chemin qu'on peut parcourir quand on se trimbale une paire de nichons qui en mettent plein la vue.

Et Silver qui l'enlace d'un seul bras, comme un manchot, comme s'il n'avait jamais serré personne dans ses bras, comme s'il avait peur de la casser ! Sans blague ! Comment peut-on traverser la vie sans apprendre la mécanique basique d'une étreinte ? En général, parce qu'elle déteste que la pitié que son père lui inspire parasite sa colère, Casey compense en redoublant de méchanceté, mais aujourd'hui, elle ferme les yeux et s'abandonne quelques instants contre le coton rêche et usé du tee-shirt de Silver, le temps de reprendre ses esprits. Elle respire son odeur familière, ce mélange d'after-shave et de talc qu'elle a surnommé Eau de Traîne-Savates. Mais alors même qu'elle s'accroche à lui comme pour échapper à la noyade, elle est rattrapée par sa colère, de la même façon qu'on l'est par une vieille rengaine qui n'est même plus une chanson, juste un chemin neuronal gâché dont on ne pourra jamais récupérer l'usage.

La colère – contre Silver, contre elle-même – monte, enfle, et Casey se dégage de cette étreinte maladroite avec brusquerie, un peu plus, peut-être, qu'elle n'en avait l'intention. Silver recule d'un pas, déconcerté. Elle connaît bien cette expression – ce regard hébété, ahuri, comme si la terre tournait trop vite pour qu'il puisse suivre la cadence. C'est le regard qu'il pose presque invariablement sur elle depuis sa puberté, comme si, dès lors qu'un cornet de glace ne suffisait plus à le tirer d'affaire, il perdait pied. Elle suppose que c'est un regard que sa mère a eu tout le loisir d'apprendre à connaître au cours des années qui ont précédé leur divorce, même si, entre elles, le sujet n'a jamais été vraiment abordé. Peu importe le mépris que lui inspire Silver, Casey ne laisse plus sa mère dire pis que pendre de lui, non par loyauté, mais parce que Denise passe sa vie à se disculper d'être tombée dans le piège à cons de son premier mariage, et c'est un os que Casey n'est pas prête à lui jeter. Même si elle est presque certaine que sa mère a raison.

Exemple, s'il en était besoin : une fois que les grandes eaux sont sous contrôle, Casey regarde Silver, cet homme vers lequel elle est venue dans un moment de détresse et au mépris de toute sagesse. Il passe les doigts dans ses longs cheveux en désordre, se frotte la mâchoire d'un air pensif et dit : « Tu veux une glace ? »

Tomber enceinte quand on vient de sortir major de sa promotion et qu'on est la seule fille de celle-ci acceptée dans une des facs les plus prestigieuses du pays ne manque pas d'ironie, mais, voici la suite : il y a encore trois semaines, Casey était vierge. Elle n'avait même plus de petit ami.

Elle en avait un, quelques mois plus tôt, le mal nommé Jake Prudence, qui a rompu en mai pour un fatras de raisons inutilement alambiquées pouvant se résumer au seul fait que Casey refusait de coucher avec lui. Ils se déshabillaient dans sa Jeep, ou sur son lit quand ses parents n'étaient pas là, et il plongeait ses doigts en elle, même si elle lui avait laissé entendre à plusieurs reprises que ça marchait mieux dessus que dedans. Ensuite, il s'allongeait entre ses jambes, se frottait contre elle et, juste au moment où elle commençait à sentir des picotements brûlants, il gémissait, le truc humide et poisseux giclait sur son ventre, et l'affaire était dans le sac.

— Tu en as eu un ? lui demandait-il ensuite.

— Non, répondait-elle, en nettoyant son ventre avec une lingette pour bébés.

L'odeur de sa semence lui rappelait les piscines couvertes où elle avait participé à bon nombre de compétitions avec l'équipe de natation ces dernières années.

Jake lui décochait alors ce regard blessé qui sous-entendait qu'une bonne joueuse aurait fait semblant de temps en temps.

— Tu en aurais un si j'étais dedans, argumentait-il.

Quelque chose lui disait que cela serait encore moins satisfaisant – si cela était possible. Quoi qu'il en soit, Casey n'avait pas eu envie de renoncer à sa virginité pour en avoir le cœur net.

Elle s'était aperçue que, dans ces moments censés être intimes, elle l'aimait moins. Jake était drôle, sincère, et il y avait chez lui une douceur qu'elle trouvait attachante. Mais une fois franchi le cap du pelotage peau contre peau, la campagne qu'il menait en faveur de sa défloration avait comme déteint sur l'ensemble de leur relation, et Casey s'était retrouvée assignée au rôle de la prude effarouchée – ce qui lui semblait extrêmement injuste puisque, souvent, les prêches de Jake avaient lieu pendant qu'elle tenait sa queue palpitante dans la main.

Au bout d'un moment, sa reddition était devenue l'objet d'un ultimatum tacite et Casey avait rompu. Quinze jours plus tard, Jake sortait avec Lucy Grayson, qui avait été mannequin enfant pour un catalogue de VPC et était sortie avec tant de garçons de leur classe qu'elle faisait quasiment figure de rite de passage.

En dépit de sa résistance vaillamment opposée à Jake, Casey a tout de même réussi l'exploit de devenir – à sa connaissance du moins – le seul major de promo de toute l'histoire du lycée Washington Irving à prononcer son discours vingt minutes à peine après avoir pissé sur un bâtonnet dans le vestiaire des filles. Et elle en était déjà à la deuxième page de son speech lorsqu'elle s'était aperçue qu'elle tenait encore le test de grossesse dans la main. Chaque fois qu'elle baissait les yeux vers son texte, ces deux traits roses étaient là, teintant chacune de ses phrases d'une secrète ironie. « Et à l'heure où nous nous élançons dans le monde, nous n'avons pour seule certitude que nos incertitudes… Au final, nous deviendrons la somme de nos choix et de nos erreurs… Cette vie qui nous est si chère, nous la voyons déjà s'éloigner derrière nous, et un jour, elle sera un souvenir à partager avec nos propres enfants… bla bla bla… Les amitiés nouées, les leçons apprises, les expériences partagées… », etc., etc., *ad nauseam*.

Et durant tout ce temps, ce bâtonnet de malheur, au creux de sa main moite, raclait sur le pupitre à chaque page qu'elle tournait, et ce truc, cette convergence de péché, d'apathie et de biologie se divisait et se démultipliait dans son utérus. Elle avait caressé le fantasme de mettre ses notes de côté, de brandir le bâtonnet et de procéder à une confession sincère qui lui aurait valu le respect et la sympathie de l'assemblée. *Vous croyez avoir la trouille ? Regardez la merde qui me tombe dessus !* Cela fait, Justin Ross serait monté sur l'estrade, avec ses paupières charbonneuses et sa guitare, pour chanter « Good Riddance[1] » de Green Day, on n'aurait plus compté un seul œil sec dans l'assistance et Casey serait devenue une sorte de légende locale.

Son discours terminé, les applaudissements de rigueur avaient crépité, et Casey avait aperçu sa mère et Rich qui la contemplaient avec des sourires radieux. Et puis, tout au fond de la salle et contre toute attente, elle avait avisé Silver, adossé au mur, en jean et chemise noire au col boutonné, qui applaudissait lui aussi. Du coup, quand les larmes étaient arrivées, tandis qu'elle regagnait son siège, Casey ne savait plus trop pourquoi elle pleurait. À vous de voir.

1. Soit « Bon vent ! » ou « Bon débarras ! » (Toutes les notes sont de la traductrice.)

CHAPITRE 6

— Comment est-ce que ta mère a réagi ?
— Ça va.
— Ah bon ?
— Parce qu'elle n'est pas vraiment au courant.
— Ah. Malin.
— Tu es la seule personne à qui j'en ai parlé.
— D'accord.
— Ça te fait quel effet ?
— Tu parles comme mon psy.
— Tu es toujours en analyse ?
— Non, j'ai laissé tomber il y a des années.
— La santé mentale, ça n'a pas été inventé pour les chiens.
— La contraception non plus.
— Bien joué, Silver.
— Tu as pris une décision ?
— Oui. J'ai décidé que j'étais une conne.
— Tu es enceinte de combien ?
— Pas beaucoup. À partir de quand commence-t-on à compter ?
— J'en sais rien. De la conception, je suppose.
— Alors trois semaines, environ.
— D'accord. Donc, tu disposes d'un peu de temps.
— Qu'est-ce que je devrais faire, selon toi ?

— Je pense que tu devrais sans doute avorter.

— Waouh, tu n'y vas pas par quatre chemins.

— Tu m'as demandé mon avis…

— Non, non, vas-y, exprime le fond de ta pensée.

— C'est ce que je viens de faire.

— Sans aucune considération pour la vie que je porte en moi ?

— C'est comme ça que tu le vois ? Comme une vie, je veux dire ?

— Oui. Non. Parfois. Je ne sais pas. Comment tu le vois, toi ?

— Peu importe ma vision. Tu dois faire ce qui te semble juste.

— Ce qui me semble juste, c'est de ne pas être enceinte.

— Ne pleure pas, ma puce.

— Ne me dis pas de ne pas pleurer. Je déteste ça.

— Pardon.

— Bon sang, papa ! C'est le moment idéal pour pleurer, non ? Je suis enceinte, putain !

— Tu as raison. Vas-y.

— Merci. Tu peux me dire quelque chose ?

— Bien sûr.

— Est-ce que ça te contrarie que je ne sois plus vierge ?

— Ça me contrarie que tu n'aies plus sept ans. Ça me contrarie que, le temps de cligner des yeux, tu sois déjà devenue une femme et que j'aie raté des milliers d'instants que je ne pourrai jamais retrouver. Ça me contrarie d'avoir été un père minable. Tu méritais mieux que ça. Mais en ce qui concerne ta virginité… j'imagine que je tenais pour acquis qu'à l'âge que tu as, tu avais une vie sexuelle. Donc, non, ça ne me contrarie pas.

— D'accord.

— Tu recommences à pleurer ?

— Un peu.

— Tu n'as pas besoin de prendre une décision aujourd'hui.

— Je ne veux pas prendre de décision. Je veux que quelqu'un d'autre décide pour moi.

— Qu'est-ce qu'en dit le hmm… le père ?

— Il n'y a pas de père, parce qu'il n'y a pas de bébé – juste un amas de cellules qui, si on n'intervient pas, pourrait se transformer en bébé.

— D'accord. Donc, tu ne ressens pas le besoin de lui en parler ?

— Regarde-toi, en train de t'identifier au père. Tu te fous de moi ?

— Tu viens de dire qu'il n'y a pas de père.

— Il n'y en a pas. C'est un amas cellulaire immaculé.

— Je ne m'identifie à personne. J'essaie simplement de te suivre.

— Eh bien, essaie encore un peu. Eh ! Où vas-tu ?

— Chercher un autre cornet de glace. Tu en veux un ?

— Deux cornets de glace coup sur coup ? Tu plaisantes ? À quoi ressemble ton taux de cholestérol ?

— C'est une occasion spéciale, non ?

— Ouais. Bon, je vais y aller.

— J'ai dit une connerie ?

— Pour ta défense, la connerie, c'est moi qui l'ai faite.

— Tu accepteras que je t'aide ?

— Peut-être. Et peut-être que tu m'as déjà aidée. Je ne sais pas. J'ai besoin d'être seule et de tout mettre à plat.

— Si tu décides d'avorter, je t'accompagnerai, d'accord ?

— Voilà que tu recommences à faire campagne pour l'avortement.

— C'est juste une proposition, au cas où tu ne voudrais pas impliquer ta mère et Rich.

— Ouais, ça te ferait bien chier que ce soit Rich qui m'y emmène.

— Je regrette de te l'avoir proposé.

— Surtout pas. Si tu ne l'avais pas fait, j'aurais tiré un trait définitif sur toi.

— Alors pourquoi me le reproches-tu ?

— Parce que tu mérites des reproches, papa. Parce que tu es un père minable, et le fait que tu me tires d'affaire sur ce coup-là n'y changera rien.

— Donc, je te tire d'affaire ?

— Uniquement dans l'hypothèse où tu le fais vraiment.

— Je comprends. Est-ce que je peux au moins te reconduire à la maison ?

— Tu n'as pas de voiture.

— Je peux emprunter celle de Jack.

— C'est bon. J'ai ma caisse.

— Depuis quand ?

— Maman et Rich m'ont offert une G35 pour mon bac.

— C'est sympa de leur part.

— Maman continue à compenser pour m'avoir affublée d'un père comme toi. Je tire un peu sur la corde.

— Je ne m'en priverais pas, à ta place. Je peux te demander un truc ?

— Vas-y.

— Pourquoi être venue vers moi ?

— Franchement ?

— Ouais.

— J'ai moins de scrupules à te décevoir.

CHAPITRE 7

Casey partie, il reste prostré là, avec la sensation d'être un poisson qu'on vient d'éviscérer. Sa fille a toujours été comme ça, si rapide dans le maniement de la lame que le sang ne commence à couler qu'après son départ. Ils s'étaient installés au Champs, la petite cafétéria-bazar nichée dans une alcôve en forme de haricot, au fond du hall d'entrée. Sa responsable, Pearl, est une plantureuse veuve hongroise quinquagénaire qui applique son maquillage à la truelle, et dont chaque mouvement est ponctué par un frottement de bas et le cliquetis d'une ribambelle de bracelets dorés qui tintinnabulent comme un carillon de Noël.

— Votre fille, dit Pearl, dans son anglais presque comiquement accentué, tout en réarrangeant le stock de médicaments contre les maux de tête derrière le comptoir.

Au Versailles, l'aspirine est un best-seller.

— Oui.

— Belle fille. Belles jambes. Elle va se mettre dans le pétrin, avec ces jambes. Mon Rafi, c'était plutôt un homme à seins. (Elle marque une pause pour indiquer l'imposant volume de son propre décolleté, soutenu par un système invisible de poulies et de courroies qui, depuis le temps, doivent lui avoir creusé des marques permanentes dans le dos.) Mais les modes changent. Maintenant, il n'y en a que pour les filles maigres et tout en jambes. Faites attention. Un garçon voit ces jambes, il ne pense qu'à les écarter. Pas vrai ?

— Je ferai attention.

Elle hausse les épaules.

— Ça ne servira à rien. Les enfants font ce qu'ils veulent, pas vrai ?

— Si.

Par un caprice dont ils n'ont jamais déterminé l'origine, Casey, lorsqu'elle a appris à parler, l'a appelé « mon papa » plutôt que « papa ». Il la revoit crapahuter gaiement en travers du lit conjugal en couche-culotte, avec son petit ventre rond, et psalmodier « Mon papa ! » d'une voix stridente et surexcitée d'où jaillissait un éboulis de rires lorsque Silver faisait mine de lui attraper les chevilles.

— Eh, Silver. Ça va ? s'enquiert Pearl.

Quand bien même il parviendrait à inhaler assez d'oxygène pour parler, il ne saurait absolument pas quoi répondre.

Il a perdu tant de choses : sa femme, sa maison, sa dignité et – la plus notoire – sa carrière de batteur et co-auteur-compositeur des Bent Daisies. Pat, Ray, Danny et lui avaient commencé à jouer ensemble après le lycée ; du punk, du post-punk, puis des compositions aux sonorités plus travaillées, qui n'étaient plus très loin de la *pop music*. Ils écumaient les clubs de rock de la côte Est et produisaient des maquettes chaque fois qu'ils étaient en mesure de se payer une location de studio.

Aussi loin que remonte ses souvenirs, Silver a toujours joué de la batterie. Sa mère n'a eu de cesse de répéter qu'elle le sentait déjà battre la mesure dans son ventre. À quatre ans, il s'est fabriqué son premier instrument avec des seaux et des cartons, qu'il installait à côté des enceintes de la stéréo paternelle, et il accompagnait les Beatles ou Crosby, Stills & Nash avec des brochettes de poulet. À six ans, ses parents lui ont offert une batterie et des cours, en s'imaginant qu'au bout de quelques années, il passerait à autre chose. Mais la suite allait montrer que la batterie représenterait le seul engagement à vie dont il serait capable. Lorsqu'il s'installait derrière ses fûts et ses cymbales, tout ce qui en lui échouait à trouver le repos – ses jambes parcourues d'élancements, son cœur agité de palpitations, son esprit perpétuellement en vadrouille – se calait sur le même tempo. Sans qu'il en ait clairement conscience, les moments où il tapait sur ses caisses étaient les seuls où il se reposait.

Après la naissance de Casey, une évolution s'est fait sentir dans les chansons qu'il écrivait. Ses ballades ont pris des accents réalistes et plus passionnés. Silver portait un regard différent sur le monde. Les Bent Daisies commençaient à mûrir et cela n'a pas échappé aux têtes chercheuses des labels de musique qu'ils rencontraient depuis des années. Un an plus tard environ, une major leur a enfin signé un petit contrat. Par une de ces vagues aussi accidentelles qu'imprévisibles, leur premier single, « Rest in Pieces », s'est trouvé propulsé au sommet des *charts,* faisant d'eux des rockstars internationales l'espace de quelques semaines – comme souvent dans ce domaine. Et cela leur a permis de découvrir le goût de la gloire et de ne jamais l'oublier.

Ensuite, Pat McReedy, leur chanteur, a développé une forme incurable du syndrome de l'homme de paille et décidé qu'une carrière en solo lui réussirait mieux. Les trois Marguerites[1] restantes – Danny Baptiste, Ray Dobbs et Silver – se sont réunies pour boire un verre et décider de la suite des événements, mais chacun a pu lire la vérité dans les yeux des deux autres. Il y a pire que ne pas voir son rêve se réaliser : l'avoir vu se réaliser brièvement. Ray est parti s'installer dans le Sud pour travailler avec son beau-frère, et a disparu des radars. Silver a continué à croiser Danny de temps à autre, puisqu'ils cachetonnaient dans les mêmes orchestres spécialisés dans les mariages ; ils échangeaient alors un sourire sans joie et une accolade de types nonchalants, et parfois, aussi, lorsque l'orchestre mettait le feu à la piste, de vieux riffs familiers que personne à part eux ne pouvait reconnaître.

Silver suspectait que la pilule aurait été plus facile à avaler si Pat s'était planté avec pertes et fracas, comme toute la bande l'attendait (l'espérait même). Mais des années plus tard, Pat vit toujours à Los Angeles, rafle des Grammy et couche avec des stars de cinéma, tandis que Silver doit se consoler avec le chèque qu'il continue de recevoir chaque mois, pour les royalties résiduelles et décroissantes de « Rest in Pieces », qui demeurent sa principale source de revenus en dépit de ses prestations dans l'orchestre et de sa masturbation professionnelle. Officiellement, Danny et Silver souhaitent le meilleur à Pat. Plus discrètement cependant, lorsqu'ils se croisent à des mariages et qu'une fréquentation assidue de l'open bar leur a délié la langue, ils ne se gênent pas pour

1. *Daisy* signifie « marguerite » en anglais.

exprimer l'espoir sincère que Pat, à l'instant même où ils parlent, sniffe la ligne de coke fatale sur le postérieur d'un quelconque mannequin, ou glisse le canon d'un pistolet entre ses lèvres pulpeuses de chanteur pour se chatouiller la glotte. Si jamais Pat mettait fin à ses jours, ils sauraient l'un et l'autre trouver l'énergie de se montrer généreux lorsque l'équipe de VH1 débarquerait pour recueillir leurs réactions.

Ce soir, Silver anime un mariage avec le Scott Key Orchestra. Il manie les baguettes plus ou moins en pilote automatique, sans se préoccuper des deux ou trois mordus de batterie qui, comme chaque fois, restent plantés sur un côté de la scène pour l'observer. Lors de ces soirées, il arrive qu'un invité le reconnaisse. Silver attire alors un public légèrement plus fourni, mais après un moment, ces spectateurs s'aperçoivent qu'un batteur ayant eu son heure de gloire n'est en rien plus captivant que ses homologues lambda, et repartent s'attabler devant leur salade de roquette et leur filet mignon.

Ce soir, l'orchestre se compose de sept musiciens et de deux choristes. La pratique aidant, ce n'est même plus de la musique, juste une bande de singes savants qui font leur numéro. Scott, debout au micro, chante « The Way You Look Tonight » sur un tempo qui trahit le vieil habitué des bars à hôtesses, avalant les paroles, mais étirant de temps à autre une voyelle pour un maximum d'effet, et c'est une bénédiction que Sinatra ne soit plus de ce monde pour l'entendre ! En réponse à un sourire moqueur et exaspéré de Baptiste, Silver hoche la tête et improvise un break à contretemps. Déstabilisé, Scott loupe une mesure, se retourne et décoche un regard assassin à son batteur, qui sourit dans le vide, l'air innocent. Baptiste se marre. Chacun à notre façon, nous sommes des losers, songe Silver.

À l'occasion, ces mariages se terminent par une petite séance de sport en chambre. S'il n'a pas trop transpiré, s'il porte son smoking le plus ample, celui qui lui permet de profiler sa bedaine, si leur prestation a été bonne et leur a donné la pêche, s'ils ont eu le loisir de multiplier les pauses au bar, et se sentent donc tous plus heureux qu'il n'y a lieu de l'être, compte tenu de la réalité de leurs vies personnelles – si toutes ces conditions sont réunies, alors il y a les choristes, les chauffeuses de salle, les serveuses. Tout est fonction du degré de répugnance, sujet à des variations complexes, que les uns et les autres éprouvent à regagner le bercail.

Dana est l'une des choristes. Silver fait trois allers-retours pour charger son matériel dans la voiture de Jack, et lorsqu'il en a terminé, Dana est toujours en train de fumer sur le parking. Elle a dans les trente-cinq ans et, à quinze mètres de distance, c'est un canon : grande, mince, des jambes d'enfer, une abondante chevelure auburn. Ce n'est que de près qu'on distingue l'affaissement de ses paupières et la dureté qui s'est imprimée sur ses traits à mesure que la vie tardait, puis échouait à se montrer à la hauteur de ses attentes. Une des vérités inexpugnables de l'existence, c'est que personne ne s'engage sur ses chemins pour devenir choriste.

Une fois dans la voiture, Dana retire ses chaussures. Voilà six heures qu'elle se déhanche sur des talons de quinze centimètres. Tandis que Silver, sans un mot, met le cap sur le Versailles, elle cale ses pieds sur le tableau de bord, entrouvre sa vitre et laisse ses cheveux voler sauvagement autour d'elle. Dans son profil, Silver voit la pompom girl qu'elle a été, la reine du lycée. Il fut un temps où cette fille menait le monde à la baguette ; les copines, le quarterback, et tous les autres. Aujourd'hui, elle rentre avec le blaireau ventripotent de la fanfare pour se sentir vivante, ou juste moins seule. Il est possible cependant qu'elle ne partage pas cette vision des choses, sinon, elle attendrait qu'ils aient pris assez de vitesse pour ouvrir la portière et se jeter sur le bitume qui gronde sous les roues.

Une fois dans son appartement, Silver jubile sans rien en montrer. Voilà un bon moment qu'il est au régime sec sexuellement parlant, et réussir à leur faire franchir sa porte, c'est déjà la moitié de la bataille de gagnée. Il prend une douche rapide, en apportant plus de soin que d'habitude à ses parties intimes. Puis il applique du déodorant, sans lésiner, et il tente de discipliner sa chevelure indomptable. Lorsqu'il émerge de la salle de bains, en caleçon et tee-shirt, Dana est allongée sur le lit, devant la télé. Elle n'a pas retiré sa mini-robe noire et elle zappe distraitement. Elle s'est servi un bourbon et le sirote avec paresse, en suçotant l'unique glaçon qu'elle recrache ensuite dans le verre. À la lumière bleutée de l'écran, elle est redevenue belle, et Silver se sent poussé par un élan d'affection tout à fait incongru dans le cadre de ces procédures à visée utilitaire. Bien qu'il la connaisse depuis un petit moment, il ignore tout d'elle. Par exemple, il a entièrement inventé son passé de pompom girl. Pour autant qu'il sache, Dana portait un corset pour corriger sa scoliose, et elle bégayait.

Lorsqu'il s'allonge à ses côtés, elle roule contre lui, volontairement ou parce que le matelas s'est affaissé sous son poids, et elle pose la tête sur son épaule ; ses cheveux lui chatouillent le menton. Il ferme les yeux pour respirer l'odeur de son shampoing et il tombe un bref instant profondément amoureux, même s'il sait bien que demain, à la lumière du jour, il aura du mal à la regarder dans les yeux.

— Tu sens bon, lui dit-elle en réduisant sa voix puissante de choriste à un murmure. Tu sens l'automne.

— Irish Spring.

Il observe sa poitrine qui se soulève au rythme de sa respiration, le renflement de ses seins comprimés dans le décolleté de la robe, et il sent que les choses commencent à s'animer, en bas. Et puis, elle tourne la tête vers lui et la désolation qu'il lit alors dans ses yeux pourrait lui arracher des larmes.

— Ça t'embête si on reste allongés comme ça un moment ? demande-t-elle.

Un peu, oui.

— Pas du tout.

Des vampires adolescents rôdent sur le câble. Dehors, un camion klaxonne. Silver observe les orteils de Dana se recroqueviller contre son édredon, et cela lui inspire un sentiment qu'il lui faudrait sans doute décrire comme nostalgique, mais il veut bien être damné s'il sait à quel manque rattacher cette nostalgie-là. Demain matin, à l'heure où le ciel rosira, prélude à l'inévitable lever du soleil, il la reconduira jusqu'au vaste parking désert où sa petite voiture attendra, tel un naufragé, qu'on vienne la chercher. Et, sans qu'ils sachent pourquoi, ce spectacle les attristera tous les deux.

CHAPITRE 8

— Quand as-tu vidé ce frigo pour la dernière fois ? demande sa mère en tenant à bout de bras une conserve recouverte de film alimentaire, dont le contenu évoque de la cervelle congelée.

— Je ne sais pas. La semaine dernière ?

— Ça m'étonnerait, rétorque Elaine en jetant la boîte à la poubelle.

Une fois le réfrigérateur nettoyé bien à fond, elle le remplira de fruits et de légumes qui resteront là à pourrir jusqu'à sa prochaine visite.

— S'il te plaît, maman, tu n'es pas obligée de faire ça.

— Ça ne m'embête pas.

Et Elaine disparaît dans le frigidaire, laissant Silver et son père bavarder de tout et de rien.

— Tu fais assez de mariages ? s'enquiert son père.

— Ouais.

— C'est bien.

— Comment ça va, à la synagogue ?

— Le business de Dieu est à l'épreuve de la crise.

— Si ce n'était pas le cas, cela soulèverait quelques questions théologiques drôlement intéressantes.

— Tu crois ?

Un jour, son père ne sera plus là, et Silver sera encore capable de tenir ces conversations, mot pour mot, de mémoire.

Son père, Ruben Silver, est le rabbin de la synagogue B'nai Israel. Quand Silver était petit, avec son frère cadet Chuck, il grimpait sur la *bimah* et assistait à l'office du *shabbat* aux cotés de leur père, face à la communauté des fidèles. Silver se racontait que Ruben était leur roi, et que Chuck et lui étaient leurs petits princes bien-aimés. Ruben accompagnait le chantre de sa voix bourrue mais mélodieuse et, un bras passé autour de chacun de ses fils, il leur désignait au hasard sur le *sidour* des mots hébreux qu'ils déchiffraient consciencieusement à voix haute. Et puis, tandis que sa puberté devenait envahissante et engendrait une certaine timidité, Silver a cessé d'aller s'asseoir sur la *bimah*. Il ne saurait préciser exactement quand ce changement est intervenu. Son père et lui n'en ont jamais parlé. C'était juste une de ces habitudes qu'on délaisse presque sans s'en apercevoir en grandissant, et dont on ne prend conscience qu'après coup.

Son père siffle l'air de « Penny Lane ».

— Tu recommences, dit Elaine machinalement.

Ruben arrête de siffler. Ils sont mariés depuis quarante-sept ans.

Ruben connaît plein d'autres chansons, mais quand il siffle un air, c'est celui de « Penny Lane ». Pour ce qu'en sait Silver, il en va ainsi depuis que la sortie de *Magical Mystery Tour*. La première fois que Ruben a entendu cette chanson, les notes d'ouverture se sont enveloppées autour de son cortex et y sont restées.

*

Elaine et Ruben lui rendent visite un dimanche sur deux, parce qu'il est leur fils, qu'ils l'aiment et parce qu'ils pensent qu'il se sent seul. Ces visites lui minent le moral, car il les aime tout autant et sait combien sa vie triste et étriquée est un motif de souffrance pour eux. Peut-être même parfois plus que pour lui, ce qui signifie que ces visites bimensuelles leur minent probablement le moral à eux aussi. Donc, un week-end sur deux, ils passent une heure tous les trois ensemble, qui les laisse à plat et déprimés, mais pour rien au monde ses parents ne rateraient ce rendez-vous, et si ça, ce n'est pas la meilleure définition qui existe de la famille, alors Silver donne sa langue au chat.

— Alors, dit son père, d'un ton quelque peu emprunté. Pas de demoiselle qui mériterait une petite lettre aux parents ?

Elaine vient de sortir pour effectuer son troisième ou quatrième voyage à l'incinérateur. Silver a pour habitude de ranger les reliefs de plats chinois dans le congélateur et de les y oublier jusqu'à ce qu'ils se transforment en un magma glacé que son four à micro-ondes demeurera impuissant à décongeler.

— Vous avez déjà reçu une lettre de moi ? demande Silver.

Son père hausse les épaules, sans relever le sarcasme.

— Tu devrais venir à la synagogue.

— Papa.

Ruben lève les mains, sur la défensive.

— Je ne te vends rien. Je dis juste qu'on y croise une foule de femmes célibataires.

— Tu es en train de me vanter la synagogue comme agence matrimoniale ?

— La meilleure qui soit. Crois-tu vraiment que tous ces gens viennent pour prier ? Je prie. Le chantre prie. Eux viennent pour se rencontrer. Bienvenue dans une religion organisée.

— Et Dieu dans tout ça ?

— Dieu ne veut pas que tu sois seul, pas plus que moi.

— Je fais ce que je peux, papa.

Ruben hoche la tête.

— Si c'est vrai, je détesterais voir ce qui se passe quand tu cesses de faire des efforts.

Silver s'apprête à riposter mais, à son grand soulagement, le retour de sa mère le dispense d'une repartie inutilement mordante. Elaine les considère d'un regard inquisiteur, Silver vautré sur le canapé, Ruben assis sur le bord de la table de la cuisine, et comprend qu'elle a interrompu une conversation.

— De quoi parliez-vous, les garçons ?

— Des femmes, répond Ruben.

Elaine hoche la tête d'un air pénétré.

— Aucune qui justifierait une petite lettre ?

Lorsque ses parents partiront d'ici, ils s'arrêteront chez Chuck, pour un barbecue. Là, dans cet environnement parfumé aux arômes de marinade maison et résonnant de cris de garçons, de braillements de bébés et de jappements de chiens, la vie réaffirmera ses droits autour d'eux, et ils se sentiront de nouveaux comblés.

Lorsque ses parents partiront d'ici, Silver ira au Blitz et boira jusqu'à ce que l'alcool l'anesthésie, puis il s'endormira devant le vacillement rassurant de sa télévision. Avec un peu de chance, il pensera à se déchausser. Rien n'est plus déprimant que de se réveiller avec ses chaussures.

CHAPITRE 9

Les Lockwood étaient les voisins de Denise et Casey depuis une dizaine d'années. Denise et Valerie jouaient ensemble au tennis deux fois par semaine. Quand Rich est entré dans le paysage, Steve Lockwood et lui ont commencé à s'installer, parfois le soir, dans l'arrière-cour pour boire un scotch. Casey, qui avait réussi les épreuves de sélection en natation, avait carte blanche pour s'entraîner dans la piscine des Lockwood aussi souvent qu'elle le souhaitait, et c'est ce qu'elle faisait, le soir en question. Elle était angoissée au sujet de Princeton, et nager l'avait toujours apaisée.

Au bout d'une quinzaine de longueurs, elle s'est aperçue qu'elle n'était plus seule. Elle a relevé la tête et avisé Jeremy Lockwood, assis sur une des chaises longues, qui l'observait, une flasque en argent à la main.

— Salut, a-t-il lancé en agitant sa flasque lorsque Casey s'est immobilisée. Ne t'arrête pas pour moi.

Jeremy, de deux ans son aîné, venait tout juste de rentrer d'Emory pour travailler dans l'entreprise de son père pendant les vacances d'été.

— J'avais entendu dire que tu étais de retour, a-t-elle dit en sortant de l'eau.

Face à n'importe qui d'autre, en bikini, elle se serait sans doute sentie mal à l'aise. Mais avec Jeremy, qu'elle connaissait depuis assez longtemps pour qu'ils se soient mis au défi, quand Casey était en CE1, de se dévoiler leur intimité dans le sous-sol des Lockwood, c'était différent.

Casey a attrapé une serviette avant de s'asseoir au pied de la chaise longue. Jeremy s'est penché pour l'embrasser sur la joue, une manie qu'il avait contractée à la fac et que Casey continuait à trouver un peu étrange.

— Regardez-moi ça, a-t-il dit d'un ton appréciateur.

— Quoi ?

— Tu es devenue canon.

— La ferme.

— Il paraît que tu es acceptée à Princeton.

— Il paraît que tu as changé de spécialité.

— J'ai aussi entendu dire que tu étais sortie major de ta promo.

— Et moi, que tu avais rompu avec Hailey.

— Hadley.

— Ça n'a plus vraiment d'importance maintenant, non ?

Jeremy a souri et bu une rasade de whisky.

— Avec des mères comme les nôtres, plus besoin de Facebook…

— À qui le dis-tu.

Il lui a tendu la flasque et elle a bu une gorgée. Il l'avait remplie avec le whisky de son père. De la bonne came, selon Steve, bien qu'il fît à Casey l'impression d'un acide, qui lui brûlait la gorge mais lui réchauffait le ventre. Quand elle lui a rendu la flasque, Jeremy s'est octroyé une autre longue rasade.

— En fait, c'est elle qui m'a largué.

Elle l'a dévisagé pour tenter de déterminer s'il était en train d'engager une conversation ou simplement d'énoncer un fait. Pendant toutes ces années de relations amicales entre leurs familles, jamais Jeremy et elle n'avaient discuté sérieusement. Leur rapport s'apparentait plus à celle de cousins que d'amis.

— Je suis désolée.

Il a haussé les épaules.

— C'était juste une histoire de cul, de toute façon. Et même pas super, franchement.

Quelque chose dans la désinvolture avec laquelle il évoquait le sujet l'a ravie. Entre l'alcool, la conversation qui portait sur le sexe et le baiser sur la joue, Casey a entrevu comment son horizon allait s'élargir dans les mois à venir. Quand Jeremy lui a tendu à nouveau la flasque, elle a bu deux gorgées.

— Eh, vas-y mollo, a-t-il protesté avec un sourire.

Un sourire devenu, assez soudainement et inexplicablement, sexy.

Jeremy avait toujours été beau – d'une beauté fade, passe-partout. Grand, mince, avec des cheveux bruns et courts qu'il ne brossait jamais. Beau, plus que sexy, jugeait Casey. Or en cet instant, sa beauté lui apparaissait tout d'un coup moins lisse, plus ténébreuse, et il lui est venu à l'esprit que s'ils ne se connaissaient pas, elle y regarderait à deux fois. Entre les volutes de vapeur qui tourbillonnaient au-dessus du bassin illuminé, la lune, pleine et basse, ce regard, peut-être un peu étrange, que Jeremy posait sur elle tout en sirotant, et le whisky qui échauffait son corps parcouru de picotements, l'atmosphère s'est soudain chargée d'électricité.

Jeremy lui a parlé de sa rupture, Casey lui a raconté la sienne, puis il lui a montré la page Facebook de Hadley sur son iPhone. Elle n'était pas vraiment jolie, cette Hadley, mais on voyait bien pourquoi les garçons la trouvaient sexy. Son statut, mis à jour, proclamait qu'elle était « voluptueusement célibataire » et, à en croire les photos qu'elle avait postées, elle s'éclatait avec une bande de blaireaux tout droit sortis de *Jersey Shore*. Jeremy jugeant ce « voluptueusement » grossier, ils ont décidé de modifier son propre statut en indiquant « Enfin libre ». Casey lui a suggéré d'ajouter une photo les montrant elle et lui en train de roucouler. Jeremy et Hadley étaient toujours amis sur Facebook, et cette dernière ne pouvait pas savoir que Casey n'était que la petite voisine. Donc, ils ont commencé à faire les idiots et a réaliser un vrai reportage photo avec le téléphone de Jeremy. À un moment donné, celui-ci a retiré sa chemise et Casey a senti le contact de sa peau contre la sienne, aussi brûlante que le whisky dans son ventre. Quelques minutes plus tard, ils se pelotaient comme s'il ne devait pas y avoir de lendemain. Et puis, profitant de ce qu'ils reprenaient leur souffle sans pour autant cesser de se trémousser, Jeremy a mentionné entre deux halètements que ses parents étaient absents pour le week-end.

Le clair de lune, la chaleur de cette nuit d'été, ce garçon qu'elle connaissait depuis toujours – Casey a trouvé que tous les éléments étaient réunis. Aussi, quand est arrivé le moment de prendre la décision et que Jeremy s'est écarté légèrement pour lui demander : « Tu es sûre ? » elle a glissé résolument la main entre leurs entrejambes humides, s'est emparée de son sexe et l'a guidé en elle.

Plus tard, ils ont pris un bain de minuit et chahuté dans l'eau tandis que le clair de lune enveloppait leurs corps nus d'un voile argenté. Casey s'est dit qu'elle n'aurait pu planifier meilleure façon de perdre sa virginité.

CHAPITRE 10

Sad Todd se trouve dans le hall d'entrée, où il s'efforce de calmer ses jumeaux – deux terreurs de cinq ans, aux cheveux roux flamboyant, qui bondissent d'un canapé en cuir à l'autre en brandissant sauvagement leurs sabres lumineux en plastique. Les gamins ont passé le week-end à se gaver de toutes les cochonneries – céréales au miel, glaces, sodas, bonbons – qui leur sont interdites chez leur mère, mais que Sad Todd stocke dans ses placards pour acheter leur affection. Et maintenant, ils se livrent à une cavalcade autour de leur pauvre père, envoient des coups de pied en sautant des canapés, grimpent et descendent sans relâche les deux marches du hall et provoquent des carambolages avec quiconque a le malheur de passer par là, renversant au passage les ficus en pot qui jouent les bouche-trous dans tous les coins de l'entrée dépourvus de mobilier. Les deux gamins vibrionnent telles des mouches Jedi, en observant juste ce qu'il faut de temps d'arrêt pour que tout le monde puisse remarquer leurs cheveux en bataille, leurs chemises dépareillées et leurs joues barbouillées de traces blanches, que Todd tentera de faire passer auprès de son ex-femme pour des taches de lait, mais qui sont, de toute évidence, les vestiges de la boîte de beignets saupoudrés de sucre glace qui leur a tenu lieu de dîner.

Ils le surnomment Sad Todd, Todd le triste, parce que depuis plus de deux ans qu'il vit au Versailles, personne ne l'a jamais vu sourire. Il n'a toujours pas acheté le moindre meuble, ni accroché de photos aux murs ; il n'a jamais eu aucun rancard, ne s'est fait aucun ami. Il est atteint, selon Jack, du syndrome d'Annie la Petite Orpheline. Il s'obstine à croire qu'un jour, sa famille viendra le chercher et qu'il ne lui servirait à rien de s'installer confortablement.

En ce dimanche soir, ce serait un euphémisme de dire que Sad Todd offre le visage d'un homme épuisé. Pas rasé, débraillé, il paraît au bord du suicide. Il a conduit les jumeaux dans le hall avec une bonne avance sur l'heure officielle du ramassage, sans doute parce qu'ils ont déjà dévasté son appartement et qu'il était à court de ressources.

— Ce pourrait être le jour où Sad Todd finit par craquer, observe Jack, d'une voix qui traduit ce mélange unique de sympathie et de mépris que tous, ici, éprouvent les uns pour les autres.

— Quelqu'un devrait offrir à ce pauvre bougre une addiction à la coke, dit Oliver en hochant la tête d'un air triste.

Le dimanche soir, ils sont de sortie : ils partent dîner et boire plus que de raison, au Blitz, un bar sportif miteux situé sur la Route 9, réputé pour ses hamburgers très généreux et ses serveuses absurdement séduisantes. Les dimanches soir sont particulièrement déprimants : si ce n'était pas votre week-end de garde, vous n'avez pas vu vos gamins et vous vous sentez perdu et seul ; et si vous les avez eus, maintenant qu'ils sont partis, vous êtes sur les rotules et miné par le sentiment de ne pas être à la hauteur.

Dans un cas comme dans l'autre, la situation nécessite quelques verres et une séance de reluquage qui, comme on est en Amérique, se doivent d'être accessibles à pied. Jack, avec sa chemise habillée et sa veste noire, en a fait des tonnes, comme d'habitude, en s'inspirant de la dernière tenue qu'il a vue sur George Clooney. Oliver porte un pantalon de treillis absurde et une casquette de base-ball. Silver aimerait penser qu'avec son jean et son polo foncé il incarne la juste mesure, mais à côté de Jack, il se fond dans l'arrière-plan, comme un figurant de passage.

Dehors, dans l'allée, Jack et Oliver s'assoient sur le bord de la fontaine pour fumer leur cigare, une opération bien plus complexe qu'il n'y paraît de prime abord. Oliver commence par extraire deux tubes en aluminium de la poche de sa chemise et par rompre les sceaux. Ensuite, Jack sort une petite guillotine, il étudie les cigares et, sous l'œil vigilant d'Oliver, s'applique à les circoncire proprement. Et tout le temps que dure cette opération, Oliver déblatère : il raconte où il s'est procuré les deux cigares, précise en quoi ils sont supérieurs à ceux d'autres marques – quel est leur degré de pertinence dans le monde du cigare, si l'on préfère. Jack, ça ne loupe jamais, embraye alors sur une anecdote extraite de son répertoire « Les Meilleurs Cigares Que J'aie Jamais Fumés » – noms, dates et lieux qui ne disent rien à personne – pendant qu'Oliver fait jaillir la flamme bleutée de son briquet à gaz gravé d'un monogramme et que Silver, en silence, s'arrache les cheveux et bâille d'ennui.

Les cigares ont une cote folle ces temps-ci, de part et d'autre de la ligne de partage des eaux conjugales. Les hommes mariés les fument pour atténuer la sensation d'être entravés dans leur vie, les divorcés, pour conjurer la désolation envahissante des dimanches soir, et d'un côté comme de l'autre, ils suscitent des commentaires intarissables. À cause d'une salade de complexes freudiens longuement fatiguée, des hommes dans la force de l'âge se livrent à une fellation sur une touffe de feuilles roulées qui, curieusement, leur procure le sentiment d'un surcroît de virilité ; à défaut d'autre chose, c'est un triomphe colossal du marketing. Et l'on serait en droit de penser que, phallique ou pas, une marotte qui implique d'obstruer sa bouche serait une affaire silencieuse, or il n'en est rien.

Le temps qu'il faut à ces deux-là pour venir à bout de leurs cigares à la noix, de grandes œuvres ont été écrites, des empires se sont effondrés, et la femme de Sad Todd a eu le temps d'arriver dans son monospace gris métallisé. C'est un petit bout de femme terne avec des lèvres très minces et l'air stressé de celle qui s'est depuis longtemps résignée à être la seule personne compétente sur cette planète. Elle inspecte les jumeaux tout en sermonnant Todd.

Regarde-les ! Qu'est-ce que c'est que ce massacre ! Comment as-tu pu les laisser descendre de chez toi dans cet état ? C'est du sucre glace sur leur visage ? Tu leur as donné des beignets ? Il t'est venu à l'esprit de les laver ne serait-ce qu'une fois en trois jours ? Bon sang, Todd, je pourrais les laisser dans un chenil qu'ils seraient mieux soignés !

Sad Todd ne pipe mot. Il reste planté là, tête basse, et encaisse les injures avec l'impassibilité d'un arbre sous l'orage. Lorsqu'elle a fini de lui passer un savon, elle secoue longuement la tête, puis elle se penche vers lui, lui rajuste le col et, à l'immense surprise de Silver, lui plante un baiser sur la joue, avant de remonter dans le monospace et de s'éloigner. *L'amour*, songe Silver. Les jumeaux font de grands gestes à leur père par le pare-brise arrière, et Sad Todd, échoué au milieu de l'allée, agite lui aussi la main, machinalement, jusqu'à ce qu'ils aient disparu. Son visage est contracté par un chagrin si palpable que Silver est obligé de détourner les yeux.

Il a été amoureux d'une fille qui s'appelait Megan Donahue. Elle avait une taille toute fine, des yeux de félin, et était une fervente végétarienne. Ils s'écrivaient de longues lettres truffées, pour preuve de leur amour, de citations empruntées à des chansons de groupes de rock plus ou moins confidentiels, que chacun glissait dans le casier de l'autre. Les jours où elle portait des pulls à col roulé blancs, en laine duveteuse, elle ressemblait à un matin de Noël. Ils avaient dix-sept ans, ils étaient au lycée et tous les deux puceaux, et jamais, avant elle, il n'avait dit « Je t'aime » à une fille. Pour être exact, il avait dit « Je t'aime moi aussi », mais on ne va pas pinailler pour un détail de sémantique. Le système endocrinien vouait leur relation à l'échec. Les hormones de Silver, qui faisaient tout le gros du boulot à l'époque, ne peuvent être tenues pour responsables. Sa détermination à perdre son pucelage n'avait d'égal que celle de Megan à préserver le sien. Ou alors, peut-être voulait-il juste savourer de temps à autre un hamburger sans qu'on lui donne le sentiment d'être un meurtrier.

CHAPITRE 11

Aujourd'hui, Lily porte un sweat-shirt à capuche gris sur lequel le nom de son *alma mater* est désormais réduit à des ombres. C'est le genre de vêtement qu'elle aurait usé jusqu'à la corde dans ses premières années après la fac – peut-être appartenait-il à un ex-petit copain dont l'odeur était un temps restée emprisonnée dans les fibres. Silver l'imagine dans un appartement exigu, en train de gratter distraitement les lettres thermocollées, au son d'une musique qui la ramenait à ses années de campus, jusqu'à ce que les lettres se détachent et qu'il ne reste plus qu'à les arracher entièrement. Il y a une métaphore, là. Peut-être même une chanson. Mais cela fait des années qu'il n'a pas écrit de chanson, et il sait que ses élans créatifs sont désormais réduits à ça – des élans. L'idée d'écrire quoi que ce soit lui est désormais si étrangère qu'il n'arrive plus à se rappeler comment on s'y prend.

Lily chante des chansons qui parlent d'oiseaux, d'insectes, de la pluie, de voitures et de petits personnages loufoques. Lorsque les gosses qui l'entourent, assis par terre, reprennent les paroles avec elle, elle ferme les yeux, sourit et tape sur les cordes de la guitare du plat de la main pour générer un bruit de percussion. Quand les accords grimpent dans les aigus, ils bourdonnent dans les oreilles de Silver comme des parasites, en raison de son acouphène. Cette animation musicale ne doit pas rapporter grand-chose, songe Silver depuis son poste d'observation, à une distance de sécurité, comme toujours. Elle fait ça soit parce qu'elle aime travailler avec les enfants, soit parce qu'elle est dans la dèche, et bien qu'il trouve les deux scénarios aussi séduisants, Silver appelle de ses vœux le second car il n'a jamais trop eu la cote auprès des éducateurs. Il ne saurait dire ce qui l'attire chez elle – sa grâce enjouée et son expression bienveillante peut-être, ou alors sa voix, frêle, cristalline, vacillante mais mélodique ; il y entend une douceur qui, selon lui, reflète sa personnalité.

Autant de considérations parfaitement stériles puisqu'il est dans l'incapacité totale ne serait-ce que de croiser son regard. Il l'observe remballer sa guitare, récupérer son chèque auprès de l'une des deux lesbiennes ultra-sportives qui tiennent la librairie, et se diriger vers la porte. Elle va passer devant lui, et leurs regards se rencontreront un bref instant, comme toujours, avant qu'elle ne l'ignore, tout comme lui, probablement, semble l'ignorer.

Il a toujours été du genre timide, lorsqu'il s'agit d'aborder les femmes. L'alcool aide, mais en général, on n'en sert pas dans les librairies et Silver ne pense pas que sortir une flasque de sa poche à 3 heures de l'après-midi ajouterait vraiment à son capital séduction. Avant de pousser la porte, Lily s'arrête pour feuilleter un magazine ; il la regarde et ne trouve pas la moindre phrase, la plus petite amorce de conversation qui ne donnerait pas l'impression qu'il la drague. Aborder une inconnue, c'est révéler ses intentions avant même d'avoir prononcé un mot et, pour Silver, tant de transparence a toujours été paralysant.

Il est seul depuis si longtemps. Il n'a rien à perdre et tout à gagner. Peut-être se sent-elle seule, elle aussi. Silver est presque certain que c'est le cas, il l'entend quand elle chante. Peut-être accueillerait-elle favorablement la conversation – la possibilité d'une possibilité. Et si le cours de leur vie devait s'en trouver changé, que pesait le risque d'une rebuffade ? Tandis qu'il la regarde sortir de la librairie et qu'il écoute la cloche tinter derrière elle, il décide que ce n'est là qu'une autre facette du malaise général ayant entraîné les innombrables mauvaises bifurcations qui ont façonné sa vie.

CHAPITRE 12

Le coupé Infiniti de Casey est blanc, avec des sièges de couleur sombre qui embaument le cuir neuf. La *drum and bass* que diffuse la stéréo est aussi lisse que la tenue de route du véhicule et Silver sent le rythme de la musique pulser doucement sous sa peau. C'est un vrai petit bijou, la voiture de sa fille, et il s'emploie à oublier qu'elle lui a été offerte par l'homme qui n'est pas son père mais qui s'acquitte de ce rôle bien mieux qu'il ne l'a fait lui-même.

Quand on vit seul, on a tout le temps de réfléchir. On ne parvient pas forcément à des conclusions, car la sagesse repose avant tout sur l'intelligence et la conscience de soi, et non sur un trop-plein de temps libre dont on ne sait que faire. En revanche, on devient très fort dans l'art de s'empêtrer dans les méandres du désespoir en moitié moins de temps qu'il n'en faudrait à une personne normale. Voilà pourquoi, assis dans la voiture de sa fille et tandis que le moteur japonais fait vrombir un nombre de chevaux dont une adolescente ne peut avoir l'usage, ses pensées sombres se dressent devant lui à une vitesse record.

Il songe que la vie de ses proches, tous autant qu'ils sont, semble connaître une amélioration spectaculaire dès lors qu'ils l'ont abandonné sur le bord du chemin. Denise s'est trouvée un meilleur mari, Casey un meilleur père, Pat McReedy une meilleure carrière. Silver est un marchepied pour une vie meilleure. Enfin, non – cette image impliquerait que, d'une manière ou d'une autre, il les ait aidés. Il serait plutôt le lest dont on se débarrasse en vol pour mener l'avion à bon port.

Il tourne la tête vers Casey qui fredonne cette chanson ridicule, mécanique, qui passe à la radio. Maudit soit Auto-Tune. Elle lui semble encore si jeune ; trop jeune pour avoir vécu ce que Denise et lui lui ont fait endurer ; trop jeune pour posséder cette voiture à quarante mille dollars, et rouler vers une clinique spécialisée dans les avortements avec un ersatz de père assis à la place du mort et ce, uniquement parce qu'elle aime trop sa mère pour l'impliquer dans cette histoire sordide.

Early Intervention est installée dans un parc de bureaux le long de la I-95, à la sortie d'Elmsbrook, au nord. Son logo, un simple « E.I. » plaqué sur un fond rose en forme de trèfle, est discret et étonnamment gai. Casey se gare, puis ils traversent une placette où se sont regroupés, comme le veut le rituel, des employés avides d'inhaler des fumées de première et de seconde main.

— Ma voiture te plaît ?

— Super bagnole.

— Quoi ? Je te demande si j'ai fermé la voiture à clé.

— Ah. Je ne me souviens pas.

Elle le regarde bizarrement.

— Ça va aller, Silver ?

Si seulement elle pouvait l'appeler papa.

— Bien sûr.

Il ne croit pas lui avoir jamais parlé de son acouphène qui, en cet instant, siffle dans ses oreilles comme une sirène et enveloppe la voix de Casey d'une coquille de parasites.

— Tu as l'air un peu… à côté de la plaque.

— Ça va. J'ai juste quelques petits soucis d'audition.

Elle le dévisage puis rebrousse chemin à petites foulées, son trousseau de clés brandi à bout de bras, jusqu'à pouvoir verrouiller les portières à distance. Silver la regarde courir, et quelque chose se grippe dans sa poitrine ; il éructe un bref sanglot guttural. Un souvenir jaillit, au hasard : c'est le soir, il neige, Denise, Casey et lui rentrent chez eux à pied, il ne sait plus d'où. Casey les devance, elle grimpe en courant le raidillon qui conduit au cottage de style Cape Cod qu'ils ont acheté quelques années plus tôt, un peu impulsivement, lorsque Denise lui a annoncé qu'elle était enceinte. Casey, haute comme trois pommes, se régale : elle foule énergiquement la neige en levant haut les genoux, comme un soldat.

— Elle est belle, n'est-ce pas ? s'extasie Denise.

Silver regarde Denise, coiffée d'une couronne scintillante de flocons de neige qui se désintègrent, et à cet instant, jamais il ne s'est senti aussi amoureux ; de cette femme, de cette petite fille, de cette famille qu'ils ont fondée. Casey a essaimé les empreintes de ses petites bottes tout autour d'eux et tandis qu'elle glapit de ravissement, Silver songe que jamais il ne lui sera donné de connaître instant plus parfait.

— Silver ?

Elle est revenue et elle l'observe attentivement, avec un sourire hésitant.

— Tu es sûre que c'est ce que tu veux ? demande-t-il, non parce qu'il voit une alternative, mais parce qu'il lui semble que c'est le genre de question que, rétrospectivement, on sera content d'avoir posée.

— Tu as une meilleure idée ?

— Non.

— C'est assez tôt pour qu'ils puissent procéder par aspiration, ce qui revient grosso modo au même que provoquer les règles. C'est sans douleur et sans convalescence. Je ne sentirai rien.

— OK.

— Et cela restera notre petit secret, hein ?

— Tout à fait.

Il doit l'admettre : ça lui fait du bien de partager un secret avec elle.

— Merci.

— Merci de quoi ?

— De ne pas m'avoir traitée d'idiote pour avoir eu un rapport non protégé.

— J'imagine que ça coulait de source.

Elle éclate de rire. Ni l'un ni l'autre n'a encore fait un pas vers l'entrée de la clinique.

— Tu en as eu beaucoup, des rapports ?

La question la prend de court, mais ne semble pas la braquer.

— C'était mon premier.

— Merde.

— Ouais.

— C'était comment ?

Elle prend son temps pour répondre.

— Pour tout dire, très agréable, dit-elle, et elle fond en larmes.

La paperasse est réduite au strict minimum puisque E.I. n'a pas d'accords avec les assurances maladie. Casey, préférant éviter que Denise ne découvre au courrier une feuille de remboursement, n'aurait de toute façon pas impliqué la mutuelle. Une intervention à un stade précoce coûte six cent vingt-huit dollars. Silver suppose qu'une somme ronde aurait semblé tout aussi curieuse. Il a apporté des espèces, amputant son compte courant de moitié environ, ce qui donne à l'affaire un parfum de clandestinité.

Après avoir payé, il rejoint Casey dans une petite salle d'attente individuelle équipée de deux sofas en cuir, d'une fontaine à eau et de deux bouts de canapés recouverts de brochures qui, toutes, présentent la situation sous un jour optimiste.

Casey s'empare de l'une d'elles et lit à voix haute :

— « La totalité de la procédure n'excède pas dix minutes. Les crampes, durant l'intervention, sont tolérables et ne durent que quelques minutes. Il n'y a pas de période de convalescence. Les patientes peuvent retourner à leurs activités quotidiennes dès qu'elles ont quitté la clinique. »

— Ça a l'air génial, approuve Silver. Pourquoi toutes les femmes ne font pas comme ça ?

— Tu dois être entre cinq et dix semaines. Ensuite, c'est la méthode dure.

Ils restent quelques instants sans parler, dans un silence qui n'a rien de pesant. Silver se recule contre le dossier du canapé et ferme les yeux, soudain écrasé par une vague d'épuisement injustifié.

— Tu peux me raconter quelque chose ? demande Casey.

— Quoi ?

— N'importe. Mais parle-moi jusqu'à ce qu'ils soient prêts.

— Je ne sais pas de quoi parler.

— Tu te sens seul ?

— Là, en ce moment ?

— En général.

— Je ne sais pas. Parfois.

— Tu as une copine ?

— Non.

— Une partenaire occasionnelle ?

— J'ai bien ramené une fille à la maison, l'autre soir…

— Vas-y, raconte. C'était comment ?

— Elle voulait juste qu'on la tienne dans ses bras.

— Ah.

— Ce n'est pas grave. Le sexe, ce n'est pas toujours aussi génial qu'on le prétend…, dit-il à sa fille enceinte dans la salle d'attente d'une clinique d'avortement.

Silver sourit. En dépit de tout le mal qu'il s'est donné, Casey s'est révélée une gamine brillante, spirituelle, belle et très équilibrée. Parfois, lorsqu'il est avec elle, la sensation de ce qu'il a perdu vide tout l'air de ses poumons, ce qui explique peut-être pourquoi il s'est montré aussi nul en matière de papillonnage.

Il fait trop chaud dans cette salle d'attente, même quand on s'assied à côté de la climatisation, et le sifflement dans son oreille gauche a atteint le point où il commence à crépiter comme un feu. Pour l'atténuer, Silver retient son souffle, écrase ses paumes contre ses oreilles et fait remonter des profondeurs de sa gorge un fredonnement grave. Après quelques instants, le sifflement s'atténue, puis, ô surprise, disparaît. Un silence bienheureux explose dans sa tête.

— Papa !

Elle m'a appelé papa, songe-t-il.

Il ouvre les yeux. Casey s'est levée et se penche vers lui, avec une expression de panique.

— Qu'est-ce qui ne va pas ?

Il ouvre la bouche pour lui dire qu'il va bien, qu'il est simplement un peu fatigué. Il sent les mots se former dans sa gorge, mais n'entend aucun son en sortir. Casey s'éclipse et réapparaît un instant plus tard, suivie d'une femme entre deux âges, en blouse blanche.

— M. Silver ? M'entendez-vous ?

— Évidemment que je vous entends, répond-il, et il entreprend de se lever.

Mais rien ne se passe. Il ne sent plus ses jambes, il ne peut plus remuer les lèvres, ne peut plus proférer le moindre son. Il ferme les yeux, juste un instant. Il n'en revient pas du silence qui règne dans sa tête ; le sifflement a totalement disparu. Voilà des années qu'il n'a plus entendu un silence pareil. Il a envie de s'en envelopper, comme d'une couverture, et de pleurer de soulagement.

Quand il rouvre les yeux, il se trouve à l'hôpital.

CHAPITRE 13

S'il y a un bon côté à se réveiller dans un hôpital, c'est que, votre cerveau a beau clignoter comme une ampoule mal vissée, un embryon de lucidité vous suffit amplement à comprendre où vous vous trouvez. Les bips du moniteur cardiaque, l'odeur du désinfectant industriel, les draps excessivement amidonnés, et votre femme, assise à votre chevet.

Ex-femme.

C'est vrai.

Denise lit un magazine. Sa façon de plisser les yeux lui rappelle qu'elle le regardait lui aussi comme cela, autrefois, quand elle scrutait ses rouages comme un mécanicien essayant de localiser le câble électrique effiloché, la connexion défectueuse responsable de sa ribambelle de dysfonctionnements. Ce souvenir sensoriel du mépris que Denise a coutume de lui réserver offre une prise à sa mémoire à court terme qui, finalement, n'a pas été effacée. Elle s'est camouflée un temps contre la texture sablonneuse de son cerveau.

Denise détache les yeux de son magazine.

— Tu es réveillé.

Elle ne semble pas dévorée d'inquiétude, ce qui peut être bon signe – ou le signe qu'elle se fiche éperdument qu'il aille bien ou pas. Sa mort, à ce stade, n'aurait guère de répercussions sur elle. Ni sur personne d'autre, il faut bien le dire. Cette prise de conscience suffit à lui faire refermer les yeux pour essayer de rétablir la connexion avec le néant sans rêve. Il entend le gémissement aigu de gonds mal huilés, puis des pas.

— Papa ?

Il rouvre les yeux, et Casey est là, à côté du lit, une bouteille de Coca light à la main d'où dépasse une paille mâchonnée.

Tu m'as appelé papa.

— Tu peux parler ?

Je vais bien, Casey.

Elle se retourne vers sa mère, paniquée.

— Pourquoi il ne peut pas parler ?

Denise se penche au-dessus de lui.

— Silver, est-ce que tu peux parler ? crie-t-elle, comme si elle s'adressait à un gamin de trois ans – c'est également sur ce ton qu'elle s'adressait aux jardiniers mexicains.

Évidemment que je peux parler. Qu'est-ce que je suis en train de faire, là ?

Denise se lève et positionne son visage juste en face du sien.

— Cligne des paupières, si tu m'entends.

Putain, Denise ! À quoi tu joues ?

— Je vais chercher Rich, annonce Casey en quittant précipitamment la chambre.

— Tu vas bien, lui affirme Denise, en le scrutant cependant de ce regard qu'il ne connaît que trop bien, celui qui dit : « Comme on pouvait s'y attendre, tu as encore merdé dans les grandes largeurs. »

Ils se sont rencontrés au mariage de Bruce, le cousin de Silver. Elle n'était pas la plus belle des demoiselles d'honneur, la tenante du titre était Andrea Lumane, moulée dans sa robe longue aubergine comme si celle-ci avait rétréci, et suivie à la trace par les photographes, tout au long de la réception, autant que la mariée elle-même. Denise n'arrivait même pas en deuxième position. Cet honneur revenait à Hannah Reece, qui aurait pu gagner la compétition sur les seuls mérites de son décolleté insubmersible. Denise se hissait sans problème à la troisième place, malgré une plastique peut-être un peu ordinaire, mais en vertu de ses traits réguliers qui possédaient une élégance raffinée. Lorsqu'elle souriait, c'était avec sincérité et sans retenue. Elle semblait capable d'autodérision, un trait de caractère que Silver recherchait chez les femmes qu'il tentait de fréquenter. Il diminuait les probabilités qu'elles le tournent, lui, en dérision.

Il a donc vidé quelques verres pour surmonter son introversion naturelle, dompté du mieux qu'il a pu sa chevelure indisciplinée, gobé une pastille mentholée, et il est allé hardiment s'asseoir sur la chaise libre à côté d'elle.

— On dirait que vous pourriez vous amuser davantage, a-t-il observé.

Elle avait déjà été demoiselle d'honneur, c'était la fois de trop, et elle buvait plus qu'à son habitude, plus qu'il ne la reverrait jamais le faire. Elle était pompette, drôle, et au bout de dix minutes de conversation, Silver a eu la certitude – celle qu'un homme ne peut acquérir qu'avec l'assentiment tacite d'une femme – que s'il l'écoutait, s'il hochait la tête avec sympathie et l'invitait à danser tous les slows, il décrocherait le privilège de lui retirer cette robe ridicule, une fois la noce terminée. La réception avait lieu au Hilton et, par commodité, Denise y avait réservé une chambre pour la nuit. L'absence de trajet en voiture éliminait tout risque qu'elle puisse dessaouler et se raviser.

Donc, ils ont dansé, il l'a fait rire avec ses mouvements, il lui a resservi à boire avec parcimonie pour entretenir sa griserie, mais sans que celle-ci ne bascule dans une ivresse qui la ferait tituber et, quelques heures et à peine quelques maladresses plus tard, ils ont gagné sa chambre, où elle l'a baisé avec une énergie soûle qui confinait à la rage, avant de tomber raide de sommeil, le visage écrasé contre son ventre. À la voir ainsi, vulnérable et fourbue, quelque chose s'est éveillé en lui. Il a étudié la déclivité gracieuse de ses reins, la rondeur de ses fesses, la douceur de sa peau, la façon dont, dans presque n'importe quelle position, ses petits seins restaient dressés, et il a décidé que sa beauté était de celles qui se révèlent par paliers et qu'il pouvait se féliciter de l'avoir découverte et de s'être envoyé en l'air dans le même temps.

Il avait prévu de partir le lendemain matin avant qu'elle ne se réveille, mais lorsqu'il a ouvert les yeux, elle était déjà sous la douche. Profiter de son absence pour filer en douce lui a semblé d'une grossièreté inexcusable, bien plus, d'une certaine façon et sans qu'il sache pourquoi, que s'il avait déserté pendant son sommeil. Donc, il est resté pour le petit déjeuner. Elle lui a appris qu'elle allait obtenir sa licence d'agent immobilier, il lui a parlé de son groupe, et cela l'a touché infiniment qu'elle ne regrette pas la nuit qu'ils avaient passée ensemble et qu'elle s'abstienne de remarques telles que : « Je ne fais jamais ça » ou « J'étais tellement bourrée ! » – qu'il aurait très mal vécues. Ce rapport sexuel a conduit à une relation suivie, qui a débouché sur un mariage, puis sur la naissance d'un bébé, et Silver n'a compris que trop tard que les dés avaient été jetés pour la seule raison qu'elle s'était réveillée avant lui, et qu'il avait craqué sur elle en grande partie parce qu'elle ne regrettait pas d'avoir couché avec lui. Ce à quoi elle ne manquerait pas de remédier avec le temps.

CHAPITRE 14

Le médecin qui lui annonce qu'il va mourir est l'homme qui épousera son ex-femme dans deux semaines et demie. On peut entendre là une note poétique non dénuée de sens ou un de ces pets karmiques qui sont, ces temps-ci, emblématiques de sa vie.

Rich Hastings est un homme grand et mince, avec un visage allongé et des sourcils broussailleux qui compensent son front dégarni et lui donnent un petit air de chouette pensive. C'est lui qui a offert la voiture à Casey et qui paiera ses études. Non content d'avoir remplacé Silver dans sa propre famille, comme mari et comme père, cela crève les yeux qu'il s'acquitte de ces rôles bien mieux que Silver n'aurait jamais pu le faire. Malgré tout, Silver n'arrive pas à le prendre en grippe, et ce n'est pas faute d'avoir essayé. Il a déployé une énergie folle pour cultiver un sain dédain à l'égard de Rich – en vain. Il y a chez cet homme comme un trop-plein d'innocence qui décourage le cynisme. En outre, il semble avoir beaucoup d'affection pour Silver – chose qui, franchement, ne court pas les rues. Même en ce moment, alors que Rich lui annonce qu'il va mourir, Silver n'arrive pas à lui en vouloir.

— Tu as une dissection aortique, lui explique Rich de sa voix grave.

— Je ne sais pas ce que ça veut dire.

Silver a retrouvé l'usage de la parole, bien que ses propres mots sonnent encore un peu bizarrement à ses oreilles, comme s'ils n'entretenaient aucun rapport avec lui, qu'ils restaient en suspens dans l'air jusqu'à ce qu'ils se soient vidés de leur sens.

Rich tient les clichés du scanner à bout de bras, moins pour montrer leur semis coloré sans queue ni tête à son patient que pour se planquer derrière eux.

— La paroi intérieure de ton aorte est déchirée.

— Ça ne peut pas être une bonne nouvelle.

— Effectivement, confirme Rich en reposant les clichés. Ton sang, poussé par la pression, pénètre par cette déchirure, décolle les couches de la paroi et les dilate. On parle également d'anévrisme disséquant.

— On meurt d'un anévrisme, non ?

— Oui. Mais tu as eu du bol. L'A.I.T. a mis la puce à l'oreille aux urgentistes, qui ont fait une I.R.M. et trouvé la dissection.

— Rich ?

— Oui ?

— Il faut que tu arrêtes de me parler en toubib.

— Merde, je suis désolé, Silver.

Et il l'est. Le remords creuse de profonds sillons dans son grand front et fait onduler ses sourcils comme des chenilles. Quand Casey était petite, Silver lui lisait l'histoire d'une chenille qui allait son bonhomme de chemin en grignotant des fruits, des légumes et, pour finir, les pages cartonnées du livre. Casey trouvait cette histoire hilarante. Silver n'a jamais vraiment compris pourquoi, mais il adorait l'entendre exploser de rire.

— Un A.I.T. est un accident ischémique transitoire. Une mini-attaque. C'est pour ça que tu as perdu momentanément l'usage de la parole.

— Ah.

— Le sang qui pénètre par la déchirure a distendu ton aorte, ce qui peut parfois causer la formation de petits caillots sanguins. Quand ces caillots se détachent de la paroi et migrent vers le cerveau, ils peuvent endommager diverses fonctions.

Silver s'accorde une minute pour assimiler la nouvelle. Il se représente son aorte comme un tuyau d'arrosage tordu et fendillé, abandonné en vrac après usage. Il trouve que la comparaison ne manque pas d'à-propos.

— Alors, je vais mourir ?

— Non ! proteste Rich avec véhémence tout en se levant. On a pris le problème à temps. Tu dois être opéré d'urgence, mais cela fait, tu seras comme neuf.

— C'est aussi simple que ça ?

— Bon, je ne veux pas minimiser les risques d'une opération, mais tu es jeune et en bonne santé…

— J'ai un anévrisme. Je viens de faire une mini-attaque. Je ne me sens pas en bonne santé.

— Bon, oui, évidemment. Je voulais dire que tu es un candidat idéal pour une intervention. Je souhaiterais t'opérer demain à la première heure.

— C'est toi qui vas m'opérer ?

— Oui. Est-ce que ça te pose un problème ? Si c'est le cas, je peux t'adresser à…

— Non.

— Tu es sûr ?

— Je ne voudrais pas d'un autre chirurgien…

— Je suis heureux de l'entendre.

— … Si je devais me faire opérer. Ce qui n'est pas mon intention.

Rich accuse le choc, presque autant que Silver, et écarquille les yeux d'inquiétude. Cet homme est la bonté personnifiée. Silver lui mettrait volontiers son poing dans la figure.

— Silver, si on n'opère pas, tu vas mourir.

— Quand ?

— C'est impossible à dire. Mais ton aorte finira par se rompre, je te le garantis.

— Je comprends. Merci.

— Non, je ne crois pas que tu comprennes.

— Je suis plus intelligent que j'en ai l'air.

Rich balaie la chambre d'un regard désemparé. Sans qu'il s'en rende compte, il décrit un tour complet sur lui-même, comme s'il cherchait une repartie. Il n'était pas de service aujourd'hui. Dire qu'il a rappliqué pour *ça*.

— Tu as une fille, Silver.

— Et elle n'a pas besoin de moi puisque tu es là.

Ce n'est qu'en voyant Rich secouer la tête avec tristesse que Silver comprend qu'il a dit tout haut ce qu'il pensait tout bas. Il y a un truc, chez les chics types, qui l'incite à se comporter en connard.

— Je suis désolé, Rich. Ce n'est pas ce que je voulais dire.

Rich accepte les excuses d'un hochement de tête.

— Écoute, Silver…

Silver ne le peut pas. Il voit bien que Rich est en train de parler, mais les mots qui sortent de sa bouche s'agglomèrent les uns aux autres, et ce galimatias de moins en moins audible se transforme en bruit de fond. Silver n'entend plus que ce sifflement qui brouille tout dans son cerveau. Il ferme les yeux et s'abîme dans l'onde sonore ténue, mais insistante.

Il a été amoureux d'une fille qui s'appelait Emily. Un maître nageur. Elle avait des cheveux bruns ondulés qui donnaient perpétuellement l'impression qu'elle venait d'essuyer une bourrasque. La première fois qu'ils se sont embrassés, la scène s'est déroulée ainsi : ils se trouvaient dans la voiture de Silver et échangeaient une accolade pour se souhaiter bonne nuit. Ils avaient auparavant dressé une liste de bonnes raisons qui les empêchaient d'être ensemble – des raisons d'ordre essentiellement géographique et chronologique qu'ils avaient déjà disséquées en long, en large et en travers. Donc, elle l'a embrassé sur la tempe, il l'a embrassée sur la joue, puis ils ont échangé une autre accolade. Il a remarqué qu'elle tremblait. Il a senti la caresse de son visage, si doux, contre le sien ; il a senti ses doigts s'emmêler dans ses cheveux ; puis la lente dérive de leurs lèvres, jusqu'à ce que leurs bouches comme aimantées l'une par l'autre, en se rencontrant enfin, puissent feindre la surprise. Avec force halètements et gémissements, ils ont capitulé, vaincus par la moiteur brûlante de leur mauvaise idée. Il était acquis qu'ils ne pourraient jamais être ensemble, en raison d'obstacles insurmontables dont il n'arrive plus à se souvenir, mais il leur restait tout de même ces baisers tendres et voraces, interminables, nuit après nuit, qui le précipitaient dans les affres d'un amour idéal, pur, qui lui serait à jamais refusé.

CHAPITRE 15

Au cours des quelques heures suivantes, il devine confusément qu'on s'affaire en silence autour de lui, qu'une petite foule grossit et s'éparpille dans la chambre d'hôpital. Ses parents sont là, appuyés contre le rebord de la fenêtre, d'où ils l'observent tranquillement, comme du balcon d'un théâtre. Chuck, son frère, sa perfection de frère, de trois ans son cadet, entre et sort, distribue des snacks, ressert du café à leurs parents. Denise est dans le couloir, au téléphone, peut-être en train de caler les derniers préparatifs pour le mariage. Quant à Casey, qui se tient un peu à l'écart, recroquevillée sur le seul fauteuil disponible, une jambe négligemment posée sur l'accoudoir, elle le couve d'un regard boudeur. Elle a les yeux rouges mais l'expression de son visage est impénétrable. Silver éprouve le besoin de s'excuser auprès d'elle pour quelque impair qu'il aurait commis, mais bon – n'est-ce pas ce qu'il éprouve chaque fois qu'il la voit ? Pourtant, l'impression générale, c'est qu'il a exaspéré tout le monde. Une fois de plus.

— Il est réveillé, annonce Casey.

Ruben et Elaine se redressent. Chuck repose le sandwich industriel dans lequel il s'apprêtait à mordre.

— Salut, dit-il. On s'est fait du souci.

— Qu'est-ce que tu fous ici ? répond Silver.

Chuck prend l'air inquiet.

— Tu es à l'hôpital, explique-t-il en parlant fort et lentement, comme s'il s'adressait à un vieillard.

— Je sais, merci. Je me demande juste pourquoi tu es là.

— Tu es mon frère.

Silver hausse les épaules.

— On n'est pas si proches que ça.

Chuck est vexé, ça se voit à sa tête, et Silver se demande pourquoi il a dit ça. Mais avant qu'il n'ait pu débrouiller la question, Denise réapparaît, Rich sur les talons. Elle en jette, Denise, avec son jean et son pull noir tout simple. Silver a beau être dans les vapes, ça lui porte un coup, il lui semble qu'une lame émoussée gratte là où c'est tendre.

— Bon, fait Denise d'une voix sévère. Tu es avec nous, là, Silver ?

Quelque chose a changé. Il ne saurait dire quoi au juste, mais tout lui semble plus frais, plus immédiat. La voix de Denise, les odeurs de l'hôpital, le fredonnement du néon intégré à la tête de lit.

— Un petit verre d'eau me ferait du bien, dit-il.

— Une petite opération ne te ferait pas de mal non plus, riposte Denise. Demain matin, à 8 heures. J'ai annulé nos projets pour ce soir afin que Rich puisse avoir une bonne nuit de sommeil.

— Je serai dans une forme olympique, promet celui-ci en souriant.

— C'est gentil à vous.

Denise est bronzée et sa peau semble resplendir dans la blancheur crue de la chambre. Ses dents paraissent plus blanches, et il se demande si cela résulte du contraste avec sa peau hâlée ou d'un blanchiment qu'elle aurait fait faire en prévision des photos de mariage.

— Donc, tu vas te faire opérer ? demande sa mère.

— Non.

Denise grogne et secoue la tête.

— Tu es un enfoiré, Silver.

Une oreille non entraînée pourrait croire qu'elle est furieuse, mais Silver, lui, distingue de l'inquiétude dans sa voix : il entend ce résidu tenace d'amour qui, elle, l'exaspère, et qui lui, pathétiquement, le réchauffe.

Casey lui tend un gobelet d'eau glacée. Il le vide en deux gorgées puis savoure la sensation des restes de glaçons fondant contre sa langue. Jamais avant ce jour il n'avait prêté attention à la façon dont un corps peut se diluer dans la bouche, changer de consistance sans effort, simplement au contact de la chaleur de la langue. Il regarde Denise.

— Tu as fait un blanchiment des dents ?

— Quoi ? lâche-t-elle en rougissant sous son hâle.

Ses dents sont blanches, son visage est bronzé, et ses yeux sont d'un bleu plus vif qu'ils ne l'étaient dans son souvenir. Elle est belle, d'une beauté douloureuse.

Il remarque que tous, dans la chambre, le dévisagent d'un air à la fois chagriné et inquiet, comme s'ils pouvaient entendre ses pensées, et c'est là qu'il prend conscience qu'il pense tout haut.

— Qu'est-ce qui cloche chez toi, Silver ?

— J'ai une dissection aortique.

— Je ne parlais pas de ça. Pourquoi tu dis des trucs pareils ?

Rich s'éclaircit la voix puis s'approche et braque une lampe stylo dans l'œil de Silver.

— Il fait peut-être une A.I.T.

— C'est une mini-attaque, explique Silver à l'intention de Casey, postée à son chevet, l'air inquiet. Ne t'inquiète pas, ma puce. Je vais bien.

— Pas si bien que ça. (Casey)

— Fais-lui entendre raison. (Elaine)

— Tu as besoin de cette opération, Silver. (Rich)

Silver regarde Denise, soudain étrangement silencieuse.

— Ça me manque de coucher avec toi. J'aimais quand tu m'embrassais, après avoir joui.

— Putain de merde ! (Casey)

— Nom de Dieu, Silver ! (Denise)

— C'est plus fort que lui. (Rich)

— J'ai toujours pensé qu'on finirait par se remettre ensemble. (Silver)

— Papa, arrête ! crie Casey, en larmes.

Il ignore pourquoi il dit ces horreurs. Et tout autant en quoi ce sont des horreurs. Quelque chose n'est plus comme avant. Il se doute qu'il va regretter ces paroles, peut-être même les regrette-t-il déjà – qui sait ? –, mais quelque chose a changé, il ne saurait dire quoi, et il est impuissant face à elle.

— Pardon, Casey. Pardon pour tout. J'ai été un père nul à…

— Tais-toi !

— Tu ne peux pas lui faire une piqûre ? (Denise)

— Les fonctions monitorées sont stables. Il n'y a aucune raison de lui administrer un sédatif. (Rich)

— Mais tu entends ce qu'il raconte ! (Denise)

Silver regarde Casey et voilà qu'il se met à pleurer lui aussi, il sent des larmes brûlantes ruisseler sur ses joues.

— Tu avais besoin de moi et je n'ai pas été là pour toi. Je le voulais, mais te voir était trop douloureux. Quand je te regardais, je voulais revenir, et comme c'était impossible, il était plus simple de rester loin.

— Silver, s'il te plaît…

— Et maintenant, tu es déjà adulte, ma petite fille n'est plus là.

— Mais si, je suis toujours là.

— Et maintenant tu es enceinte.

Casey ferme les yeux, mortifiée.

— Putain, papa…

Elle m'a appelé papa, songe-t-il.

— Quoi ? (Denise)

Suit un silence stupéfait, meurtri, et puis la pièce explose.

Pendant un petit moment, ce ne sont que pleurs et hurlements, questions sans intérêt et réponses regrettables qui déchaînent de nouveaux hurlements. Et puis, à la faveur d'une accalmie fortuite, Ruben se racle la gorge d'une façon qui exige une attention immédiate ; c'est le genre de technique qu'on apprend à parfaire à force de passer du temps derrière un pupitre. En deux temps trois mouvements, Ruben a congédié et poussé tout le monde dans le couloir. Il referme la porte de la chambre et tire le fauteuil au chevet de son fils, qu'il dévisage avec un sourire grave tout en frictionnant sa kippa noire d'avant en arrière. Ce geste familier fait aussitôt grossir une boule dans la gorge sèche de Silver. Ruben hoche la tête plusieurs fois de suite, à l'intention de Silver, de Dieu lui-même, peut-être bien.

— Bon, fait-il avec un sourire crispé. On a évité les cris et les larmes, c'est déjà ça.

— Tout est ma faute.

— Tu portes une part de responsabilité, c'est certain. De là à dire que tout est ta faute…

— Tout ce que j'ai jamais eu, tout ce que je touche…

Silver est incapable de compléter sa pensée. S'adresser à son père le rend étonnamment émotif.

— Ils ont des psys, là-haut, tu sais.

— Papa, merde…

— Je dis ça comme ça. Tu te débats avec une décision capitale. Ça pourrait t'aider d'en parler avec quelqu'un.

— Je ne me débats pas. Ma décision est prise.

— Bon, d'accord. C'est moi qui me débats avec ta décision.

— Alors peut-être devrais-tu en parler avec quelqu'un.

Ruben sourit. Puis il regarde son fils, le regarde vraiment, comme personne ne regarde presque jamais personne, comme un vrai père regarde son enfant, sans chercher à déguiser son amour, ni son inquiétude. Silver remarque les capillaires éclatés qui lézardent le blanc des yeux, les replis de peau distendue qui pendent le long des mâchoires, et il sent combien son père est usé. Cinquante ans dans le business de Dieu. Il en a vu, des merdes. Il ne manquait plus que celle-là.

— Tu veux mourir ? demande Ruben, sans provocation, juste par curiosité.

— Non. Pas vraiment.

— Eh bien, alors ?

Silver n'a pas envie de répondre, mais il entend les mots sortir de leur propre chef.

— Je ne suis pas certain de vouloir vivre, c'est tout.

Ruben ferme les yeux, le temps d'assimiler la réponse, puis il tapote la jambe de son fils.

— Pas de problème, dit-il en se levant. La décision t'appartient. (Il se dirige lentement vers la porte, puis se retourne.) Si ma voix compte, cependant, je veux qu'elle soit enregistrée en faveur de l'opération.

Silver le regarde partir, terrassé par une nouvelle lame de honte et de culpabilité. Cet homme est bon, et bon père, et moi, je ne suis ni l'un ni l'autre, songe-t-il, et il se demande aussi – ce n'est pas la première fois – quelle sorte de trépas son père endure en silence chaque fois qu'il pose les yeux sur lui.

Pour mémoire, Silver n'a tenté qu'une seule fois de se suicider. Et ce n'était même pas une tentative à proprement parler, plutôt un flirt, un bref batifolage avec le concept du suicide. Denise l'avait mis à la porte depuis peu, et un an plus tôt environ, Pat avait quitté les Bent Daisies pour trouver la gloire et la fortune sans eux. Silver n'avait plus de famille, plus de maison, plus d'argent et, par désespoir, il venait de franchir une ligne qu'il s'était juré de ne jamais franchir en animant une bar-mitsva avec le Scott Ray Orchestra. Le bar servait à volonté ; il avait profité des pauses programmées pour boire comme un trou et ensuite, quelque part entre l'Electric Slide et le massacre criminel de « Let's Get It On » de Marvin Gaye, il lui était apparu clairement qu'il avait foutu sa vie en l'air, irrémédiablement.

Il avait envisagé de sauter d'un pont ou de se taillader les poignets, mais aucune de ces méthodes ne paraissait infaillible et l'une et l'autre comportaient le risque d'un échec douloureux, or les échecs, il en avait eu sa dose, merci bien. Même s'il avait possédé une arme à feu, il aurait douté de sa capacité à en faire bon usage.

Ce soir-là, donc, au retour des festivités, il s'était assis à même le sol de son appartement qui n'était pas encore meublé, avec une bouteille de Hennessey à moitié vide, et il avait commencé à avaler des somnifères tout en écoutant les Bent Daisies sur son iPod. À un moment donné, il s'était entendu chanter à tue-tête « Rest in Pieces », et ce fut là son dernier souvenir lorsque, quelque trente heures plus tard, il s'était réveillé, le visage collé au plancher par du vomi coagulé et aussi dur que du ciment. Quand il avait enfin réussi à s'asseoir, il avait fait deux découvertes : il s'était chié dessus en dormant, et l'envie pressante de se suicider lui avait passé. Il lui avait fallu une demi-heure pour ramper jusqu'à la salle de bains, puis sous la douche. Se suicider, c'est dur, mais ce n'est rien comparé au lendemain matin.

*

Si on reste allongé assez longtemps sur un lit d'hôpital, on commence à se sentir incapable de marcher. N'étant pas capable de grand-chose d'autre, Silver compte bien ne pas renoncer à l'usage de ses jambes. Le revêtement en linoléum, glacé, lui mord les plantes de pieds, tandis que l'air conditionné lui fait l'effet d'une brise fraîche qui lui caresse l'arrière des cuisses et les fesses, qu'il a à l'air libre puisqu'il n'y a aucun moyen de croiser les pans de la pelure d'hôpital lui tenant lieu de pyjama. Il reste un instant immobile, histoire de faire le point. Tout lui donne la sensation d'être bancal, mais pas plus que d'habitude, lorsqu'il sort de son lit chaque matin.

Il est pris au dépourvu par le sang qui, lorsqu'il arrache l'aiguille de la perfusion et avant qu'il n'ait pu compresser le trou, crachote de son poignet en décrivant un arc gracieux et vient barrer sa chemise d'un court trait rouge. Qui se serait douté que tant d'énergie grouillait en lui ? Il sort un carré de gaze d'un tiroir et l'applique sur son poignet. Quelques instants, la gaze a adhéré à la peau.

Il glisse la tête par l'entrebâillement de la porte et scrute le couloir. La famille s'est réunie dans une salle d'attente à l'extrémité de celui-ci ; certains sont assis sur les canapés, ou dans le fauteuil, d'autres restent debout. Ruby, la perfection d'épouse de sa perfection de frère, est arrivée et entoure Elaine comme s'il y avait un héritage en jeu. Silver s'en veut d'une pensée si peu généreuse. Ruby ne lui a jamais témoigné que de la gentillesse, et elle n'y est pour rien si, à ses yeux, la gentillesse n'est rien d'autre qu'une variété de poison.

— La smala est au grand complet, hein ?

— Jack. Salut !

Jack s'est approché à pas de loup, dans le dos de Silver, en attendant que celui-ci remarque sa présence. C'est un de ses petits jeux favoris.

— Sacré merdier, lâche Jack, tandis qu'ils contemplent, au bout du couloir, l'ex-femme de Silver et son fiancé, sa fille enceinte, sa perfection de frère, sa belle-sœur non moins parfaite et ses parents qui se font vieux. C'est à cause de lui, s'ils sont tous réunis, mais ils semblent s'entendre très bien sans lui. L'histoire a montré que c'est généralement ce qui se passe.

— Oliver est en train de garer la voiture, annonce Jack.

— Dis-lui de laisser tourner le moteur.

Jack hausse les sourcils et toise Silver, dans sa nuisette d'hôpital.

— On met les voiles ?

— Oui.

— Est-ce bien sage ?

— Non.

Jack secoue la tête, puis sourit et sort son portable.

— Cool.

CHAPITRE 16

Dans la voiture, en rentrant à la maison, Denise pleure sans bruit sur le siège passager. Casey aimerait qu'elle arrête ; elle n'en peut plus. Elle adore sa mère, mais pendant ses années de mère célibataire, Denise a développé et soigneusement peaufiné un délire de persécution, et elle a tendance à considérer que les problèmes des autres, tous autant qu'ils sont, n'existent que pour alourdir son propre fardeau incommensurable.

— Putain, maman, tu ne veux pas arrêter ?

— Excuse-moi si la grossesse de ma fille adolescente me bouleverse.

— As-tu considéré la possibilité qu'elle me bouleverse moi aussi ?

— Évidemment. C'est juste que je… Comment as-tu pu faire ça ? Tu ne viens pas de tomber du nid.

— C'était un accident, de toute évidence.

— Tu as accidentellement eu un rapport non protégé ?

— Ça te consolerait si je te disais que j'ai été violée ?

— Ne me parle pas sur ce ton !

— J'essaie simplement de comprendre à quel stade tu pourrais commencer à te lamenter sur mon sort plutôt que sur le tien.

— Je pense qu'on a tous besoin de marquer un temps d'arrêt, intervient Rich.

— Crois-moi, je me lamente sur ton sort, riposte Denise, de ce ton qui inspire à Casey des visions de bûcher.

— Denise, gronde Rich à voix basse.

— Papa a géré ça beaucoup mieux que toi, assène Casey, puis elle observe l'effet de sa bombe.

Denise se retourne et fusille sa fille du regard ; ses yeux sont ourlés de rouge et écarquillés de colère.

— Je n'en doute pas. Silver possède le superpouvoir de tout foirer. Il a dû être ravi de voir que les chiens ne font pas des chats.

— À vrai dire, il n'en a pas fait une histoire personnelle, à la différence de certaines.

— Eh bien, va donc vivre avec lui ! Je suis sûre que vous serez très heureux tous les deux… pardon, tous les trois.

— Nous sommes tous bouleversés…, tente à nouveau Rich.

— Rich ! hurle Denise. Pour l'amour de Dieu, ferme-la et conduis !

CHAPITRE 17

Il est mourant. Enfin, peut-être. C'est une zone grise. Il s'accorde quelques minutes pour tenter de démêler l'écheveau inextricable de ses pensées, d'établir dans quel état il se sent. Apparemment, il n'est pas effrayé, ni même bouleversé plus que ça. Il a des regrets, certes, mais il les avait déjà quand il n'était pas mourant. L'émotion qui domine, de loin, semble s'apparenter au soulagement.

Assis à son bureau, il inspecte son appartement minable : deux chambres, un salon-salle à manger disposé en L et une cuisine américaine. Le tapis marron-gris qui recouvre un coin de la pièce est taché, usé jusqu'à la corde, et il laisse entrevoir des lames de plancher qui ont désespérément besoin d'un ponçage et d'une nouvelle couche de vernis. Le canapé, en face de la télévision, est affaissé à l'endroit où il a passé le plus clair des sept dernières années à s'apitoyer sur son sort, et à se livrer à l'automédication à base de bière et de programmes télé. Les murs sont nus, à l'exception, dans le salon, d'un grand tableau représentant un paysage océanique que le précédent occupant des lieux a abandonné derrière lui pour des raisons évidentes, et d'un portrait encadré de Casey et lui. Casey a six ans, elle est assise sur ses genoux et rit aux éclats – il l'avait chatouillée juste avant que Denise appuie sur le déclencheur –, un ravissant bout de chou en short et débardeur, et lui, il est mince, il ose encore penser qu'il y a de l'espoir, il ne l'a pas encore laissé tomber, et comme la vue de cette photo le mine, il a tendance à regarder ailleurs. La seconde chambre de l'appartement était destinée à Casey. Il l'avait peinte en rose et avait acheté un dessus-de-lit de la fée Clochette, mais Casey n'a jamais pris l'habitude de rester dormir chez lui, et la chambre a fini par servir de dépotoir pour ses accessoires de batterie mis au rebut : des supports, des cymbales, des peaux, des cadres, des pédales – tout un tas de vieilleries dont il n'a plus l'usage. Convaincu que tout cet attirail lui manquera lorsqu'il ne sera plus de ce monde, il a du mal à s'en défaire. Et oui, il est douloureusement conscient de l'ironie de la situation.

La fenêtre du salon ouvre sur la Route 9 où, à toute heure du jour, Silver a le loisir d'observer les mères de banlieue monter dans leur monospace et en descendre pour récupérer des vêtements au pressing, faire leurs courses chez les épiciers coréens, emporter des plats chinois, japonais ou thaïs. Les banlieues seraient-elles seulement viables sans les Asiatiques ? Et qui les remplacera dans vingt ans, lorsque leurs gamins seront tous devenus toubibs et gestionnaires de fonds d'investissement ? Les mères ont disparu avant la tombée de la nuit, elles ont regagné leur foyer pour servir le dîner, aider aux devoirs, récupérer le mari à la descente du train, et cette accalmie dans l'activité, cette plage de silence aux alentours du crépuscule marque la mort d'un autre jour. Les affaires reprennent un peu plus tard, quand débarquent les bandes d'ados ou d'étudiants en goguette.

Les premiers investissent les parkings avec leurs skates ou tentent d'acheter, en rusant, des bières au supermarché ou dans les épiceries, et les seconds se pressent dans les restaurants de chaînes tape-à-l'œil et les bars qui s'animent le soir venu. Silver peut passer des heures à regarder par la fenêtre, à s'engourdir le cerveau à force d'observer ces bribes du drame humain qui se joue tous les jours sur les trottoirs et dans les parkings, ces gens qui se démènent pour vivre leur vie, quand la sienne est clouée au sol, en panne.

Il frotte la piqûre qu'a laissée l'aiguille de la perfusion, sur son poignet, et il s'aperçoit qu'il a oublié de retirer le bracelet en plastique de l'hôpital. Il l'arrache et se retourne pour le jeter sur le vieux bureau en chêne acheté dans un vide-grenier, quelques années plus tôt, à un couple âgé qui vendait sa maison pour se rapprocher de ses enfants et petits-enfants. La femme, toute menue, avait attiré son attention sur les initiales que ses quatre enfants avaient gravées chacun sur un coin du plateau. Dans son esprit, elles représentaient une valeur ajoutée. Silver, lui, jugeait que c'était un motif de ristourne. Ils s'étaient finalement entendus sur la somme de soixante-quinze dollars, ainsi qu'une livraison à domicile pour le bureau et son nouveau propriétaire dans la camionnette du mari.

Il ouvre le tiroir du haut et en sort une feuille pliée. C'est un e-mail, imprimé, qui lui est adressé.

De : Siobhan S.
À : Silver
RE : Tu me manques

Je viens tout juste d'atterrir à Galway et tu me manques déjà affreusement. J'ai la nostalgie de ton sourire, de ta voix posée et grave, de ta peau contre la mienne. Ces dernières semaines ont été comme un rêve dont j'espérais qu'il ne se terminerait jamais. Je ne pensais pas que c'était encore possible de tomber à ce point amoureuse, mais c'est bel et bien ce qui m'est arrivé, et cela me remplit de joie, et aussi d'une immense tristesse, bien sûr, à l'idée que je ne puisse pas faire mes malles et partir vivre aux États-Unis avec toi. Entre maman et Isabelle, ma place est pour l'instant ici, comme la tienne est là-bas. Donc, il n'y a rien à faire, sinon vivre dans l'attente de ces voyages annuels, et prier pour que nos situations respectives nous offrent bientôt davantage. Merci pour le plus beau mois de ma vie.

Avec tout mon amour,

Siobhan

Il connaît cet e-mail par cœur. Rien d'étonnant à cela ; c'est lui qui l'a écrit. Quand on vit seul, on prend certaines précautions. On peut très bien se faire renverser par un bus, se noyer dans la piscine, succomber sans crier gare à une crise cardiaque ou, disons, à une rupture d'anévrisme. Il incomberait alors à ses parents de trier ses pitoyables possessions, et si cela devait arriver, il lui semble qu'il en va de sa responsabilité de leur laisser l'impression qu'il était moins seul qu'il n'y paraissait.

Il attrape un carnet et un stylo, puis un autre, qui fonctionne celui-là. Il réfléchit un instant puis dresse une petite liste, à titre de pense-bête.

1. Devenir un meilleur père.
2. Devenir adulte.
3. Tomber amoureux.

4. Mourir.

Cela semble assez simple, et peut-être même cette simplicité n'est-elle pas dépourvue de noblesse. Mais elle n'est pas sans obstacles. Il peut se consacrer à Casey et pour ce qui est de mourir, ça se fera très bien tout seul. Ce sont les deuxième et troisième points qui lui donnent matière à réflexion. En théorie, ça ne semble pas sorcier, mais en pratique, et compte tenu de son manque d'expérience à cet égard, il ne sait pas par quel bout commencer.

CHAPITRE 18

Quand on se sait mourant, le regard opère une mise au point, et tout nous apparaît avec une netteté inédite. Comme si le monde, décrassé et astiqué, se mettait à resplendir, que ses moindres détails, ainsi mis en exergue, collaient à notre flux de conscience et qu'à force d'être sollicité dans toutes les directions à la fois, notre cerveau n'abritait plus qu'un magma d'associations libres.

Allongé sur son lit, Silver scrute les ongles de sa main. Il avait toujours supposé qu'ils étaient lisses, or il y découvre une flopée de stries verticales qui creusent leur surface et forment chacune une étagère microscopique, comme une facette de diamant. Depuis des années qu'il se ronge les ongles, pas une fois il n'a remarqué que ses ongles étaient pluridimensionnels.

Les ampoules du plafonnier de sa chambre, un modèle standard, émettent un fredonnement discret qui lui évoque la première note du refrain de « Another Brick In The Wall », des Pink Floyd, lorsque le chœur de gamins entonne « We don't need no education ». Quand il était petit et que ses parents étaient de sortie, sa baby-sitter, une lycéenne du quartier, passait ce disque, en bas, sur la chaîne de son père. Allongé sur son lit, encore éveillé alors qu'il aurait dû dormir depuis longtemps, il imaginait que la jeune fille avait invité plein de copains et qu'une bande d'adolescents dans le salon reprenait le refrain à tue-tête. Il était trop jeune pour comprendre qu'il s'agissait d'un enregistrement et remarquer que les petits choristes avaient un accent britannique… La baby-sitter – son prénom lui échappe aujourd'hui – avait des cheveux blond vénitien, une constellation de taches de rousseur sur le nez et ses mollets ne manquaient jamais de provoquer chez lui ce qui fut probablement ses toutes premières pensées impures. Il a des souvenirs précis de ce qu'il ressentait, allongé sur ce lit, dans la maison de son enfance, il se souvient de l'édredon à rayures bleues et rouges remonté sous son menton, de la moquette aspirée qui parfumait l'air d'une agréable et réconfortante odeur de renfermé, des claquements du radiateur qui évoquaient le code morse, des craquements rassurants qui lui parvenaient du couloir du rez-de-chaussée tandis que ses parents allaient et venaient dans la maison, du ronronnement apaisant de leurs voix, des engoulevents qui le réveillaient le matin en criant inlassablement « Theodore » d'une voix plaintive, du lustre, un grand globe en plastique blanc suspendu au centre de sa chambre, qu'il heurtait systématiquement par accident en faisant tourner son nunchaku durant sa phase Bruce Lee, qui se prolongea assez longtemps… C'est Victor Corolla, son voisin, qui lui avait enseigné le maniement du nunchaku. Victor avait trois ans de plus que lui, un cheveu sur la langue et une collection de magazines porno. Silver aurait donné n'importe quoi pour avoir des bras noueux et musclés comme les siens. Victor maniait le nunchaku comme un pro, fauchait des cartes de base-ball dans les bazars et possédait le premier magnétoscope du quartier. Il n'avait que deux cassettes, *Star Wars* et *Grease*, et aujourd'hui encore, Silver connaît ces deux films par cœur. À propos de cœur, d'ailleurs, il sent le sien battre au ralenti, sous ses mains plaquées sur la poitrine. Il tapote une série de *fills* jazzy sur les contretemps et il se représente comment chaque battement inflige des déchirures microscopiques à son aorte effilochée et dilate les parois engorgées, jusqu'à leur point de rupture, comme un ballon rempli d'eau.

Il s'extrait du lit, habité d'une énergie nouvelle ; il ne se sent ni heureux, ni triste, mais en harmonie avec l'univers, et ça, c'est une première.

Sous la douche, il se délecte de la pluie de gouttelettes qui lui chatouille la peau du crâne et se transforme en ruisselets sinueux le long de son torse. Il se grise de l'écume parfumée de son shampoing, s'émerveille de la douceur de ses épaules, du logo gravé dans sa savonnette Irish Spring. Il observe avec tendresse son sexe renoncer à contrecœur à ses ardeurs matinales, puis il ferme les yeux et se concentre, enveloppé dans le nuage de vapeur qui pénètre ses pores, jusqu'à ce que, au bout d'un certain temps, l'eau devienne froide.

— Il y a un truc qui ne tourne pas rond, chez toi, lui dit Oliver. Passe sur le billard, point barre.

— Ne le bouscule pas, s'interpose Jack. Il sort à peine de l'hôpital.

— Il n'avait pas le droit d'en sortir.

— C'est toi qui l'as ramené ici, abruti de mes deux.

— Ce que je n'aurais jamais fait si tu m'avais dit de quoi il souffrait.

— C'était une info confidentielle.
— Enfoiré.
— Connard.
Et ainsi de suite. C'est une matinée sans un nuage et ils sont à leur poste au bord de la piscine, comme d'habitude, comme si rien n'avait été mis sens dessus dessous. L'inertie qui règne au Versailles a toujours été déconcertante. Le temps paraît y avoir calé net tandis qu'eux continuent à vieillir à une allure alarmante.
Quelques chaises longues plus loin, Ben Eisner, un banquier d'affaires victime d'une opération de dégraissage, se frictionne le torse à l'huile solaire. Il a connu son quart d'heure de gloire pour avoir agressé le copain de son ex-femme avec une chope de bière, un soir où ils s'étaient croisés par hasard dans un bar. Les avocats de l'ex-épouse se sont emparés de l'incident, Ben a perdu ses droits de garde partagée de leurs trois enfants, il s'est endetté pour tenter de les récupérer en partie et, aujourd'hui, sa légende a perdu de son lustre. Il passe ses journées au tribunal ou à la recherche d'un poste dans un secteur qui n'en a plus à offrir ; c'est difficile de comprendre ce qui le tire du lit, le matin.
— Bon, c'est quoi ton plan ? demande Jack.
— Je vais aller voir Casey.
— Elle t'en veut ?
Silver n'en sait rien. Depuis qu'il s'est fait la belle de l'hôpital, il est sans nouvelles d'elle, ou de Denise, mais cela ne veut rien dire puisque, de toute façon, elles ne l'appellent jamais.
— Elle a des soucis plus graves, répond Silver.
— Comme quoi ?
— Elle est enceinte.
Voilà qui capte l'attention d'Oliver.

— Depuis quand ? demande-t-il en se redressant.

Quand il s'assied, sa graisse abdominale se replie sur elle-même, se transforme en une série de mini-ventres dupliqués à l'infini. Nous sommes de la viande, dont personne ne veut manger, songe Silver.

— Je ne sais pas. Elle me l'a annoncé il y a à peine quelques jours.

À leur gauche se trouvent Eddie Banks et Jon Kessler, deux divorcés de fraîche date qui lèchent encore leurs plaies. Eddie perçoit une pension alimentaire de son ex-femme, courtier en Bourse, et Jon continue à travailler pour son beau-père, sans quoi il ne pourrait même pas mordre dans son sandwich dégueulasse qui est le lot commun des hommes du Versailles. L'un et l'autre passent des quantités de temps extravagantes à pianoter sur leurs smartphones pour suivre de près l'activité de divers sites de rencontres, et ils s'excitent sur des femmes qui les ont contactés sur la foi de la version améliorée d'eux-mêmes qu'ils ont créée en ligne.

— Enceinte ? Merde ! lâche Jack. On pourrait s'attendre à ce que ces gamines soient plus malignes que ça.

— Dit le fier géniteur d'Emilio Jesus Baker.

— Je t'emmerde, Oliver. Elle avait un stérilet.

— Et j'imagine que ton sperme n'en a fait qu'une bouchée. Qu'il l'a corrodé, comme de l'acide. Heureusement qu'elle n'était pas en train de te sucer.

— Si seulement, grommelle Jack.

Oliver se retourne vers Silver.

— Elle va avorter ?

— Oui, je pense.

Il n'a aucune raison de croire que Casey a changé d'avis et pourtant, en le disant, une incertitude l'assaille, en même temps qu'une tristesse, encore vague et diffuse à ce stade.

Quand Casey avait trois ans, elle s'endormait en tenant le bras de Silver comme elle l'aurait fait d'une poupée. Il s'allongeait à côté d'elle, sur le lit d'enfant, et elle lui étreignait l'avant-bras tout en chatouillant du bout des doigts les poils courts de ses poignets. Il écoutait sa respiration ralentir peu à peu tandis que ses paupières se fermaient. Il restait là longtemps après qu'elle s'était endormie ; il répugnait à dégager son bras car déjà à l'époque, il savait que le temps viendrait vite où Casey serait trop grande pour s'enrouler de la sorte autour de lui, et ne se souviendrait même pas de l'avoir fait. Il finissait pourtant par extirper son bras et par aller retrouver Denise dans leur chambre, au bout du couloir où, déjà couchée, elle bouquinait, avec ses lunettes à monture noire qui lui donnaient l'air d'une secrétaire sexy dans un film porno. Quand elle rabattait les couvertures pour l'inviter à la rejoindre, parfois, elle était nue. Mais pas toujours. Dans un cas comme dans l'autre, cependant, jamais il n'avait mesuré combien quitter un lit tiède pour se glisser dans un autre était un luxe, un instant de pure félicité.

Jack et Oliver sont en train de le dévisager.

— Je viens de raconter tout ça à voix haute ? (Silver)

— Ton monologue intérieur semble s'être fait la belle. (Oliver)

— Tu étais parti dans ton trip. Un soliloque. (Jack)

— Merde. (Silver)

— Tu étais très éloquent. (Oliver)

— Et par éloquent, il veut dire, complètement déprimant. (Jack)

Dan Harcourt vient d'arriver en boitant, le genou enserré dans une attelle de l'ère spatiale. Dan jouait au basket à la fac et le sportif en lui refuse de mourir, alors il continue à se rendre au parc, pour participer à des matchs improvisés avec des gamins qui ne tolèrent cette vieille carcasse de quarante-six ans que parce qu'elle leur paye à boire. Un de ces quatre, Dan ne pourra pas résister à l'envie de marquer un point (voilà plus de dix ans qu'il ne cherche plus à approcher du panier), et ce jour-là, son genou en piteux état se libérera du dernier ligament complètement usé qui le maintient en place ; Dan s'effondrera sur le goudron, en regrettant de ne s'être pas plutôt mis au golf des années auparavant.

C'est également l'heure de la première fournée d'étudiantes, qui papillonnent autour des chaises longues avec une grâce impondérable, encore assez jeunes pour être leurs filles, mais suffisamment âgées pour leur donner la sensation d'être encore plus pathétiques qu'ils ne le sont déjà.

— J'ai envie de pleurer, lance Silver.

— Retiens-toi, s'il te plaît, dit Jack. Je t'en supplie.

CHAPITRE 19

Casey et Denise habitent à North Point, un quartier agréable quoique dépourvu de charme, où les rues sont en courbes et les trottoirs pour ainsi dire inexistants, dans un pavillon en brique rouge d'inspiration géorgienne, dont la façade s'orne d'une barbiche de lierre qui, comme cela arrive fréquemment avec les barbes, donne l'impression que la maison se prend un peu trop au sérieux.

Rich ouvre la porte d'entrée, l'air quelque peu contrarié de le découvrir là. Bien que Rich demeure propriétaire d'une maison à la sortie d'Elmsbrook, plus petite et plus proche de l'hôpital, il s'est installé ici avec Denise et Casey il y a environ deux ans, et il a pris à sa charge les traites du crédit – un geste qui prouve un degré d'engagement et d'optimisme que Silver ne comprendra jamais.

— Ah, Silver…

Dès lors qu'ils commencent à le connaître, les gens ont tendance à prononcer son nom avec cette inflexion particulière où perce une note d'épuisement. Cela pourrait découler de l'effort articulatoire pour enchaîner les deux syllabes de son nom, mais pour être franc, il s'agit plutôt d'une intonation. Et Silver n'a pas souvenir que Rich, avant aujourd'hui, ait jamais franchi ce seuil de familiarité, mais à l'évidence, c'est maintenant chose faite. Silver ressent un vide. Rich était la dernière personne qui l'aimait bien dans cette maison.

— Salut Rich.

— Tu ne quittes pas un hôpital à ta convenance.

— Circonstances atténuantes.

— Tu vas mourir.

— Pas encore.

Rich condamne ce rejet cavalier des sciences médicales d'un mouvement de tête. S'il y réfléchissait, pourtant, il ne manquerait pas de parvenir à la conclusion que la mort de Silver améliorerait la qualité de sa propre vie. Mais depuis tant d'années qu'il se consacre à sauver des vies, Rich ne pense pas en ces termes.

Il reste dans l'embrasure de la porte, bloquant l'entrée, et Silver est excessivement conscient de leurs positions respectives, sous ce porche, dans cette famille, dans l'univers.

— Je peux la voir ?

— Laquelle ?

— Les deux. (Il s'accorde un instant de réflexion.) L'une ou l'autre.

— Le moment n'est pas très bien choisi.

— C'est pour ça que je suis là, Rich.

— Je sais. Mais elles sont… occupées. Et si je disais à Casey de t'appeler plus tard ?

— Je serai peut-être mort plus tard.

Rich s'apprête à protester, mais échoue à trouver une repartie. Silver lui a cloué le bec. Les toubibs, a-t-il découvert, peuvent parfois être lents à la détente.

Rich a l'air fatigué et semble avoir un peu plus de cheveux blancs que la veille. Il est censé se marier dans quinze jours. Normalement, il devrait gérer les fleuristes, les traiteurs, les organisatrices de mariage ou, plus vraisemblablement, pousser les grognements de soutien appropriés pendant que Denise s'occupe de la logistique. Au lieu de quoi, il se retrouve à gérer une future belle-fille enceinte, une fiancée hystérique et, maintenant, l'ex-mari légèrement instable de celle-ci. Silver éprouve presque de la compassion pour lui. Puis il se souvient que Rich va épouser son ex-femme, que sa fille l'évite, et il sent la rage monter en lui.

— Rich.

— Oui, Silver.

— Tu es un brave type. Ce n'est pas toujours évident, toi et moi, parce que tu couches avec la seule femme que j'ai jamais aimée et que parfois, lorsque je te parle, je t'imagine en train de la baiser, je l'imagine qui gémit comme quand moi je la baisais, et du coup, je nous revois, tous les deux, en train de baiser, et là, je deviens jaloux, je vois rouge, j'espère de toutes mes forces que tu as une petite bite et que, quand tu es allongé sur Denise, elle a besoin de penser à moi. Tu comprends, tu ne peux pas coucher avec quelqu'un pendant autant d'années et ne pas, d'une certaine façon, associer ce quelqu'un avec le sexe en général – tu vois ce que je veux dire ?

Il s'est égaré dans sa digression. Son cerveau s'écoule dans sa bouche à un débit alarmant. Et Rich, semble-t-il, meurt d'envie de lui mettre son poing dans la figure mais est bien obligé de se retenir car, à l'instar de Silver, il a besoin de ses mains pour gagner sa vie.

— Il faut que tu la boucles maintenant, Silver.

— Là où je veux en venir, c'est que cette fragile dynamique sur laquelle nous voguons, en adultes que nous sommes, depuis que tu sors avec Denise, va se désintégrer si tu commences à m'empêcher de voir ma fille.

Silver le regarde droit dans les yeux, pour bien souligner le sérieux de son propos.

— Ça va bousiller la dynamique.

— Comme je te l'ai dit, le moment est mal choisi.

Être un meilleur père. Se comporter en adulte. Un adulte reviendrait demain, songe Silver.

Il lève la tête.

— Casey ! braille-t-il en scrutant la façade.

— Elle ne peut pas t'entendre.

— Casey !

— Silver, ne m'oblige pas à appeler les flics.

Se comporter en adulte.

Silver se tourne vers Rich pour lui répondre quand, soudain, ses jambes se dérobent et il s'affale contre la balustrade.

— Mince, lâche-t-il d'une voix éraillée.

— Que se passe-t-il ? demande Rich, paniqué en faisant un pas vers lui.

Silver se redresse, contourne l'obstacle et s'engouffre dans la maison. Juste avant de claquer la porte et de la verrouiller, il surprend l'expression de Rich qui, il le jure devant Dieu, a vraiment l'air blessé.

Il lui faut un petit moment pour trouver ses repères. Comme toutes les maisons décorées par des professionnels, celle de Denise est encombrée de bibelots tout en donnant l'impression d'être inhabitée ; en outre, entre les coussins disposés sur le canapé, l'œuvre d'art accrochée au-dessus de la cheminée et la cantonnière à pompons, elle n'échappe pas non plus au ridicule. Silver reste adossé à la porte d'entrée tandis que Rich tambourine de l'autre côté en criant son nom. Une fois de plus, Silver a conscience de leurs positions respectives. Hier, il était branché à un moniteur cardiaque et Rich diagnostiquait chez lui une rupture d'anévrisme. Aujourd'hui, il l'a enfermé à l'extérieur de sa propre maison. Oui, l'univers peut manifester une certaine facétie dans ses retournements.

— Silver ! Ouvre cette maudite porte !

— Le moment est mal choisi, répond Silver en se dirigeant vers l'escalier.

La dynamique est bel et bien bousillée.

CHAPITRE 20

Il calcule que, grosso modo, il dispose de deux minutes avant que Rich n'entre par le garage, ou par une porte située à l'arrière. Du coup, il déboule en trombe dans la chambre de Denise, à qui il fiche une trouille bleue.

— Silver ! Qu'est-ce qui te prend ? s'écrie-t-elle en bondissant du lit.

Casey en fait autant de la banquette aménagée sous la fenêtre.

— Papa ?

Entre sa fille qui l'appelle papa et cet assaut sous adrénaline, toutes ses émotions s'emballent, il est comme sonné et, d'un coup d'un seul, le voilà en train de pleurer.

— Salut, réussit-il à articuler après avoir ravalé un sanglot.

— Où est Rich ? demande Denise.

— Dehors.

Il se retourne pour verrouiller la porte de la chambre. Denise écarquille les yeux.

— Qu'est-ce que tu fais ?

— Je… Je dois reprendre mon souffle, explique Silver en s'adossant au mur.

Casey, les yeux rougis par les larmes, vient se planter devant lui.

— Salut, ma puce, dit-il, avant de laisser libre cours à d'autres sanglots.

— Tu as un problème ? s'informe Casey.

— Non. Je ne sais pas.

Il sent le parfum du lait hydratant de Denise. Depuis toutes ces années, elle n'en a pas changé. Il lui en frictionnait les bras et les jambes, quand elle sortait de la douche avec ses cheveux, plus longs à l'époque, dégoulinant sur ses épaules nues, et il pensait : j'aimerai cette femme jusqu'à la fin des temps.

Il baisse les yeux. Il y a des motifs sur la moquette. Ils ne sautent pas aux yeux parce qu'ils sont ton sur ton, mais ils sont bien là – des petites formes florales se répètent jusqu'à se fondre en un autre motif. Denise a choisi cette moquette elle-même, elle a meublé cette chambre, cette maison, elle-même, parce qu'elle était seule. Seule à cause de lui.

— Tu pleures, observe Casey.

— Toi aussi, rétorque-t-il.

Elles le contemplent, ces deux femmes, sa famille perdue, et elles sont incapables de le comprendre. Il sait ce qu'elles ressentent.

— Alors ? fait-il. Qu'est-ce que j'ai raté ?

Casey éclate de rire. Ce qui n'est pas le cas de Denise.

— Pourquoi es-tu ici ?

— Ma fille est enceinte.

— Et d'un coup d'un seul, tu es devenu le Père de l'Année.

— J'essaie juste d'être son père en ce moment.

— Elle a assez de soucis comme ça.

Il se tourne vers Casey.

— Tu es venue vers moi. Tu peux compter sur moi. Peu importe ce dont tu as besoin.

— Merci Silver.

Elle n'a pas dit « Merci papa ». Le titre n'était que temporaire. Mais bon, c'est déjà ça de pris, non ? Le plancher s'ébranle légèrement sous leurs pieds. La porte électrique du garage est en train de s'ouvrir. Le temps presse.

— Écoutez, dit-il. Nous trois, là, ici, nous formons une famille. Une famille esquintée, évidemment, et par ma faute, mais une famille quand même. Il fut un temps où l'univers tout entier était dehors, à notre porte, et où nous étions tous les trois seuls dans notre maison, heureux. Nous sommes toujours ces trois personnes-là. (Il se tourne vers Denise et découvre qu'elle pleure. Il a établi le contact.) S'il te plaît, Denise. Je sais que tu ne m'as pas pardonné. Mais tu vois, je t'aime encore, je n'ai rien oublié de qui nous étions en ce temps-là. Laisse-moi aider ma fille.

Les pas précipités de Rich résonnent dans l'escalier, puis l'impact de son corps secoue la porte.

— Denise !

Un nouveau coup de boutoir. Silver entend le bois qui se fendille.

Denise le dévisage longuement. Il est loin d'avoir été aussi cohérent que la situation l'exigeait. Il ne sait pas ce qu'il espérait accomplir en venant ici et, même s'il a déjà quasiment tout oublié de ce qu'il vient de dire, il est certain de ne pas avoir rempli sa mission.

— Ça suffit, tranche Denise. Je vais lui ouvrir.

Elle s'avance vers la porte et, au moment où elle passe devant lui, Silver lui attrape le bras. Denise s'immobilise ; l'instant est chargé d'électricité. Silver sent les doigts de Denise qui remontent le long de son avant-bras, s'enroulent autour de celui-ci, et puis les ongles qui s'enfoncent dans sa chair. La connexion est établie. Une fois de plus, il perçoit, sous ses pieds, que l'univers altère sa course. Mais tout cela se produit en une fraction de seconde, et avant que tout ceci ne puisse s'ancrer dans la réalité, se charger d'un quelconque poids, Rich, qui se trouve de l'autre côté de la porte et n'a donc aucune idée de ce qui se joue à l'intérieur de la pièce, assène un tel coup d'épaule dans le ventail qu'il arrache le loquet. La porte s'ouvre à la volée et heurte de plein fouet le visage de sa promise qui, soufflée en arrière, percute l'angle du lit au niveau des genoux et s'affale de tout son long par terre.

LIVRE DEUX

CHAPITRE 21

À l'abord de la première montée, Denise pédale avec une énergie féroce. Longue route sinueuse ponctuée de trois redoutables côtes, Lake Terrace Boulevard est un des circuits favoris des cyclistes du coin, tous des masochistes amateurs de collines sadiques. Denise, en short Lycra noir et tee-shirt jaune, franchit la crête de la première d'entre elles sans se sentir propulsée, comme d'habitude, par une sensation de plénitude nourrie à l'adrénaline. La transpiration qui se forme sous son casque ruisselle sur son front et provoque des démangeaisons dans l'épaisse croûte qui s'est formée au coin de son œil.

C'est le tranchant de la porte qui l'a heurtée. Il en a résulté un sévère hématome ainsi qu'une profonde estafilade. Maintenant, elle ressemble à une femme battue de téléfilm. Cela fait trois jours que Silver a pris d'assaut la maison – c'est ainsi qu'elle pense à la scène, en ces termes exacts – et en dépit d'une batterie d'anti-inflammatoires, l'œdème commence à peine à s'atténuer, et l'hématome violet à jaunir sur le pourtour.

Tandis qu'elle attaque la seconde côte, un autre cycliste la double en lançant :

— Attention à gauche !

Le type, quarante-cinq ans environ, est juché sur un Pinarello en fibre de carbone, rien que ça, et moulé dans un de ces maillots de coureur absurdement bariolé, comme s'il s'entraînait pour le Tour de France, quand il s'offre juste une échappée matinale avant d'enfiler son costume et sa cravate et de gagner un quelconque bureau. Un Pinarello, en entrée de gamme, coûte cinq mille dollars. Qui a besoin d'un vélo de ce calibre pour se balader sur Lake Terrace Boulevard ? Les hommes et leurs joujoux ! Rich est pareil, en ce qui concerne le golf, toujours à l'affût de l'équipement dernier cri. Et Denise se souvient qu'elle se moquait gentiment de Silver et de son kit de batterie en perpétuelle expansion. Il était infichu de mettre les pieds dans un magasin de musique et d'en ressortir les mains vides. C'est à se demander quelle est la nature du gouffre que les mecs essaient de combler avec tout leur matériel.

Denise est envahie d'une fureur qui lui contracte les entrailles. Elle décolle les fesses de la selle et appuie de tout son poids sur les pédales, bien décidée à ne pas se laisser distancer par cet abruti déguisé en perroquet. Les hommes, leur matos, leurs gouffres, leur queue qui ne tient pas en place et le bordel qu'ils sèment partout où ils passent – elle en a vraiment sa claque.

Le cycliste, la sentant se rapprocher, jette un œil par-dessus son épaule bariolée et Denise voit son derrière se soulever de la selle. C'est parti. Elle rétrograde et accélère la cadence. Devant elle, le grincement et le cliquètement des pignons à cinq mille dollars lui indiquent que le type vient d'en faire autant. Il n'entend pas se laisser dépasser par une bonne femme.

Je t'emmerde, lui lance-t-elle en pensée. Je t'emmerde, pauvre con entre deux âges aux mollets variqueux ! Espèce de guerrier du dimanche qui surcompense en surconsommant !

Depuis l'accident, à peine a-t-elle adressé la parole à Rich. Elle l'a prié de se replier chez lui, dans sa maison à deux pas de l'hôpital. Elle lui a dit qu'elle avait besoin d'un peu de temps seule à seule avec Casey, mais elle a bien vu, à son regard, qu'il se doutait qu'il n'y avait pas que ça. Elle sait que son comportement est irrationnel, qu'il s'agissait d'un accident et que tout le monde est fautif, y compris Silver, mais il s'est passé quelque chose dans cette chambre, un truc qu'elle n'a pas encore réussi à débrouiller entièrement. Juste avant que Rich ne fasse irruption dans la pièce, elle regardait Silver, et elle a distingué quelque chose chez lui – une passion, et une détermination aussi, qu'elle n'avait plus vues depuis des années. La mine terne et défaite qui était devenue son expression par défaut tout au long de ces dernières années avait disparu et, en cet instant, Denise a vu, eh bien – son Silver. Entre lui et Casey, elle s'est sentie entourée par sa famille et un sentiment a ressuscité en elle, quelque instinct de protection depuis longtemps en sommeil. Cela l'a drôlement déstabilisée. À tel point que, lorsque Rich a débarqué dans la chambre, elle a eu l'impression que c'était lui l'intrus, et non Silver. Et puis, elle s'est pris la porte dans la figure.

Ils franchissent à présent le sommet de la deuxième côte. À partir de là, la route descend en ligne droite, sur une très courte distance, jusqu'au virage en épingle à cheveux qui précède la troisième et dernière montée. Denise n'est plus qu'à quelques centimètres de la roue arrière du type. Elle se penche sur son guidon et monte d'un braquet.

— Attention à gauche ! crie-t-elle.

Puis elle commence à le dépasser. Pourtant, le type fait la sourde oreille, il ne s'écarte pas. Ils pédalent donc côte à côte, si près l'un de l'autre que leurs jambes pourraient se frôler. Compte tenu de l'étroitesse de la piste cyclable à cet endroit-là, il est carrément imprudent de rouler de front. Denise devrait lâcher l'affaire, lui concéder sa victoire absurde, mais quelque chose en elle s'y refuse. Elle se trouve à gauche de la piste, bien plus près que lui des voitures qui passent, et tandis qu'elle force, penchée sur son guidon, elle sent leurs coudes se heurter légèrement. Elle tourne la tête vers son concurrent et distingue les gouttes de transpiration qui glissent le long de son menton pointu et les muscles bandés de son avant-bras. L'espace d'un instant, leurs regards se croisent. Je t'emmerde. Je t'emmerde. Je t'emmerde.

Elle déborde d'une fureur incompréhensible. Devant eux, une grosse branche morte barre la piste cyclable. Denise va la dépasser sans problème, mais l'obstacle se trouvant pile sur la trajectoire de son rival, il va devoir ralentir et se positionner derrière elle. Au lieu de quoi il accélère et tente de se déporter devant elle. Tu te fiches de moi ? pense-t-elle. Elle accélère à son tour pour l'obliger à céder du terrain. La branche est grosse et hérissée de rameaux feuillus. Il ne parviendra pas à rouler là-dessus. Il serait même idiot d'essayer.

C'est un idiot. Elle aurait dû s'en douter. Le maillot était pourtant révélateur.

Elle entend le bruit des feuilles et des brindilles qui se font engloutir dans les rayons, et les vibrations presque musicales des petits composants métalliques tandis que le vélo se démène pour grimper sur l'obstacle. Le cycliste panique et lâche un cri rauque en sentant sa monture verser, tomber à terre et glisser sur le gravier du bas-côté. Denise se retourne et voit que le type a réussi à dégager ses pieds des étriers et à accompagner la chute. Elle lui souhaite, simultanément, d'être mort et indemne.

La voix du type déchire l'air du matin comme un appel à la prière.

— Connasse !

Parfait.

Elle éclate de rire et, sans se retourner, lui répond d'un doigt d'honneur, puis elle se penche sur son guidon et attaque la dernière montée, poursuivie par le vent qui siffle dans ses oreilles comme des huées.

Lorsqu'elle s'engage dans l'allée de sa maison, Rich, assis devant la porte d'entrée, se lève. Denise appuie la bicyclette contre la porte du garage et se tourne vers lui.

— J'ai eu ton message, dit-il.

— J'imagine.

Tard la veille, après une autre dispute marathon avec Casey, elle lui a laissé un message pour s'excuser de ne pas l'avoir rappelé depuis plusieurs jours et lui suggérer, d'un ton très décontracté, de reporter la date du mariage.

— De quoi s'agit-il, Denise ?

Rich a revêtu ce qu'elle considère comme son uniforme civil : un pantalon de costume noir et une chemise à col boutonné, avec une touche de bleu quelque part. Ses cheveux très courts soulignent son grand front bronzé et légèrement buriné par les journées passées sur les terrains de golf. Elle se souvient très bien que le soir de leur premier rancard, elle avait été séduite par ce grand front couleur sable à la surface texturée comme une paroi rocheuse. Ce front dégageait une impression de force, de sérieux. C'est drôle que des petites images subliminales puissent ainsi influer sur le cours du sentiment amoureux, avait-elle pensé, que des fioritures visuelles aient le pouvoir d'initier des bouleversements émotionnels durables.

— Tu es tellement cool pour un chirurgien ! s'était-elle exclamée pendant le dîner, ce qui l'avait fait paraître plus jeune, et bien moins cynique qu'elle ne l'était devenue.

Rich avait ri et elle avait observé comment son front se plissait, puis redevenait lisse, et c'était à cet instant précis qu'elle avait su que, ce soir-là, elle rentrerait avec lui. Et la voilà maintenant, trois ans plus tard, ruisselante de transpiration, mortifiée d'être incapable de mobiliser le moindre sentiment un tant soit peu chaleureux à l'égard de cet homme.

— Je pense simplement qu'il est plus sage de repousser la date du mariage, lui répond-elle, sans pouvoir se résoudre à croiser son regard. Entre la situation de Casey et mon visage…

— Ça se sera arrangé dans quinze jours.

— Je ressemblerai toujours à une femme battue.

Comme elle s'en doutait, sa remarque donne envie à Rich de rentrer sous terre. Tous ses leviers sont à portée de main. Elle l'adore parce qu'il est comme un livre ouvert, qu'elle ne passe pas son temps à se demander ce qu'il pense, ou ressent. Et, parfois, elle le déteste pour ces mêmes raisons.

— Je te demande pardon. Tu sais que c'était un accident.

— Je ne te tiens pas pour responsable, ment-elle, en se représentant une fois de plus ce fameux instant – la main de Silver sur son bras, ses yeux embrasés de…

— Pourquoi est-ce que je dors seul, en ce cas ?

— Écoute, ma fille est enceinte, Silver est mourant.

— Silver est surtout un imbécile.

— Silver a toujours été un imbécile. Ce que je veux dire, c'est que je n'ai pas envie de me marier en pleine tourmente. Toi non plus. Le contraire est impossible. Et puis, je veux être une belle mariée.

Ce dernier argument s'étrangle dans sa gorge, car elle s'aperçoit qu'il est sincère.

Rich s'approche et caresse son visage humide et poisseux.

— Tu es belle. Un petit hématome ne peut pas entamer cela.

Elle sourit. Elle savait qu'il dirait ça. À quel moment est-ce devenu un crime d'avoir toujours le mot juste ? se demande-t-elle.

— J'ai besoin d'un peu de temps, c'est tout, dit-elle. J'ai besoin de me concentrer sur ma famille.

— Tu veux dire notre famille, n'est-ce pas ?

— Évidemment, répond-elle, en voyant bien, à son expression, que Rich demeure dubitatif.

CHAPITRE 22

— Ça va ? lui demande la fille.

Elle est mignonne, torse nu, légèrement haletante. Sa question n'est pas dénuée d'à-propos puisqu'elle tient, au creux de sa main, son membre de plus en plus flasque.

Ils sont allongés sur un des lits jumeaux, dans la chambre d'amis de Jack. Bien que fermée, la porte ne réussit pas à étouffer les rythmes de la musique électronique, les rires et les conversations de gens ivres. Cela fait trois jours que Silver est reparti de chez Denise et a éteint son portable. Quelques heures plus tôt, Jack a invité les étudiantes de la piscine à « une fête de suicide spontané », pour reprendre ses termes. Il a prononcé un bref discours sur la mort imminente de Silver puis a commencé à servir à boire. Un peu plus tard, Silver s'est fait déloger du canapé pour aller danser. Tout le monde l'a observé pendant un petit moment, jusqu'à ce qu'il devienne évident qu'il n'allait pas convulser de sitôt. Quand bien même aurait-il porté autre chose qu'un bermuda de bain et des tongs, il se serait senti bête. La fille qui dansait avec lui avait de longs cheveux bruns, un débardeur et un short blanc riquiqui d'où dépassaient deux jambes qui luisaient à la lueur phosphorescente des ampoules bleues.

Danser avec une jolie minette peut, simultanément, vous exciter et vous donner la sensation d'être transformé en sac de sable. Silver s'est abandonné à l'instant. Quelqu'un distribuait des petites pilules rouges semblables à des M&M's. Sa partenaire de danse a gobé les siennes avec délectation puis lui en a proposé une.

— C'est quoi ? a demandé Silver.

— Fais-moi confiance.

La fille a posé la pilule sur sa langue puis elle a ouvert la bouche d'une façon engageante. Il lui a fait confiance.

Le goût cireux du rouge à lèvres et du chewing-gum à la menthe verte, un soupçon de transpiration, la tiédeur excitante de cette langue dans sa bouche.

— Comment t'appelles-tu ? a-t-il demandé lorsqu'il a été contraint et forcé de reprendre son souffle.

Elle lui a dit son prénom, et il l'a oublié sur-le-champ.

Et maintenant, à la faveur d'un enchaînement d'événements qu'il a oubliés, ils se retrouvent sur ce lit, une paire de seins exubérants se balance à quelques centimètres au-dessus de son visage et sa queue se ratatine au creux de la main de leur propriétaire.

Il n'a jamais souffert de troubles de l'érection avant ce jour, mais le moment ne semble pas plus mal choisi qu'un autre pour commencer. Cette fille dont le prénom lui échappe est jeune et belle, or il est assez vieux pour être son père, et d'ailleurs, il est bel et bien le père d'une fille tout aussi jeune et belle.

— Attends, ne bouge pas, reprend-elle avec un grand sourire.

Sans plus de cérémonie, elle entame une fellation. Pendant une minute, c'est affreusement agréable, puis c'est plus rien du tout, comme si ses sens étaient anesthésiés. Silver entend, certes, les bruits mouillés qui accompagnent le travail à l'œuvre, là, en bas, mais la chambre est plongée dans le noir et il lui semble être complètement déconnecté. Au bout d'un moment, la fille plante un dernier petit baiser navré sur son appendice récalcitrant, comme s'il s'agissait d'un neveu espiègle mais, au final, bien intentionné, puis elle hisse son visage à la hauteur du sien.

— Qu'est-ce qui ne va pas ? demande-t-elle.

Par où commencer ?

La fille est retournée à la fête ; Silver observe la période de deuil qui convient, puis prend lui-même les choses en main. L'entraînement acquis à la clinique y serait-il pour quelque chose ? En tous les cas, en trois secondes, sa queue est au garde-à-vous. Dommage que Machinette ne soit plus là pour voir ça. N'est-ce pas formidablement retors qu'il puisse s'exciter lui-même bien mieux que l'étudiante à moitié nue qui y a déployé tant d'efforts ? Cet insolite concours de circonstances doit, pour le moins, recéler quelque subtile métaphore, non ? Son esprit dispersé n'a pas le loisir de se pencher sur la question car la porte s'ouvre et livre passage à Jack. Il enlace une autre jolie minette et tient deux verres à la main, dont un qu'il réussit à ne pas lâcher lorsque la fille et lui tombent nez à nez avec Silver, assis sur le bord du lit, en train d'empoigner sa virilité. L'autre verre vole en mille morceaux sur le parquet.

C'est à ce moment-là que la situation bascule vraiment dans l'étrange. Silver a la sensation qu'il se détourne, qu'il roule sur lui-même, et marmonne des excuses tout en remontant son bermuda et en quittant précipitamment la chambre, clopin-clopant. Sa conscience, en revanche, lui fait savoir qu'en réalité il n'a pas bougé d'un poil, qu'il est toujours assis sur le lit, et en train de dévisager les deux visiteurs, le poing refermé sur son membre.

— C'est quoi, ce bordel ? lâche Jack.

La fille glousse, mais sans méchanceté. Et puis, Jack et elle s'éclipsent. Seul le reflet de la lumière de la salle de bains sur les éclats de verre, par terre, confirme que la scène a bien eu lieu. Jack réapparaît, seul cette fois, en tenant toujours le verre intact.

— Nom d'un chien, Silver ! Tu veux bien lâcher ça ?

Cette fois, son corps semble accuser réception du message émis par son cerveau. Silver libère son membre désorienté et remonte son bermuda. Jack s'assied sur le bord du lit et lui tend le verre. Silver le siffle cul sec et frissonne.

— Je ne t'apprends probablement rien, mais en général, l'objectif est de bander pendant que la fille est dans la chambre.

— C'est une des façons de procéder.

Jack sourit et éclate de rire. Silver se met à rire, lui aussi, et les voilà tous les deux hilares, non parce que la situation est drôle, mais parce qu'ils sont soûls, drogués, que l'âge les rattrape plus vite qu'ils ne le souhaiteraient et que, franchement, ne vaut-il pas mieux en rire ?

— Tu vas me manquer, mon pote, quand tu ne seras plus là, dit Jack d'un ton sombre.

— Merci, mec.

Jack fixe Silver, jusqu'à ce que celui-ci le regarde à son tour, puis il s'empresse de détourner les yeux. C'est le maximum d'intimité que l'un et l'autre peuvent supporter.

— Tu as envie de m'expliquer ce qui se passe ?

— Pas vraiment.

Un autre chassé-croisé de regards. Jack se frappe la cuisse et se lève.

— Pas de problème. Tu reviens avec nous ?

— J'arrive dans une minute.

— OK. Fais gaffe où tu poses les pieds, il y a du verre partout.

— Je pensais que tu avais sorti des gobelets en plastique.

— Les verres, c'est pour les grandes personnes, répond Jack avec un sourire.

Dans le salon, la fête bat son plein. Les étudiantes, pompettes et transpirantes, se trémoussent avec frénésie sur la musique. Deux d'entre elles, en soutien-gorge, dansent sur la table basse. Les rares hommes que Jack a invités se dandinent de façon ridicule avec les filles ou assistent au spectacle, perchés sur les meubles repoussés contre les murs, en buvant des alcools forts. Jack, au centre de la piste, transpire profusément et se déhanche, pelvis contre pelvis, avec une fille que Silver se souvient d'avoir vue à la piscine. Il compense ce qui lui manque de grâce par un enthousiasme éhonté. Ce type a beau être un abruti, Silver éprouve un vif élan d'affection pour lui.

— Le mort-vivant arrive ! gueule Jack en le hélant de la main.

C'est ainsi qu'il le surnomme depuis le début de la soirée.

Sad Todd, juché sur l'accoudoir d'un canapé, pleurniche dans son whisky. Les deux filles qui dansaient sur la table basse échangent maintenant un baiser passionné ; leur ouverture d'esprit leur vaut force applaudissements et cris d'encouragement.

Celle qui l'a suivi dans la chambre s'écarte de la piste et vient l'accueillir d'une accolade débordante d'affection, comme si elle retrouvait un amoureux depuis longtemps perdu de vue. Soit elle cherche à lui remonter le moral suite à l'incident survenu un peu plus tôt, soit les petites pilules rouges continuent à pirouetter dans son sang et repeignent tout ce qu'elle voit dans la pièce en rose. Quelle que soit l'explication, Silver ne se rappelle plus quand il a reçu pareille accolade pour la dernière fois, et il sent ses yeux s'embuer de larmes.

— Tu te sens mieux ? demande-t-elle en lui effleurant l'oreille des lèvres.

— Ouais.

Elle sourit.

— Viens danser avec moi.

Elle l'attire dans l'enchevêtrement de corps qui ondulent, se suspend à son cou et se trémousse contre lui. Il se cale machinalement sur un rythme binaire – le pas de base de l'homme blanc – et s'efforce de ne pas trop la gêner dans ses mouvements. Personne, passé vingt-cinq ans, ne devrait danser comme ça. En tant que batteur, Silver a le sens inné du rythme, mais avoir le sens du rythme n'implique pas nécessairement la grâce. La fille arrondit les lèvres, colle son bas-ventre contre le sien et s'agite de plus belle.

— Tu reprends du poil de la bête, observe-t-elle avec un sourire aguicheur.

Du bout du doigt, elle suit le tracé de son érection sous le bermuda, puis elle se penche et colle ses lèvres tièdes et entrouvertes aux siennes. Silver ferme les yeux ; il sent la pièce qui tourne autour de lui et résonne d'une musique assourdissante, les lèvres tièdes et engageantes de cette jolie fille pressées doucement contre les siennes, et il songe : *Si je dois mourir, ce serait le moment idéal.* Naturellement, en pareil cas, Silver hanterait chaque baiser de la jeune fille par la suite… Chacun prend sa part d'immortalité où il le peut.

— Viens, dit-elle en l'entraînant vers le couloir et la chambre d'amis.

Avant qu'il ne puisse décider s'il se sent d'attaque pour une nouvelle tentative, une autre fille vient se planter devant eux pour leur barrer la route. À voir sa tête, elle paraît très en colère.

— Putain, Silver. Tu te fous de moi ?

L'étudiante lui lâche la main et, après une seconde de flottement, lui effleure l'épaule en guise d'adieu et regagne la piste de danse pour entamer le processus de guérison. Silver regarde Casey, qui le transperce d'un regard impitoyable et il songe, pour la seconde fois en quelques minutes, que le moment serait bien indiqué pour tirer sa révérence.

Casey arbore une jupe courte, un sac à dos et une expression qui inspire un spasme de repentir à l'ensemble de ses organes. Elle ouvre la bouche et Silver sait que, quels qu'ils soient, les mots qu'elle va prononcer transperceront son âme déjà perforée. Mais cette épreuve lui est épargnée car, pile à cet instant, la table basse de pacotille finit par céder et tandis qu'un glapissement collectif parcourt le salon, les deux étudiantes dégringolent de leur podium et s'écrasent par terre dans un enchevêtrement de membres et de sous-vêtements.

— Tadam ! hurle Jack.

Casey lève les yeux au ciel, toise Silver comme si tout était sa faute et quitte l'appartement telle une furie.

CHAPITRE 23

— Tu allais vraiment coucher avec cette fille ?

— Il y avait une forte probabilité, oui. Elle m'a donné une pilule.

— En d'autres termes, tu allais te faire violer par ton rancard du jour. C'est ça, ta ligne de défense ?

— Je n'ai pas besoin d'une excuse. Nous étions tous les deux adultes.

— Tu sais que ce n'est pas le cumul total des années qui compte ?

— Elle était majeure.

— Qu'est-ce que t'en sais ? Tu leur demandes leurs papiers, avant de coucher avec elles ?

— Non, mais c'est sans doute une erreur.

— Tu n'es pas drôle, Silver. Tu es pathétique. Comment réagirais-tu si je me tapais Jack ?

— Casey, merde.

— Pas étonnant que tu ne te sois jamais remarié. Tu es trop occupé à chasser des pouffes qui ne baisent avec toi que pour se venger de leur père.

— C'est ce que tu as fait ? Tu as voulu te venger de moi ?

— Non. Moi, j'ai couché avec un type de mon âge.

— Et donc tu t'es dit qu'un préservatif était superflu.
— Tu es un connard.
— Dis-moi quelque chose que j'ignore.
— OK. J'emménage.
— Où ça ?
— Ici. Dans ce trou à rats. Tu t'es trouvé une coloc, Silver.
— Qu'est-ce que tu racontes ?
— Je suis enceinte, et tu es suicidaire. Ça va être l'éclate.
— Je ne suis pas suicidaire.
— Ouais, et moi, je ne suis pas enceinte.
— Pourquoi es-tu ici, Casey ?
— N'est-ce pas ici qu'on vient quand sa vie part en vrille ?
— Ta vie ne va pas partir en vrille. Je te ramène demain à la clinique. On va s'occuper de tout ça.
— Ouais, à ce propos, j'ai changé d'avis.
— Quoi ? Quand ?
— Quand toi tu as décidé de ne pas te faire opérer. Tu as été pour moi une source d'inspiration.
— Casey…
— Je vais surmonter la crise, exactement comme mon paternel.
— Tu es une conne.
— C'est héréditaire.

Un jour, il a rencontré une fille dans un bar – à moins que ce ne soit en boîte, au cinéma, ou dans une fête sur le campus. Dans tous les cas, il y avait de la musique forte en arrière-fond. Sitôt qu'il a vu son visage, il a su ce qu'il endurerait lorsqu'elle le plaquerait. Mais cela ne l'a pas découragé : il avait dix-huit ans, il était chaud comme la braise et bien loin d'appréhender tous les écueils qu'il y avait à redouter vraiment. Maggie Seals. Grande – plus que lui –, longue et souple, un terrain de jeu fait fille, et à la lumière noire de sa chambre, dans le dortoir des filles, sa peau soyeuse était un voyage sans fin. Il l'a suivie à la trace comme un chiot tout au long de sa première année de fac et, l'été venu, il s'est ruiné en appels longue distance – en pure perte. Au retour des grandes vacances, elle a débarqué avec un petit laïus dûment préparé et un nouveau copain. Longtemps, après ça, il a eu la sensation que chaque fille avec laquelle il couchait était un petit peu trop petite.

CHAPITRE 24

Il se réveille et songe : *Je suis vivant*. Ce simple fait le remplit d'un sentiment de plénitude. Il n'est pas mort pendant son sommeil.

La veille, il était comme électrisé par la certitude que ce serait le cas. Qu'au beau milieu d'un ronflement, le dernier lambeau de tissu usé jusqu'à la corde qui empêchait son aorte de se désintégrer finirait par lâcher, qu'il se viderait de son sang pendant son sommeil et se réveillerait mort. Cette pensée l'avait empêché de dormir. Ça, et le fait que Casey dormait quelques mètres plus loin, dans l'autre chambre – celle qui, dans son esprit et en dépit de tout, demeurait sa chambre. Bien que ravi de la présence de Casey, il était terrifié à l'idée qu'il lui incombe de découvrir son corps froid et sans vie. Il s'était représenté la scène : Casey entre, elle prononce son nom, à plusieurs reprises (il n'arrive toujours pas à l'imaginer disant « papa ») puis s'approche *du lit* en hésitant.

— Silver ?

Elle le pousse du doigt, sur l'épaule sans doute, et c'est là qu'elle sent qu'il est raide et tout froid. Son regard s'écarquille quand elle comprend de quoi il retourne. Et ensuite ? Que se passe-t-il ? C'est à ce stade que tout se complique. Silver aurait bien aimé l'imaginer bouleversée de chagrin mais, la vérité, c'est qu'il n'arrive pas à se représenter ce chagrin. Ne lui en a-t-il pas déjà fait voir de toutes les couleurs ? Du coup, peut-être se contente-t-elle d'un sourire rusé, comme pour dire « Elle est bien bonne, Silver », et d'un bref coup de fil à Denise. Ou peut-être même pas. Peut-être juste d'un haussement d'épaules indifférent, qui prélude à un retour à la normale pour toutes les parties concernées. Elle attrape son téléphone et poste un twitt : *Ce matin, j'ai découvert mon père raide mort dans son lit. C'est quoi ce bordel ? #VDM*

À un moment donné, son esprit en ébullition s'est sans doute trouvé à court de vapeur et l'a apparemment laissé trouver le sommeil, puisqu'il est en train de se réveiller. Silver distingue des voix dans le salon et reconnaît aussitôt le rire de baryton de son père. Ce serait déjà dimanche ? Impossible. Il s'assied dans le lit mais, la pièce se mettant à tourner, il se rallonge aussitôt. Pendant un petit moment, il craint d'être victime d'une nouvelle mini-attaque, puis il se souvient de la petite pilule rouge, sur la langue de cette fille, et il comprend qu'il est tout bêtement drogué et qu'il a la gueule de bois. Il se lève, plus lentement cette fois et, en traînant des pieds, fait une entrée vacillante dans le salon.

Son père, dans son éternel costume bleu nuit, est installé sur le canapé. Casey, recroquevillée dans le fauteuil, mange un bol de céréales. Elle le dévisage et hausse un sourcil.

— Il est vivant, déclare-t-elle d'un ton sec.

L'ironie n'est pas intentionnelle, ou alors, Casey la maîtrise très bien et lui-même se montre un peu lent à la détente. Silver ne saurait dire quand, pour la dernière fois, il a entendu la voix de sa fille au réveil. Bien que la situation ne puisse être qualifiée d'optimale, la présence de Casey dans son appartement lui procure une joie si intense qu'il en oublie presque qu'elle est en cloque et qu'en ce qui le concerne, le compte à rebours avant le K.-O. est enclenché. Pourquoi ne s'est-il pas battu pour ça, des années plus tôt ? La question provoque un spasme de regrets, bref mais violent. Il contemple sa fille, en caleçon, une jambe repliée sous les fesses, et il la revoit à quatre ans, en train de grimper l'escalier devant lui, avec ses gambettes maigrichonnes qui dépassent d'un short orange. Il se souvient d'avoir regretté en cet instant qu'elle ne puisse pas rester ainsi éternellement. Quand les enfants grandissent, on ne porte pas le deuil de leur enfance, or c'est un tort. Silver a perdu sa fillette de quatre ans, de façon aussi irrémédiable que si elle était morte, et il donnerait n'importe quoi pour qu'on la lui rende.

— Tu pleures, Silver ? demande Casey.

— Un peu. (Il essuie ses yeux et se tourne vers son père, qui l'observe sans rien masquer de son inquiétude.) Je suis désolé de t'avoir déçu, dit Silver.

Ruben le regarde bizarrement.

— Quand ça ?

— Je ne sais pas. Tout le temps.

— Silver.

Le regard de son père déborde d'affection. Silver aimerait bien savoir comment il s'y prend. Il regarderait Casey avec ces yeux-là et alors, elle saurait.

— Je saurais quoi ? demande Casey.

— Hein ?

— Tu disais « Et alors, elle saurait ».

Merde. Il faut qu'il trouve comment résoudre ce problème.

— Excuse-moi. Je pensais juste à voix haute.

Ils sont deux maintenant à le regarder bizarrement.

— Tu es en train de faire une nouvelle attaque ?

— Difficile à dire.

Son père se lève et prend les choses en main.

— Est-ce que tu as un costume ?

— Non.

Ruben hoche la tête, comme si ses pires craintes venaient de se confirmer. Quel genre de vie vous dispense de posséder un costume ?

— J'ai quelques smokings, de l'orchestre.

— Il faudra s'en contenter, alors.

— Où allons-nous ?

— Je te le dirai en chemin.

— Je peux venir ? demande Casey.

— Non.

— Papi ! plaide-t-elle.

Son grand-père la contemple avec affection. S'il y a de la tristesse dans ce regard, il le cache bien.

— Une catastrophe à la fois, répond-il.

Tout en conduisant, Ruben jette un œil au jabot de la chemise de Silver et sourit.

— Quoi ?

— Rien.

— Peux-tu me dire où nous allons ?

— À des obsèques.

— Qui est mort ?

— Eric Zeiring.

— Je ne le connaissais pas.

— Moi non plus.

Le ciel est d'un bleu uniforme. Encore une journée caniculaire. Silver monte la climatisation de la Camry, qui se met à gémir discrètement. Ruben la baisse d'un geste distrait. Silver ne saurait dire quand, pour la dernière fois, il est monté en voiture avec son père.

Il passe devant Kennedy Park, où Silver observe un grand type en short de sport promener son gamin en poussette en même temps qu'un gros golden retriever. Ça n'a pas l'air de l'embêter le moins du monde. Silver se représente son épouse, restée à la maison : en short moucheté de peinture et bandana noué dans les cheveux, elle peint une fresque sur les murs de la chambre de leur petite fille. Son mari a sorti le bébé et le chien afin qu'elle puisse bricoler en paix. Il les lui ramènera plus tard, puis repartira disputer sa partie de basket et, au retour, il s'arrêtera acheter une bonne bouteille de vin qu'ils siroteront dans leur baignoire à griffes après avoir couché leur fille. Ces deux-là n'ont renoncé à rien en se mariant. Les activités sportives de l'un et les loisirs artistiques de l'autre ont fusionné le plus naturellement du monde lorsqu'ils se sont mis en couple. Silver est heureux pour cet homme, pour la vie qu'il s'est construite, pour la petite fille qui grandira dans ce foyer.

— ... position sur le suicide ? est en train de dire Ruben.

— Quoi ?

— Je me demandais si tu avais connaissance de la position des Juifs sur le suicide.

— J'imagine qu'ils ne l'approuvent pas ?

Son père hoche la tête.

— C'est exact. C'est un grave péché. La tradition veut que celui qui s'est donné la mort intentionnellement soit privé de rituel de deuil et d'éloge funèbre. De tous les honneurs d'un enterrement.

— Cela est-il censé démotiver les candidats ?

— Peut-être. Comment savoir ? Dans la Bible, il n'y a que deux occurrences de suicide. Le plus célèbre, qui a largement influencé la loi juive, c'est le suicide du roi Saül sur le mont Guilboa. Tu te souviens de cette histoire ?

— Il s'est empalé sur son épée. Ils étaient en train de perdre la guerre contre les Philistins. Il savait ce qui l'attendait s'il était capturé.

Ruben sourit, visiblement heureux que Silver ait retenu quelques éléments de culture biblique. Lorsqu'ils étaient petits, le vendredi soir, après le service du shabbat, Silver et Chuck rentraient à la maison à pied en tenant la main de leur père. Tandis qu'ils sautaient et zigzaguaient pour éviter les lézardes du trottoir, son père leur racontait un épisode de l'Ancien Testament, différent à chaque fois. Silver avait une préférence pour les miracles – les mers dont les eaux s'entrouvrent, les mannes tombées des cieux, l'eau qui jaillit des rochers, les dix plaies d'Égypte. Chuck, lui, adorait les batailles. Que cela témoigne de ses talents de conteur, ou découle simplement d'un ressort de l'esthétique biblique, le fait est que Ruben réussissait bien souvent à incorporer l'un et l'autre dans la même histoire.

— C'est exact, dit-il, désormais en mode pleinement rabbinique. Les sages se sont basés sur le geste de Saül pour encadrer le suicide, lui accorder un statut à part. On admet qu'il puisse exister des circonstances atténuantes qui autorisent les rabbins à adopter une approche plus indulgente.

— Quasiment tous les suicides peuvent bénéficier de circonstances atténuantes.

— C'est vrai. Je pense que c'était là, l'idée.

— Ils jouent sur un vide juridique, observe Silver. Sympa.

— Sur la compassion, plutôt.

— C'est bonnet blanc…

Son père fronce les sourcils et secoue la tête. Voilà pourquoi ils ne discutent jamais de religion.

— Ce que j'essaie de souligner, ici, c'est qu'avec le suicide, on se trouve, tant d'un point de vue moral que spirituel, sur un terrain glissant. Oublie la religion et même Dieu.

— C'est fait.

Ruben lui décoche un regard agacé.

— C'est un sujet grave.

— Pardon. Je sais.

— Tu as une famille. Tu as une fille. Et même si tout ne s'est pas passé idéalement, Casey est encore jeune. Tu as tout le temps devant toi pour devenir le père que tu souhaites être pour elle. Pour être celui que tu avais l'intention de devenir avant…

Sa voix déraille. Jamais Ruben n'avait été aussi près d'admettre quelle vision il avait de la vie de son fils.

— Avant quoi, papa ?

— Avant que tu ne perdes pied.

Silver veut se mettre en colère, or la colère refuse de monter. À la place, il se retrouve à devoir retenir ses larmes.

— Je ne sais pas ce qui s'est passé, dit-il, sans conviction.

Ruben opine et lui tapote le genou. Nous vieillissons tous, songe Silver en contemplant la main ridée et tachetée de son père. Nous nous désintégrons, cellule après cellule, à une rapidité alarmante.

— Haut les cœurs ! lance joyeusement Ruben en bifurquant vers l'entrée du cimetière. Nous y sommes.

— Ouais, à ce propos. Que faisons-nous ici ? Je ne connaissais pas ce type.

— Qu'est-ce que je ressens, selon toi ? Je dois prononcer son éloge funèbre.

— C'est dur.

Ruben hausse les épaules et décoche un regard à son fils.

— Ce pourrait être pire, tempère-t-il. Je pourrais porter un smoking des années quatre-vingt.

Silver s'esclaffe. Ils éclatent tous les deux de rire. Ils ont le même rire.

Eric Zeiring avait vingt-huit ans et vivait seul dans un trou à rats, à Brooklyn, jusqu'à ce qu'il meure d'une overdose. Personne ne donne ces informations à Silver : il les déduit de tout ce que les personnes présentes ne disent pas, et de la prudence avec laquelle tous ceux qui prennent la parole tournent leurs phrases. Ruben, par exemple, évoque les combats du défunt, l'amour indéfectible de ses parents et leurs innombrables tentatives pour l'aider. Et aussi la paix insaisissable qu'il a enfin trouvée.

Un énorme nuage blanc se déploie dans le ciel et il possède suffisamment de texture pour qu'on puisse y voir la forme que l'on veut : des bottes de femmes, un clown triste ou le profil de Sigmund Freud. Ce sont des obsèques en petit comité ; une trentaine de personnes sont rassemblées autour de la tombe, des amies de la mère d'Eric pour la plupart. Le père, crâne dégarni et traits sans caractère, se tient légèrement à l'écart, l'air impatient, comme s'il n'avait rien à faire là. Silver dirait que ces deux-là sont divorcés depuis assez longtemps pour être devenus des étrangers. La mère, petite et jolie, pleure et approuve de la tête tout ce que dit Ruben. Celui-ci évoque la tignasse blonde et bouclée d'Eric qui, petit, lui donnait un air de chérubin, il rappelle combien il aimait rendre visite à sa mamie à Key Biscayne et quel athlète accompli il avait été. S'il rappelle le petit garçon de jadis, c'est pour aider ses parents à oublier le raté qu'il était devenu. Nul parent ne devrait jamais porter en terre un enfant, dit Ruben.

Du coup, Silver songe à ses propres obsèques.

Parce que très bientôt, dans quelques jours, quelques semaines, son père devra l'enterrer. Et peut-être qu'aucun parent ne devrait jamais enterrer son enfant, mais franchement, tout est relatif. Son père a une épouse, un autre fils, des petits-enfants, et il existe des gens comme les Zeiring qui comptent sur lui pour les réconforter, leur rouvrir des perspectives, leur offrir un éclairage spirituel lorsque les ténèbres envahissent leurs vies bien rangées. Silver sait qu'il y aura foule à ses obsèques, mais très peu de têtes connues de lui parmi elles. La communauté au grand complet se déplacera pour réconforter ses parents, qui le méritent sans conteste.

Mais qui sera là pour lui ?

Casey, bien évidemment. Elle sera présente, et peut-être même versera-t-elle une larme, du moins faut-il l'espérer. Mais la perte sera pour elle plus théorique que réelle, puisque s'il faut dire ce qui est : elle a déjà perdu son père des années plus tôt. Il y aura aussi Denise, mal à l'aise dans le rôle de l'ex-épouse, et dans une tenue plus sexy que nécessaire – à coup sûr une robe profondément décolletée, un soutien-gorge pigeonnant, et des talons aiguilles qui creuseront des petits trous dans la pelouse autour de sa tombe – et c'est en famille, une famille soudée et enfin débarrassée des complications induites par ce membre fantôme qu'il était devenu, qu'ils quitteront le cimetière.

Qui d'autre ? Quelques gars de l'orchestre ? Peut-être. Dana ? Cela dépendra du vide qui règne réellement dans sa vie. Va-t-on présenter ses derniers respects au batteur avec lequel on batifole de temps à autre ? C'est une décision au cas par cas. Jack et Oliver, sans aucun doute. Jack ne tiendra pas en place. Il scrutera l'assemblée en quête de femmes éplorées, tout en faisant, d'une voix bien trop forte, des remarques déplacées tandis qu'Oliver lui intimera, aussi peu discrètement, de se taire. Peut-être y aura-t-il aussi une poignée d'autres résidents du Versailles, par espoir qu'on leur rendrait la politesse si jamais ils devaient, eux aussi, casser leur pipe avant d'avoir remis leur triste vie sur les rails.

Tout le monde meurt seul. C'est un fait. Quelques-uns meurent plus seuls que d'autres.

Silver regarde Mrs Zeiring. Elle a les yeux gonflés à force de pleurer. Elle l'aimait de tout son cœur, ce fichu junkie, elle lui a donné le sein, elle l'a porté, elle a fêté ses premiers mots, ses premiers pas, elle a fermé les yeux sur ses faiblesses, elle a essuyé ses larmes, elle a vécu pour ses sourires. Et puis un jour, quelque chose en lui s'est cassé, quelque chose qu'elle ne pouvait pas voir, et elle a regardé son petit garçon mourir à petit feu, tout en endurant certainement pas mal de cris et de vacheries. Son mariage a capoté, son petit garçon n'est plus. Il fut un temps où ils vivaient tous les trois ensemble, comme Denise, Casey et Silver, un temps où jamais elle n'aurait pu imaginer pareille issue. Silver sent sa douleur.

Ruben conclut et adresse un signe de tête à l'entrepreneur des pompes funèbres. L'homme s'avance, actionne un interrupteur, et tandis que le cercueil commence à descendre lentement dans la tombe, on n'entend plus que le ronronnement de l'appareil motorisé. Ce n'est pas cela que devrait entendre Mrs Zeiring au moment où l'on emporte son fils. Quelqu'un devrait chanter, songe Silver, et justement, un homme à la voix grave et un peu rauque entonne « Amazing Grace », discrètement, mais avec beaucoup de sincérité. Ruben écarquille les yeux. À peine Silver a-t-il le temps de se dire que ce chant n'appartient pas aux rites funéraires juifs qu'il reconnaît la voix. C'est la sienne.

Mais comme Mrs Zeiring le regarde, qu'elle ne semble ni en colère ni surprise, qu'elle ébauche même, curieusement, un sourire, Silver décide que, pis que d'entonner spontanément une hymne chrétienne à un enterrement juif tout en étant habillé pour un mariage, serait de ne pas aller jusqu'au bout. Donc il continue à chanter, lentement, avec cœur, tandis que Mrs Zeiring ferme les yeux et pense en son for intérieur à quelques vérités connues d'elle seule, et qu'au pupitre, le pauvre père de Silver réussit à avaler le calice avec dignité, et sans piper mot.

Le ciel devient menaçant pendant le retour à la maison. Par cette chaleur, les orages brefs et inopinés sont quotidiens.

— Alors, qu'en as-tu pensé ? demande Ruben.

— Je ne sais pas. Quel était le résultat désiré ?

— Je ne vais pas te dessiner le centre de la cible.

— Je me suis dit que tu voulais peut-être me montrer ce que c'est, pour des parents, d'enterrer leur enfant.

Son père se gratte la barbe, l'air songeur.

— Cela aurait été mesquin et manipulateur de ma part, mais c'est une possibilité.

À son ton, il semble exténué. Pas d'une manière générale, comme si la journée avait été longue, mais en l'espèce, comme si Silver sapait son énergie.

— Tu es en rogne à cause du cantique ?

— Bien sûr que non, répond Ruben qui se fend même d'un petit sourire. Mais, franchement, qu'est-ce qui t'a possédé ?

Silver ne sait pas vraiment l'expliquer. C'est comme si tous ses branchements avaient été refaits par quelqu'un qui n'y entendait rien. Les signaux se mélangent, les transmissions se fourvoient, le courant est en surtension, puis décroît, et lui, il agit par impulsions avant même de les sentir.

— Je me suis possédé moi-même, répond-il.

— D'aucuns auraient dit que c'était Dieu.

— Ouais, on nous confond toujours. Je suis plus grand.

Ruben s'engage dans l'allée du Versailles, se range et passe le point mort.

— J'ai une idée, annonce-t-il.

— Vraiment ?

— Tu vas m'accompagner à chaque événement du cycle de la vie inscrit sur mon planning. Une circoncision, une bar ou une bat-mitsvah, un mariage, un décès.

— Le décès, on vient juste de cocher la case.

— C'est exact.

— D'accord.

Son père le considère avec un regard empreint de tendresse.

— Tu n'as pas l'air en grande forme.

— J'ai connu des jours meilleurs.

Ruben sourit avec tristesse puis se penche et lui dépose un baiser sur le front. Silver aurait bien du mal à dire à quand remonte la dernière fois que son père a fait un tel geste. Le menton mal rasé de Ruben lui râpe le front, il sent le parfum familier de son after-shave et, en cet instant, ses sens se souviennent du petit garçon protégé et aimé qu'il a été, et qui s'est pourtant débrouillé, allez savoir comment, pour devenir en grandissant ce désastre ambulant.

Ruben ne semblant pas pressé d'aller où que ce soit, ils restent assis dans la voiture, sans parler, en surveillant l'arrivée de la pluie à travers le pare-brise.

CHAPITRE 25

Il se réveille paralysé, il ne sent plus ses bras, ni ses jambes. Il reste allongé quelques instants, convaincu qu'il est mort, que c'est la sensation que procure la mort, que l'esprit, emprisonné dans le corps, demeure vivant plus longtemps et sombre lentement dans la folie, le temps que toutes les forces vitales se soient entièrement taries. Il y avait un épisode de *La Quatrième Dimension* qui traitait de ce phénomène, il se souvient de l'avoir regardé avec ses parents, dans leur lit, bordé entre eux deux sous l'édredon, et enveloppé par le parfum familier du lait hydratant au lilas de sa mère. Dans cet épisode, l'homme, réduit à la paralysie, implorait en voix off, terrifié, pendant qu'on prononçait sa mort.

Silver espère qu'en ce qui le concerne il va rendre l'âme avant sa mise en terre, car il n'a jamais trop supporté les espaces confinés. Il commence à paniquer à cette perspective, puis s'énerve. Quelle injustice de devoir encore connaître l'angoisse alors qu'on n'est déjà plus de ce monde ! N'est-ce pas censé être un des avantages ? Être libéré des peurs, des angoisses, déchargé de ce fatras de cochonneries que les années ont accumulées dans votre enveloppe charnelle. C'est un peu ce sur quoi il comptait.

À ce stade de ses réflexions, il s'aperçoit qu'il est en train de se gratter la poitrine. Il additionne deux et deux, un peu plus lentement qu'on ne pourrait le penser, mais il parvient à la conclusion incontestable qu'il n'est pas mort, ni même vraiment paralysé. Il remue les orteils, plie les genoux, et siffle le thème de *Rocky*, que, par erreur, pendant quelques minutes, il croit être celui de *Star Wars*. Quand ils étaient gamins, Chuck et lui passaient le thème de *Rocky* sur le tourne-disque du salon ; ils mimaient un combat de boxe et accompagnaient chaque faux impact d'un sifflement pour créer un effet sonore. Il avait oublié tout ça – qu'il avait un frère, qu'il avait un jour éprouvé des sentiments fraternels. Voilà bien longtemps qu'il n'est plus le frère de qui que ce soit dans sa tête. Il devrait faire un saut chez Chuck pour prendre de ses nouvelles, comme autrefois. Quand a-t-il arrêté de passer chez son frère ? Il ne saurait le dire.

Lorsqu'il se lève, il est foudroyé par un accès de cécité. Tout devient blanc ; il perd l'équilibre, se cogne contre le mur, puis trébuche sur ses baskets et s'écrase sur le plancher, tête la première. Il roule sur le flanc. Il a retrouvé la vue.

Ça commence à devenir compliqué.

Casey passe la tête dans la chambre et le découvre affalé par terre. La panique qu'il voit se peindre sur son visage lui confirme qu'il y a bien un problème et le bouleverse, alors il croise les mains derrière la tête et essaie de prendre l'air dégagé de celui qui se repose.

— Qu'est-ce que tu fais ? demande-t-elle.

— Je croyais que j'étais mort.

— C'est bien l'impression que ça donnait, pendant un instant.

Elle s'avance et vient s'allonger sur le dos, à côté de lui. Ils contemplent la même fissure au plafond.

— Tu pensais que la mort ressemblait à ça ?

— Eh bien, pendant un petit moment, je n'y voyais plus rien.

Ce détail semble l'alarmer, et Silver s'en veut de prendre plaisir à son inquiétude.

— Tu veux que j'appelle Rich ?

— Je ne veux absolument pas que tu appelles Rich.

— Tu es sûr ? Si tu meurs dans une heure et que je ne l'ai pas appelé, je serai traumatisée.

— Tu l'es déjà.

— Un peu, convient-elle. Bon, qu'est-ce qu'on fait, là par terre ?

— Disons qu'on contemple l'univers.

— Ceci n'est pas l'univers. C'est ton plafond.

— Ne soit pas si premier degré.

— L'univers est un sacré foutoir.

— C'est ce que tout le monde dit.

Il l'observe tandis qu'elle suit des yeux le tracé des lézardes du plafond. À l'horizontale et de profil, elle paraît beaucoup plus jeune, elle ressemble à une petite fille.

— Qu'aimerais-tu faire, aujourd'hui ? demande-t-il.

Elle lui décoche un regard interloqué.

— Quelles sont mes possibilités ?

— Illimitées. Comme l'univers.

Elle réfléchit un instant.

— On va bruncher ?

— Je t'offre des options illimitées, et tout ce qui te vient à l'idée, c'est un brunch ?

— Je ne suis pas certaine qu'on vive dans le même univers.

Il lui lance un regard agacé. Qu'elle lui renvoie aussitôt. On aurait vraiment pu partager des moments chouettes, songe-t-il, submergé par un flot de regrets.

— C'est aussi ce que je me dis, parfois, reprend Casey. (Il comprend qu'une fois de plus, il a parlé à voix haute.) Mais j'essaie de ne pas trop y penser, sinon je t'en veux.

Silver roule sur le flanc et se hisse sur ses pieds. Étourdi par un brusque afflux de sang au visage, il se sent gros et vieux et il a l'impression d'avoir accompli rien de moins qu'une prouesse olympique.

— Allez, on va bruncher.

— Chez Dagmar, précise Casey en bondissant sur ses pieds comme si elle était reliée à des fils électriques.

— Merde. Tu es sûre ?

La remarque lui vaut un regard acéré, lui rappellant qu'elle fait l'effort de passer outre à tout ce qu'elle a enduré pendant des années afin de tolérer sa compagnie.

— Va pour Dagmar, dit-il en s'adossant au mur.

Casey hausse les sourcils.

— Tu te sens bien ? Tu vacilles.

Il hoche la tête et se stabilise en prenant appui contre le mur.

— N'est-ce pas ce à quoi nous sommes tous réduits ?

CHAPITRE 26

Les restaurants, en banlieue, connaissent deux évolutions possibles : ils mettent la clé sous la porte, ou marinent dans leur jus. Dagmar a eu assez de chance pour rester dans la seconde catégorie. C'est une de ces cantines banlieusardes qui affectionnent le mobilier en bois brut et dont la carte, griffonnée sur trois grands tableaux noirs placardés au-dessus du bar, vous propose avec condescendance des nourritures saines dont la liste se déroule tel un manifeste multicolore et généreusement assaisonné des termes « bio » et « végétarien » en vert vif. Ce qui autorise les jeunes gens à la manœuvre derrière le comptoir, avec leur chemise à carreaux et leurs tatouages ironiques, à vous prendre d'encore plus haut, et une clientèle de quartier à claquer en toute bonne conscience trois dollars pour quelques gorgées de jus d'orange. Donc, au final, tout le monde est gagnant.

Il se trouve également que Dagmar est situé à North Point, le quartier où habitent Casey et Denise, et où Silver a autrefois vécu avec elles, durant ce bref hoquet temporel où il se démerdait assez bien dans la vie. Quand Denise et lui se sont séparés, il y emmenait Casey bruncher tous les dimanches, mais après quelques mois, les regards appuyés et hostiles des copines de Denise, et l'indifférence de leurs maris nécessairement catatoniques, des hommes qu'il avait autrefois considérés comme ses amis, lui ont fait comprendre que la balance de la sympathie penchait en faveur de Denise, et il a arrêté les frais. Sa dernière visite chez Dagmar, avec Casey, en effet, remonte sans doute à six ou sept ans.

Le gamin au comptoir accueille Casey par son prénom. Ses oreilles sont déformées par de larges anneaux qui étirent les lobes et ménagent un trou du diamètre d'une pièce de monnaie. Un jour, ce gamin voudra retrouver des lobes normaux, et ce sera tant pis pour lui.

— Tu vas le regretter, quand tu seras plus vieux, observe Silver en désignant ses oreilles.

— Silver, ferme-la ! s'écrie Casey, outrée.

Le jeune homme hausse les épaules avec un grand sourire.

— Quand j'aurai votre âge, par exemple ? J'ai toutes les chances de mourir bien avant de l'atteindre.

Silver sourit.

— Bien joué.

Il lui plaît bien, ce gamin. Certes, la vie l'a déjà abîmé – quel enfant ayant été aimé comme il se doit s'automutilerait ainsi ? – mais qui est-il pour juger ? Dans dix ans, ce garçon fera peut-être un mari et un père formidable, aux oreilles difformes. Il se laissera pousser les cheveux, et le tour sera joué.

Silver se tourne vers Casey.

— Qu'est-ce que tu prends ?

— J'hésite entre les pancakes et les gaufres, donc je vais prendre les deux, répond-elle sans même consulter le tableau noir. Et puis aussi une omelette tomate-cheddar, avec des pommes de terre sautées, deux chaussons, un grand jus d'orange et un café.

Elle défie son père d'un regard malicieux.

— La même chose qu'elle, annonce-t-il.

Ils finissent par avoir besoin d'une seconde table pour accueillir l'ensemble de leur commande. Indifférents aux regards en biais des autres clients, ils s'attaquent à leur festin sans retenue, et sans penser aux conséquences. Leur ordre du jour a beau être flou, dans le meilleur des cas, il n'en reste pas moins important. Ils rient trop fort, piochent dans l'assiette l'un de l'autre, poursuivent des conversations entières avec de la crème fouettée collée sur le bout du nez. Il leur semble qu'ils en font des tonnes pour se convaincre eux-mêmes, mais aussi persuader l'autre d'une chose dont ils ne sont même pas en mesure de prouver l'existence. Ou bien alors, ils essaient en vain de fabriquer de toutes pièces un souvenir dont ils pourront dire, à un moment donné : « Peu importe le reste, nous avons eu ça. »

Le restaurant est comble. Tandis que Casey et Silver engagent une partie d'échecs avec l'orgie de nourriture disposée devant eux, il se passe quelque chose. Dans la salle, l'activité se ralentit, un certain silence se fait, comme celui, étouffé, qui précède un discours, mais personne ne paraît y prendre garde, à l'exception de Silver. Il lui semble, alors même que Casey monopolise son attention, qu'il remarque chacune des personnes présentes alentour et que, sur un plan superficiel mais avec une lucidité spectaculaire, il les comprend toutes.

Le couple attablé tout au fond de la salle, contre le mur, par exemple. Ils ont tous les deux dix ans de moins que lui. Elle a été une beauté, autrefois, mais l'âge qui s'est installé au niveau des joues, sous ses yeux, lui donne un air perpétuellement épuisé. Lui est resté svelte, il porte des baskets de créateurs et un jean de lycéen et, quelque part, elle lui en veut de s'en sortir si bien. Son regard papillonne dans la salle, elle regarde les autres femmes, elle se mesure à elles.

Une autre table est occupée par Dave et Laney Potter. À une époque, Silver et Denise les retrouvaient une fois par semaine pour aller au cinéma. Maintenant, les Potter le regardent à la dérobée, ils chuchotent, se demandent ce qu'il fabrique là, et Silver regrette de ne pas avoir meilleure mine. Laney a dix ans de moins que Dave ; dix ans auparavant, cet écart d'âge n'était pas gênant, mais aujourd'hui que Dave commence à se voûter alors qu'elle, elle conserve l'air jeune et alerte, il lui en coûte de gros efforts pour ne pas penser à des hommes plus jeunes et à la coquette assurance-vie de Dave chaque fois qu'elle voit son torse nu et ses pectoraux affaissés, ou qu'il pète au lit.

Un jeune couple donne la béquée à une gamine de deux ans sanglée sur sa chaise haute. La fillette mange salement. Tant le père que la mère portent une attention exagérée au repas de leur fille ; chaque bouchée fait l'objet d'une micro-gestion bruyamment assortie de conseils ou de reproches, et entrecoupée de regards circonspects en direction des autres clients, comme s'ils les mettaient au défi de protester contre leur boucan.

Autour de l'une des tables hautes, au centre de la salle, se trouvent Craig et Ross, le premier couple ouvertement gay d'Elmsbrook. Ils ont fait sensation un temps mais aujourd'hui, ils ne sont plus qu'un couple en voie d'étiolement parmi tant d'autres, se fondant dans le tableau qui vire au gris.

Et à une table voisine, à la gauche de la leur, quatre femmes, toutes des amies ou des connaissances de Denise, les observent en tenant des discussions de haute volée, disséquant la signification de sa présence en ces lieux, et s'interrogeant sur les mesures à prendre, s'il y a lieu. Elles consultent leur iPhone, expédient des messages urgents à leurs supérieures, attendent les ordres. Silver se débrouille pour croiser le regard de chacune d'entre elles, et toutes se dérobent, feignant le trou de mémoire, comme s'il tombait sur elles le seul jour de l'année où elles avaient mieux à faire que commenter et cataloguer chaque personne qui passe.

Il traite toutes ces données – ces femmes, les autres clients – simultanément et avec une vélocité digne d'un génie. J'ai été l'un des leurs, j'ai été à ma place, ici, songe-t-il, avec autant de soulagement que de regret. Ces vies bardées de garde-fous s'accompagnent d'un engourdissement plus ou moins sévère, celui-là même qui l'a poussé à fuir, des années plus tôt, quand son embarcation conjugale a pris l'eau. Silver sait que tout le monde est logé à la même enseigne, et bien que cette monotonie en demi-teinte l'effraye toujours autant, il se pose tout de même des questions. Ou en serait-il de sa vie, s'il était resté ? Si Denise, Casey et lui avaient continué à venir bruncher ici chaque dimanche ? Peut-être serait-il en train de contempler cette salle avec le sentiment d'être pris au piège, mais peut-être pas. Peut-être que cet engourdissement finit par vous avoir à l'usure, comme le syndrome de Stockholm, et qu'ensuite, vous vous sentez comblé. Y a-t-il une réelle différence entre être et se croire comblé ? Ces questions importent sans doute moins quand on se réveille aux côtés de sa femme et qu'on part bruncher en famille avec sa superbe fille. Silver balaie des yeux la salle de Dagmar et comprend qu'à un moment donné, il a loupé une marche ; il a pris du retard, et ne l'a jamais rattrapé par la suite. Et en matière d'engourdissement, sa vie actuelle n'a rien à envier à celle de tous ceux qui l'entourent ici, sauf dans ces moments où la solitude se fait si aiguë qu'elle le transperce comme une lame.

Un petit remue-ménage à la porte : un groupe d'adolescents entrent et, comme tous les garçons de cet âge-là, se font remarquer. Le temps de gagner leur table, ils affectent une démarche bonhomme en roulant des mécaniques. Silver constate que le visage de Casey s'est décomposé. Il suit son regard et se surprend à deviner lequel des garçons elle a dans sa ligne de mire. À travers les brumes de son attaque de lucidité, il comprend même immédiatement pourquoi.

Le garçon en question a un air familier. Grand et mince, plutôt banal, l'archétype de l'étudiant qui se la joue décontracté en jean et vieux tee-shirt, et qui se tord de rire aux blagues de ses copains. Silver attend que monte en lui l'envie impérieuse d'étrangler le blanc-bec, en vain. Il se déçoit un peu.

Lorsque le gamin aperçoit Casey, son visage s'illumine, il sourit et lui fait signe. Il ne se doute de rien, songe Silver. Elle ne lui a rien dit. Casey agite la main à son tour, mais Silver voit bien qu'elle espère qu'il ne va pas venir vers eux. Raté.

— Salut.

— Salut, Jeremy.

Jeremy Lockwood, le fils des voisins. Voilà pourquoi son visage lui semblait si familier. Évidemment, la dernière fois que Silver l'a vu, il n'était qu'un préado efflanqué. Une image lui revient, comme un flash : un petit garçon, avec une cape et un chapeau, qui exécute des tours de magie dans leur salon, dont un avec des anneaux en métal…

— Salut, Mr. Silver.

— Tu étais le magicien.

— Pardon ?

— Tu faisais des tours de magie.

Le gamin réfléchit, puis sourit.

— Exact. Waouh ! Vous avez une bonne mémoire.

— Parfois.

— Hé, vous savez, mon copain de chambrée était un méga fan des Bent Daisies. Il passait l'album presque non-stop. Je pense que je le connais par cœur.

— Les étudiants nous écoutent pour se donner un genre rétro. Achevez-moi tout de suite.

Jeremy esquisse un sourire nerveux. Il ne sait pas si c'est du lard ou du cochon. Silver lui-même ne saurait trancher. Après cet hommage de pure forme au géniteur de la fille qu'il vient d'engrosser, Jeremy se tourne vers Casey.

— Tu as eu mes messages ? s'enquiert-il.

— Ouais, excuse-moi. On a eu une petite urgence familiale et j'ai disparu quelques jours de la circulation.

— Tout va bien ?

— Ouais, mon père, il, euh… Il a été hospitalisé.

— Je suis désolé de l'apprendre.

Jeremy se retourne vers Silver.

— Vous semblez rétabli.

— Loin de là.

— Silver, gronde Casey à mi-voix.

— J'ai des hémorragies internes. Je pourrais mourir d'un instant à l'autre.

Jeremy ne sait pas trop quoi faire de cette information. Il a perdu pied, ça se voit, et Silver n'est pas mécontent. Il dirait même que voir ce gamin se tortiller devant lui lui procure une sensation paternelle.

Casey lève les yeux au ciel.

— Ne fais pas attention à lui.

Jeremy, soulagé par le conseil, hoche la tête.

— On devrait se revoir.

— Bien sûr, répond Casey. Je te fais signe.

— Super, dit Jeremy. Je vous laisse à votre…

Il avise la débauche de nourriture et laisse sa phrase en suspens tout en reculant lentement, sous les regards attentifs de Silver et Casey.

Donc, c'est lui, dit Silver sitôt que Jeremy s'est éloigné.

Casey prend aussitôt un air paniqué.

— Quoi ? Qui ?

— Casey.

Elle passe en revue ses options.

— Pas maintenant, papa, d'accord ? dit-elle avec douceur.

C'est la première fois, aujourd'hui, qu'elle l'appelle papa, soit parce qu'elle se sent vulnérable, soit par calcul, pour l'attendrir. Si c'est le cas, ça marche.

— Ça va, Silver ? demande-t-elle en le dévisageant.

— Tu n'arrêtes pas de me demander ça.

— Ben, tu es mourant… par choix.

— Et toi, tu es enceinte… par accident.

— Les deux font la paire, observe-t-elle d'un ton songeur en léchant un reste de crème fouettée sur sa cuillère.

Elle repose celle-ci d'un geste étudié puis redresse le dos et prend son air terriblement sérieux.

— Peut-être qu'il y a une raison à tout ça.

— Ah bon ? Et laquelle ?

— Peut-être était-il écrit que nous devions nous épauler l'un l'autre.

Silver contemple sa fille si belle, si compliquée. Comment a-t-il pu envisager que quoi que ce soit au monde vaille le risque de la perdre ?

— Tu crois en Dieu ? demande-t-il.

Elle sourit, comme si elle était la mère et lui l'enfant, et avec un geste qui les englobe, lui et le monde au sens large, elle demande :

— Qui d'autre aurait pu concevoir un spectacle aussi merdique et aussi dingue ?

Il a été croyant, autrefois. Quand on grandit sous le toit d'un rabbin, Dieu fait partie du package, tel un aimable fantôme installé à demeure qui flotte dans les recoins, occupe la chaise vide autour de la table du dîner, vous épie à travers les rideaux une fois qu'on vous a bordé sous les couvertures. Silver criblait son père de questions : *Est-ce que Dieu a des dents ? Est-ce qu'Il mange ? Est-ce qu'Il éternue ? Est-ce qu'Il regarde* L'Agence tous risques *?* Son père ne se lassait jamais de l'exercice, toujours prêt à prendre part à sa théologie juvénile.

Il est là, en ce moment ?

Oui.

Où ?

Partout.

Il est dans ma main ?

Oui. Et tu es dans la Sienne.

Silver levait son poing, les yeux écarquillés, sidéré à l'idée que le même Dieu qui avait créé le monde et partagé les eaux de la mer Rouge puisse se planquer dans sa petite main crasseuse. Puis il rouvrait le poing d'un coup, comme pour délivrer une mouche.

Est-ce que Dieu sait tout ce qu'on pense ?

Oui.

Est-ce que Dieu se met en colère quand on est vilain ?

Il comprend les hommes parce qu'Il les a créés. Il sait que nous ne sommes pas parfaits.

Pourquoi Il ne nous a pas faits parfaits ?

Parce qu'alors nous n'aurions jamais essayé de nous améliorer.

Même pour son cerveau de sept ans, ces paroles avaient un parfum de propagande religieuse. Incapable d'admettre l'idée que son père puisse mentir ou, pis, être dupe, Silver s'empressait de les emmener sur un terrain moins dangereux.

Est-ce que Dieu a d'autres mondes ?

Peut-être. Nous n'en connaissons aucun.

Est-ce que Dieu a un Dieu auquel Il adresse des prières ? Et ce Dieu, est-ce qu'Il a un Dieu, lui aussi ?

Je ne pense pas.

Est-ce que Dieu peut mourir ?

Non.

Et ainsi de suite.

La nuit, il se représentait Dieu se mouvant dans la maison comme une brise, pour vérifier que chacun était bien bordé sous ses couvertures, en sécurité. Il se souvient de Lui avoir parlé depuis son lit, toujours en chuchotant, avec une pointe de timidité. Il dénichait les traits de Dieu – Son sourire, Son front plissé – dans les traces de ponçage qui dessinaient des volutes sur le plafond de sa chambre. Quand le radiateur claquait, il imaginait que Dieu remettait en place une brique descellée. À ses yeux, il était moins une déité qu'un majordome /homme à tout faire omnipotent.

En grandissant, Silver jugea que la présence de Dieu devenait trop intrusive. Il ne voulait pas qu'Il écoute ses conversations téléphoniques et s'agaçait du mécontentement qui devait se peindre sur son visage à compter du jour où ses pensées prirent un tour vaguement, puis spécifiquement impur. On pourrait penser que l'omniprésence de Dieu dans les parages aurait constitué un sérieux handicap aux pratiques auto-érotiques d'une vie sexuelle bourgeonnante, mais d'une certaine façon, Il n'était pas à la hauteur pour contrecarrer les hormones d'un garçon de quatorze ans. C'est Toi qui as inventé ce truc, lui rappelait Silver en ces occasions où il avait la sensation de se faire prendre la main dans le sac.

Et puis un jour, à la fin de son adolescence, alors qu'il contemplait les traces de papier de verre au plafond, il se souvint, avec une nostalgie mêlée de tendresse, qu'elles lui évoquaient autrefois le visage de Dieu. C'est là qu'il comprit que Dieu s'en était allé, et qu'il était sans nouvelles de Lui depuis quelques années déjà. C'était comme apprendre la mort d'un grand-oncle auquel on n'a plus pensé depuis des années. On s'efforce d'éprouver de l'affliction, on se rabat finalement sur la nostalgie, puis on passe à autre chose, résolu à ne pas s'appesantir sur le fait qu'on demeure un peu perturbé, jusqu'à ce que ce deuil ne soit plus qu'un des multiples fils de cette tapisserie de pertes et de regrets que nous tissons tous en grandissant.

CHAPITRE 27

Denise est cernée de Denises. Elles sont trois, quatre si on compte la vraie, celle qui se tient au centre des miroirs disposés en angle, dans la boutique de robes de mariée. Quatre mariées, en robe blanche, longue, dos nu, sobre. Denise adore cette robe, mille fois plus digne que le déguisement froufroutant qu'elle portait la première fois. Néanmoins, cette simplicité éthérée semble insinuer que Denise fait acte de contrition à l'égard de son passé conjugal.

Elle n'est pas dans l'état d'esprit requis pour un essayage, mais annuler le rendez-vous aurait eu, aux yeux de Rich, ou même aux siens, des airs de déclaration solennelle. Denise s'en veut de son brusque accès de confusion, elle en veut à Silver qui l'a provoqué – selon elle, du moins – et à Rich pour… Aucun grief valable ne lui vient à l'esprit. Les années passées à supporter les conneries de Silver, le divorce – tout cela avait fait de sa vie un sac de nœuds dont elle a eu le plus grand mal à se dépêtrer, et voilà qu'elle n'a rien trouvé de mieux que tous les nouer de nouveau.

Elle se tourne pour s'observer de profil. Elle a le ventre plat, la peau lisse. Ses seins ne sont pas affaissés. Elle a bien résisté au temps. En dépit de tout, elle a conservé sa silhouette, sa bonne santé, et elle ose le dire, sa beauté. La mariée à sa droite est resplendissante. Mais celle qui se trouve à sa gauche semble avoir participé à une rixe dans un bar. Denise passe le doigt sur sa pommette tuméfiée. Quinze jours avant son mariage. Elle voudrait être capable de balayer la mésaventure d'un éclat de rire ou, au moins, de lâcher avec un haussement d'épaules : « C'est la vie ! » Mais la désinvolture n'a jamais été son fort. Tout l'affecte. C'est pour cela que Silver lui a fait autant de bien que de mal.

Henny, la couturière, réapparaît et la scrute d'un œil critique.

— Vous avez maigri depuis le dernier essayage.

Henny est russe, ou ukrainienne, ou tchétchène – tragiquement slave, en tout cas. Son accent est si marqué qu'on dirait qu'elle force les mots à traverser une membrane.

Denise hausse les épaules.

— Le stress.

— Stress ? Pourquoi ? C'est un moment heureux. Le plus heureux.

Henny commence à reprendre les pinces au niveau de la taille, puis pâlit lorsqu'elle surprend le reflet de Denise dans le miroir.

— Il vous bat ?

Denise éclate de rire.

— Non ! Bien sûr que non. C'est un accident.

— On n'épouse pas un homme violent.

— Il ne m'a pas battue. J'ai été battue par une porte, précise-t-elle.

Mais elle est bien consciente que l'explication n'est pas convaincante. Il est certaines choses, allez savoir pourquoi, impossibles à nier sans passer pour une menteuse.

— Vous pensez vraiment que j'envisagerais d'épouser un homme qui me bat ?

Henny hoche la tête.

— Le mariage est dans quinze jours, non ?

— Oui.

— Alors vous n'envisagez plus. Vous avez décidé. Pas vrai ?

— Vous avez raison.

Si seulement cette bonne femme pouvait la boucler.

C'est le père de Silver qui va les marier. Denise n'est pas très à l'aise avec cette idée, il lui semble qu'elle contraint Ruben à trahir son propre fils. Mais elle n'avait pas vraiment le choix. Elle a eu une entrevue avec Rabbi Davis à la synagogue orthodoxe : quand celui-ci lui a présenté une longue liste de conditions préalables – engager un traiteur *glatt casher*, se rendre au *mikveh* la veille au soir pour les ablutions rituelles, fournir la preuve que Rich est bien juif de naissance – elle a poliment reposé la feuille imprimée sur le bureau et battu en retraite aussi vite que possible.

Rabbi Silver, dont elle soupçonne qu'il s'est toujours attribué une part de responsabilité dans l'échec de son premier mariage, l'a accueillie d'une accolade et a accepté immédiatement de la remarier. Et bien qu'émue aux larmes par ce geste d'affection, Denise s'est sentie coupable, comme si elle portait un coup bas à Silver. Elle s'est d'ailleurs demandé si, inconsciemment, ce n'était pas là son intention. Elle ne pense pas que ce soit le cas, toutefois elle se garderait bien de l'affirmer. Ces derniers temps, son inconscient semble n'en faire qu'à sa tête.

Henny s'est agenouillée. Elle a la bouche hérissée d'épingles, qu'elle retire une à une d'entre ses lèvres pour les planter dans le tissu, au creux des reins de Denise, qui frissonne. Le souffle de la couturière lui glace l'épine dorsale en une sensation déplaisante.

La dernière fois qu'elle s'est mariée, sa mère l'avait accompagnée au premier essayage dans cette même boutique, et avait pleuré lorsque Denise avait passé la robe. Elles avaient pleuré toutes les deux, en pensant au père de Denise, mort quelques années plus tôt. Ensuite, Silver était venu la chercher en avance, et lui aussi, apparemment, avait retenu ses larmes en la découvrant dans sa robe blanche. Le fauteuil dans lequel sa mère s'était assise est toujours là, contre le mur à côté du canapé, tandis que sa mère, elle, s'en est allée depuis longtemps. Cancer du sein. Silver lui aussi s'en est allé. Denise n'a rien dit de cet essayage à Rich qui, de toute façon, travaille. Quant à Casey… Ah, ne la lancez pas sur Casey…

— Pourquoi pleurez-vous ? demande Henny.

Les épingles qui dépassent d'entre ses lèvres comme des crocs rendent son accent encore plus ardu à comprendre.

Denise se regarde et, effectivement, elle est en train de pleurer, elle voit les larmes disparaître dans les ombres de son hématome puis rémerger plus bas sur sa joue. Elle se marie dans quinze jours. Jamais de sa vie elle ne s'est sentie aussi seule.

— Tu es magnifique.

La voix de l'homme, dans leur dos, les fait sursauter toutes les deux. Denise se retourne vers l'origine de cette voix et, en le découvrant là, elle est surprise de ne pas l'être davantage. Silver est adossé au mur, comme s'il se trouvait là depuis un petit moment. Il affecte cette décontraction qui le fait toujours paraître dans son élément où qu'il soit. Il lui sourit d'un air bienveillant, qu'elle ne lui a plus vu depuis une éternité, et qui agite quelque chose dans son ventre. C'était le sourire qu'il lui adressait autrefois, avant que tout change, qu'il soit perpétuellement sur ses gardes, que ses yeux ne puissent plus demeurer sur elle plus d'une seconde.

— Salut, dit-il.

— Salut.

— *Déjà vu**[1].

Elle sent qu'elle est en train de sourire. C'est incroyable, songe-t-elle, que l'amour puisse à ce point s'user et se salir. Mais dans le même temps, quelque chose éclate à l'intérieur d'elle-même, quelque chose qui se répand dans sa poitrine, et soudain, la voilà en mouvement. Elle descend précipitamment du podium, bouscule sans égard la couturière qui, déséquilibrée, s'écrase sur son séant en lâchant une bordée d'injures en russe à travers sa bouche pleine d'aiguilles. Denise ne se rappelle plus comment elle est arrivée devant Silver, elle n'arrive même plus à le distinguer à travers les larmes qui voilent ses yeux, mais elle sent qu'il l'enveloppe dans ses bras tandis qu'elle s'effondre contre lui, en sanglotant comme un bébé.

1. En français dans le texte.

CHAPITRE 28

Le bébé, un garçon, fait son entrée sur un coussin, dans les bras de sa grand-mère. Il est vêtu d'une grenouillère blanche brodée et d'une minuscule kippa assortie retenue par deux élastiques. Dans le vaste salon décoré pour la fête, les invités font silence. Pendant quelques instants, on n'entend plus que les déclics de l'appareil photo et du flash : le photographe mitraille le nourrisson tandis que la grand-mère, qui ressemble à un mannequin de cire à force de maquillage, s'avance avec lui vers le centre de la pièce. Les femmes sourient et gloussent sur leur passage. La mère du bébé, le corps frêle et comme dégonflé dans sa robe de grossesse, sourit elle aussi. Silver sent que le rituel lui inspire des sentiments ambivalents, avec autant d'acuité que si cette ambivalence était la sienne.

Ou alors, c'est sa propre ambivalence qu'il sent et projette.

Denise, agrippée à lui, son souffle qui lui chatouille la nuque, la peau de son dos, douce et tiède sous ses doigts. Après le brunch, Casey était d'humeur ronchonne. Elle avait décidé de faire un saut chez des amis, de le laisser rentrer seul de

North Point. Lorsqu'il était passé devant la boutique de robes de mariée, il avait jeté un œil à l'intérieur, comme ça, sans raison, et s'était aperçu que la femme devant les miroirs n'était autre que Denise. Il ne sait pas ce qui l'a poussé à entrer – s'il comprenait pourquoi il a éprouvé le besoin de voir son ex-femme essayer sa nouvelle robe de mariée, sans doute comprendrait-il à peu près tout – mais ce qui est sûr, c'est que depuis, il n'a pas cessé de revivre la scène.

Baruch Haba, psalmodie le *mohel*. Bienheureux soit celui qui arrive. C'est-à-dire le bébé. Qui, pour l'instant, est tout sauf bienheureux.

Le nouveau-né se remet à peine du traumatisme de sa naissance, de son expulsion du ventre maternel où il était bien au chaud, de ce voyage atrocement claustrophobique le long des voies génitales, qui l'a précipité sans pitié dans un monde baigné d'une lumière froide et crue. À présent, huit jours plus tard, alors qu'il commence à prendre goût au lait maternel et à l'oxygène, à se dire qu'il trouvera peut-être le moyen de ne pas s'en sortir trop mal dans ce monde, un inconnu va baisser sa couche et approcher un scalpel de son minuscule pénis.

Silver doit refréner le désir impérieux d'arracher ce bébé d'entre les bras du mannequin de cire qui lui tient lieu d'aïeule, de le coincer sous son bras comme un ballon de foot et de détaler pour aller le mettre à l'abri. La mère du bébé, Susie, est tiraillée. Silver est presque certain que cette perturbation suffirait à lui faire reconsidérer toute l'entreprise. Elle approche de la trentaine, elle est jolie et potelée, et à voir sa tête, Silver est bien certain que l'idée ne vient pas d'elle. Elle s'est convertie au judaïsme afin d'épouser Evan, et sans doute qu'à l'époque cette conversion lui semblait une bonne idée, mais, maintenant, son fils va en payer le prix fort. Evan, à l'avant de la pièce entre Ruben et le *mohel*, arbore un costume de créateur et une large kippa noire, froissée et volontairement décentrée pour bien montrer qu'en temps normal, il n'en porte pas. Tandis qu'on apporte son fils, il se sent fier, et pas qu'un peu, dans cette grande maison au luxe tapageur qui rend hommage à la fois à sa richesse et à son besoin de l'étaler. Il fait circoncire son fils pour son père, qui lui-même l'avait fait circoncire pour son propre père, survivant des camps. Ou alors, Evan est tout bêtement mu par le désir impérieux, inconscient, de voir la queue de son fils ressembler à la sienne. Et voilà comment le rituel perdure, même parmi les Juifs qui ne pratiquent plus et qui ont épousé une *shiksa* – grâce à un cercle vicieux constitué de culpabilité, de narcissisme et de problèmes non résolus avec la figure du père.

Sentir le corps de Denise contre le sien, sentir ses larmes qui coulent le long de son cou, sentir, de tout son être, que là, en cet instant, elle a besoin de lui. Voilà bien longtemps que personne n'avait eu besoin de lui.

On tend le bébé au père d'Evan, assis sur la chaise consacrée, puis le *mohel* se penche au-dessus de lui en marmonnant un chapelet de bénédictions en hébreu. Tandis qu'il contemple l'attroupement d'amis et de parents souriants qui prennent des photos, Silver ne voit plus que l'absurdité de la cérémonie. Un petit groupe de gens civilisés, des

Américains des classes moyennes supérieures, se rassemblent pour assister à une mutilation génitale rituelle, avant de déguster café et bagels. Silver est presque certain d'avoir même aperçu un nécessaire à omelette dans le patio.

Son expérience, certes limitée, lui a permis d'identifier deux sortes de *mohels* : ceux qui sont convaincus de perpétuer un rite sacré, et les autres, qui ont échoué à entrer en fac de médecine. À voir comment il fait claquer ses gants en latex en les enfilant, et avec quel geste théâtral il déroule sa trousse d'instruments, ce *mohel*-ci entre sans nul doute possible dans la seconde catégorie. L'homme, la petite quarantaine, est rasé de près, et l'on voit qu'il se régale de cet instant sous les projecteurs. Il sort son scalpel, l'examine un instant, puis il se penche au-dessus du bébé, tend la main et là, tout devient flou. Silver comprend qu'il est au bord de l'évanouissement. Il s'adosse au mur et ferme les yeux.

Le visage de Denise à quelques centimètres du sien. Ses yeux rougis, ses lèvres frémissantes, et lui qui sent dans sa poitrine un tremblement qu'il n'a plus éprouvé depuis des années. Elle le regarde dans les yeux et lui aussi la regarde dans les yeux, et ça peut paraître bête, mais pour la première fois depuis des années, ils se voient.

Le tout premier pénis non circoncis que Silver a vu appartenait à James Nevins. Il l'a entraperçu dans le vestiaire des garçons, alors qu'ils se changeaient pour le cours de gym, en CM1. James, dont le caleçon était coincé au niveau des chevilles parce qu'il essayait de l'enfiler sans retirer ses baskets, s'était livré à une exhibition d'une trentaine de secondes. Son membre fin et flasque se balançait comme un pendule de métronome. Silver avait cru qu'on lui avait tranché le gland. Il s'était imaginé aussitôt tout un tas d'accidents domestiques aussi atroces que tirés par les cheveux, mais surtout, il s'était demandé comment le garçon faisait pour uriner.

— Qu'est-ce qu'il y a ? T'as jamais vu une bite ? avait aboyé James.

C'est là que Silver s'était aperçu qu'il le fixait.

— Qu'est-ce qui lui est arrivé ? avait-il bafouillé.

— Rien. Il ne lui est rien arrivé, abruti, avait répondu Jimmy.

Silver ne se souvient pas de ce qu'il avait dit à Jimmy, mais cet échange lui avait valu son premier coup de poing dans la figure. Deux premières en l'espace d'une minute. C'était un jour à marquer d'une pierre blanche.

Aujourd'hui encore, il se souvient du goût du sang sur sa langue et il rouvre les yeux juste au moment où le bébé commence à vagir. Le *mohel* a officié et il psalmodie une bénédiction en hébreu d'une voix tonitruante. Le père en lit une à son tour, en trébuchant sur les consonnes de cette langue qu'il n'a plus pratiquée depuis l'enfance. Quelqu'un fait apparaître un gobelet de vin. Le *mohel* y trempe la sucette puis la fourre dans la bouche du bébé. Si tu dois pinter le bébé, pourquoi ne pas l'avoir fait avant de le couper ? songe Silver. Rien de ceci n'a de sens.

Et puis, juste au moment où il se penche pour l'embrasser, elle tourne la tête, et il sent et entend le lobe de son oreille effleurer ses lèvres sèches et rêches. Pardon, dit-elle, et il ne comprend pas pourquoi elle lui demande pardon – il ne comprend plus grand-chose, d'ailleurs.

Rabbi Silver s'adresse à l'assistance pour essayer de replacer la cérémonie dans son contexte.

— En procédant au rituel de la circoncision, nous avons admis cet enfant dans l'alliance d'Abraham et de Dieu ; maintenant, Susie et Evan vont prénommer leur petit garçon et nous allons l'accueillir dans la communauté juive. Nous sommes nés imparfaits à dessein, et la circoncision est notre premier pas vers la réalisation de la destinée que Dieu a conçue pour nous.

Ruben, aux côtés d'Evan et Susan, commence à psalmodier. Silver, qui n'entend plus que les pleurs du bébé, sent dans son propre entrejambe la douleur et, soudain, l'air semble se raréfier dans la pièce, il se met à transpirer abondamment. Soit il est victime d'une attaque, soit il est en train de s'évanouir, qui sait ? Peut-être même les deux, mais ce qui est sûr et certain, c'est que ça ne se passera pas ici. Il est hors de question qu'il s'effondre sur ces sièges vulgaires et hors de prix, qui ne semblent de toute façon pas assez solides pour supporter un vrai corps d'adulte.

Il s'éclipse en vitesse, file le long du couloir, traverse un living-room, puis dévale un escalier qui débouche dans un second living-room en contrebas que les propriétaires désignent probablement par le terme de « solarium ». Là, enfin, des portes vitrées coulissantes lui donnent accès au patio, où les employés du traiteur sont occupés à disposer des plateaux de petits-fours et à servir des mimosas.

Je ne suis pas taillé pour ça, songe-t-il.

— Moi non plus, lâche la jolie barmaid maigrichonne dont une narine s'orne d'un piercing, en levant vers lui ses grands yeux verts, et c'est ainsi que Silver découvre qu'il a pensé à voix haute.

La chaleur est surprenante, ici. Le soleil tape sur les dalles en pierre bleue et l'air semble cuire sous vos yeux. Au sortir de cette maison archi-réfrigérée, on croirait changer de saison. La chaleur offre un répit bienvenu.

— Ils ont bientôt fini, là-dedans ? s'enquiert la fille en ouvrant une bouteille de champagne.

Ses cheveux bruns sont coupés court, tailladés plutôt, comme si elle l'avait fait elle-même, mais ça lui va bien.

— Ouais, répond Silver en sentant qu'il la dévisage de façon trop insistante.

Voilà l'étrange phénomène qui affecte le cerveau mâle – ou du moins le sien, pourtant *a priori* affecté par des attaques et l'appétit sexuel qui s'y est niché depuis sa prime enfance. Même si Silver est peut-être en train de mourir, d'assister contre son gré à une cérémonie sacrée, à la fois profondément émouvante et effroyable, ou de retomber amoureux de son ex-femme, son logiciel n'en demeure pas moins capable de calculer la petite barmaid sexy, de remarquer la vrille monochrome du tatouage qui court le long de sa nuque, la façon dont elle passe la langue sur sa lèvre supérieure, sa voix nonchalante et éraillée par le tabac et son look de punkette rock, et de méditer sur la manière dont toutes ces données se manifestent quand elle fait l'amour.

La fille le dévisage en souriant, amusée. Silver a envie d'embrasser ses lèvres, il a envie de s'enfuir avec elle et, dans le même temps, de la fuir.

— Vous jouiez dans ce groupe, pas vrai ? The Broken Daisies.

— The Bent Daisies.

Elle se laisse corriger de bonne grâce.

— Cool.

Silver l'observe s'acharner patiemment sur le bouchon qu'elle dévisse, tire, jusqu'à ce qu'il se libère du goulot avec un bruit étouffé de détonation. Elle pose la bouteille et s'attaque à la suivante.

— Ça va ? s'inquiète-t-elle.

— Je suis en train de mourir.

La fille assimile l'information avec détachement. Elle est mignonne, et barmaid – une combinaison qui, par définition, la rend foncièrement imperturbable.

— J'avais juste besoin de prendre l'air, ajoute-t-il.

— Eh bien, fait-elle en contemplant la vaste cour qui comprend une impressionnante piscine à débordement et une mare à poissons, vous avez trouvé le bon endroit.

*

Les invités sont maintenant dispersés dans le patio, où ils font honneur au brunch et coulent à l'occasion un regard en direction de Silver. Assis au bord de la piscine, l'ourlet du pantalon relevé et les mollets plongés dans l'eau, il boit du champagne à la bouteille. Son père traverse la cour et vient s'asseoir à côté de lui.

— Que s'est-il passé, tout à l'heure ? demande-t-il.

— Je ne sais pas, je… Je me sentais un peu claustrophobe.

Ruben hoche la tête.

— Comment est l'eau ?

— Pas mal. Tiède.

— Écoute, ta mère est dans tous ses états.

— Je suis désolé.

— Viens dîner vendredi soir. Laisse-la cuisiner pour toi, donne-lui une occasion de te voir. Ça vous fera du bien à tous les deux.

— D'accord.

À la façon dont son père le regarde, il semble le jauger. Ruben, qui a des choses à lui dire, des questions à lui poser, voit bien que Silver n'est pas prêt à les entendre. Alors il retire ses mocassins, puis ses chaussettes noires, il retrousse le bas de son pantalon et plonge ses jambes à côté de celles de son fils.

— Ça prend de telles proportions que je ne peux plus t'emmener n'importe où avec moi, observe-t-il.

CHAPITRE 29

De retour au Versailles, Casey s'installe avec eux au bord de la piscine, ce qui n'est pas du tout du goût de Jack. Il fixe Silver en secouant la tête, comme si celui-ci venait de commettre le pire des faux pas.

— Qu'est-ce qui ne va pas ? demande Casey. Je te fais perdre tes moyens ?

— Un peu, répond Jack avant de se tourner vers Silver. Non, franchement, Silver. Ici ?

— Où il va, je vais, tranche Casey.

— Tu parles d'un plan infaillible, grommelle Jack.

— Ma présence t'empêche de mater le cul des autres filles de mon âge ? C'est ça ? Ou alors, ton problème, c'est que si j'étais assise là-bas avec ces pouffes (elle désigne les étudiantes qui bronzent de l'autre côté de la piscine), tu sais que tu materais aussi mon cul, et ça te met mal à l'aise parce que je suis la fille de ton ami.

— Nom de Dieu, marmonne Jack.

Oliver éclate de rire.

— Casey, dit Silver.

— Pardon, pardon, fait-elle avec un grand sourire. Faites comme si je n'étais pas là.

— Ce serait plus facile si tu la bouclais.

— Comment se fait-il que les mecs s'intéressent à des filles plus jeunes qu'eux ? demande Casey.

— Et c'est reparti, soupire Jack.

— Non, sérieux. Ça m'intéresse, vraiment.

Jack se dévisse le cou pour la dévisager, puis son regard dérive vers l'autre côté de la piscine, où les étudiantes, sur leurs chaises longues disposées en rang d'oignons, semblent sortir d'une chaîne d'assemblage. Ensuite, il sollicite d'un coup d'œil la permission de Silver, qui la lui accorde d'un haussement d'épaules.

— Selon moi, c'est anthropologique, explique Jack.

— Ce qui veut dire ?

— Ce qui veut dire que nous sommes programmés ainsi, dans nos cellules. C'est le règne animal. Le mâle est attiré par la femelle jeune et fertile. C'est instinctif. Pour propager l'espèce.

Casey secoue la tête avec un sourire incrédule.

— Donc, tu es le jouet de la biologie, c'est ça ? Tu es mû par des forces qui échappent à ton contrôle.

— Ce n'était pas là ta question. Ta question était : pourquoi suis-je attiré par des femmes plus jeunes ? se rebiffe Jack en roulant sur le flanc pour lui faire face. Et c'est cette attirance que j'échoue à contrôler. Comme toi, d'ailleurs, soit dit en passant. Il n'est pas en notre pouvoir de décider par qui nous serons attirés. Et je le regrette, crois-moi. Je serais toujours marié. Et toi, tu ne serais pas enceinte. Aucun d'entre nous ne serait dans cette merde, poursuit-il en englobant d'un geste Oliver et Silver.

Ses yeux écarquillés reflètent une sincérité que Silver n'y avait encore jamais vue.

— J'aime ma femme. Je donnerais n'importe quoi pour être avec elle en ce moment. Franchement, regarde-nous ! Nous sommes tous des êtres intelligents, or le sexe n'a rien à voir avec l'intelligence. Il dépend d'une pulsion, d'un instinct, d'une attraction animale, et tout ça est inscrit dans nos cellules. Je sais, ce n'est pas ce qu'on vous apprend à l'école avant de vous distribuer des capotes, mais c'est comme ça que ça marche. Et je ne dis pas que ça me plaît. C'est une foutue tragédie, si tu veux mon avis, conclut-il d'une voix qui grimpe dans les aigus et se fêle presque.

Puis il regarde son auditoire, pris d'une soudaine timidité. C'est la première fois que Silver l'entend parler de sa femme en ces termes et qu'il perçoit de la souffrance derrière les fanfaronnades de son ami.

Cela n'a pas échappé à Casey non plus, semble-t-il.

— C'était assez beau, observe-t-elle.

— Et étonnamment articulé, souligne Oliver.

— Ça m'arrive parfois, observe Jack, qui regrette déjà son envolée.

Casey se tourne vers Oliver.

— Donc, tu es d'accord avec lui ? lui demande-t-elle.

Oliver s'accorde un temps de réflexion.

— J'adhère à son point de vue, sans nécessairement approuver le comportement.

— N'importe quoi ! s'agace Jack. Si tu pouvais encore bander, tu ferais exactement comme moi.

— J'ai des filles de cet âge-là.

— Des filles qui ne t'adressent plus la parole depuis des années.

— Ça ne change rien.

Jack lève les yeux au ciel.

Casey se tourne vers son père.

— Et toi, Silver ?

— Quoi, moi ?

— Arrête. Je t'ai vu avec cette fille, l'autre soir.

Il ne veut pas lui répondre mais, à cet égard comme à tous les autres ces temps-ci, sa volonté n'a apparemment pas voix au chapitre.

— Elles ont la peau ferme. Des fesses hautes et rebondies, un ventre lisse et plat, des seins ronds, fermes, suspendus là où Dieu avait l'intention qu'ils le soient. Elles sentent bon, elles ont bon goût et leurs baisers… Leurs baisers sont longs, mouillés, profonds, interminables. Et ardents, comme si elles cherchaient à te consumer à chaque fois. Ce sont des baisers de perdition – ils peuvent t'ôter la vie, et te faire renaître. Je ne sais pas pourquoi ces baisers ne durent qu'un temps, mais c'est comme ça…

Il lève les yeux et s'aperçoit que Casey, Jack et Oliver le dévisagent.

— Quoi ?

— C'était… euh… une réponse détaillée, observe Casey.

— Tu m'as posé une question.

— C'est vrai.

— Est-ce que je peux modifier ma réponse ? demande Jack.

Ils éclatent tous de rire. Silver serait bien incapable de trouver une raison à cette hilarité, mais peu importe. Pendant un petit moment, le monde donne l'impression de tourner rond.

Plus tard, dans la piscine, il se passe quelque chose. Alors que Silver flotte sur le dos en contemplant le ciel, il est ébloui par un flash, puis tout devient noir. L'instant d'après, il est en train de couler. L'eau pénètre dans son nez, dans sa bouche, et il sent le fond rugueux de la piscine lui râper le bas du dos. Incapable du moindre mouvement, il se noie dans l'obscurité. Voilà comment ça finit, songe-t-il. Curieusement, il n'est pas paniqué, juste un peu triste. Il s'oblige à faire un effort d'attention. Si c'est bien de la mort qu'il s'agit, ce moment sera unique et il ne veut rien louper. Exactement comme lorsqu'il était vivant.

Des doigts s'enfoncent dans ses avant-bras, des mains malmènent ses aisselles, et le voilà qui grelotte au contact de l'air tandis qu'on le fait rouler sur le revêtement dur et caoutchouteux qui entoure le bassin. Des flashes de couleur, des silhouettes en mouvement. C'est comme la naissance, songe-t-il. Il entend la voix de Jack :

— Silver, allez ! Réveille-toi, putain !

Puis le visage de Casey entre dans son champ de vision, flottant au-dessus du sien, suffisamment près pour que Silver remarque les reflets du soleil qui se meuvent sur les joues ruisselantes de sa fille.

— Papa ! hurle-t-elle. Tu m'entends ?

Il hoche la tête, tousse et recrache un plein poumon d'eau chlorée. Il devine confusément un attroupement autour de lui, et il est pris d'un accès de pudeur en songeant à son ventre flasque exposé à la vue de tous.

— Je vais bien, dit-il en roulant sur lui-même et en essayant de s'asseoir.

Une paire de mains, dans son dos, se pose sur ses épaules et tempère son élan.

— Vas-y doucement, lui glisse-t-on à l'oreille.

C'est la voix d'Oliver.

Il s'assied lentement et regarde Casey qui lutte pour retenir ses larmes.

— Que s'est-il passé ? demande-t-elle.
— Je ne sais pas.
— Tu as coulé à pic.
— Je ne l'ai pas fait exprès.
— Tu en es sûr ?

Casey lui paraît un peu floue, comme s'il peinait à évaluer la distance qui les sépare. Il balaie du regard les abords de la piscine, les hommes qui ont fait cercle autour de lui et les étudiantes, tout le monde le scrute. Il lui semble les découvrir comme depuis un angle inédit. Au loin, il entend une sirène. Le temps que l'ambulance arrive, il comprend qu'il est devenu aveugle de l'œil gauche.

CHAPITRE 30

— Tu vas mourir, lui dit Rich.

Planté devant Silver, il déplace son stylo lumineux devant ses yeux.

— Dis-moi un truc que je ne sais pas.

Rich éteint le stylo et le regarde.

— Tu souffres d'une amaurose transitoire.

— Tu vois ? Ça, je l'ignorais.

Casey, assise en tailleur au pied de son lit, secoue la tête avec un grand sourire.

— C'est un petit caillot qui migre et va se loger dans les vaisseaux oculaires. Il finira probablement par se dissoudre tout seul. Tu réagis déjà à la lumière.

Silver ferme l'œil droit. Des lumières colorées explosent dans son œil gauche.

— Donc, tout va redevenir normal ?

— Peut-être. Ou peut-être pas.

Denise pénètre dans la chambre, le souffle un peu court, comme si elle avait couru depuis le parking. Tous les regards convergent vers elle. Le rouge lui monte aux joues. Elle paraît jeune et timide, et Silver ressent cette sensation bizarre dans sa poitrine.

— Tu es jolie.

— Ta gueule, Silver, lance-t-elle, mais le cœur n'y est pas, et il se demande si elle aussi était en train de penser à la fameuse accolade. Ça va ?

— Je tiens la route.

Cette réplique qui n'a rien d'amusant date des premiers temps de leur mariage. À son sourire bref et hésitant, Silver voit qu'elle a compris l'allusion.

Rich reste en retrait, tout à coup ravalé au rang d'intrus au sein de son propre hôpital et dans cette famille. Et Silver – du moins la part de lui qui n'est pas en train de jubiler – en est sincèrement navré pour lui. Vous pourriez croire qu'en ces jours où il s'achemine vers la mort, il serait devenu plus généreux ? Eh bien, vous auriez tort.

— Salut, dit Rich en se penchant pour embrasser Denise sur la joue.

Le geste semble incongru et déplacé parce que Rich porte sa blouse de docteur, que la tension entre eux est palpable, et que Denise était à Silver avant d'être à lui.

— Elle était à moi avant d'être à toi.

— Ah non, merde, Silver ! se récrie Casey. Tu ne vas pas recommencer !

— Je sais, répond Rich. Mais maintenant, elle est à moi.

— Rich…, proteste Denise à voix basse.

— Quoi ! fait Rich en se retournant vers elle. N'est-ce pas à ça qu'on joue, ici ? Dire tout ce qu'on pense ? Et tout le monde se marre.

— Il est malade.

— Il est plus que malade. Il est mourant. Et je suis le seul qui semble déterminé à enrayer le processus.

— Ce que j'apprécie, l'assure Silver.

— Tu es un connard, Silver.

— Je pense que j'aimerais avoir un deuxième diagnostic.

À voir la rapidité avec laquelle Rich fait volte-face, Silver est convaincu qu'il va lui asséner un coup de poing.

— D'accord, Silver, je vais te le donner, le deuxième diagnostic, crache-t-il. Tu ne veux pas mourir. Tu veux juste qu'on passe l'éponge et qu'on te pardonne sans condition d'avoir quitté ta femme et négligé ta fille. Et tu es trop égocentrique pour voir que ton petit jeu ne réussit qu'à les bousiller davantage.

— Arrête, s'interpose Denise.

— Ose me dire que je me trompe, Denise ! s'énerve-t-il. Dis-moi que ce n'est pas à cause de lui que je suis reparti vivre dans ma maison ?

— Ah bon ? (Silver)

— La ferme, Silver. (Casey)

— Ce n'est pas le moment de parler de ça. (Denise)

— Et quand pourrai-je en parler ? Ce n'est pas comme si tu répondais à mes messages ! (Rich)

Silver roule sur lui-même, se lève et regarde Casey.

— Je pense qu'on devrait les laisser seuls un instant, dit-il.

Il se dirige vers la porte tandis que Rich s'avance pour lui barrer le passage. Silver le toise, en se demandant s'ils vont en venir aux mains. Rich, qui le dépasse d'une demi-tête, ne s'est probablement jamais battu depuis son entrée dans l'âge adulte, alors que Silver, lui, est un vétéran des bagarres de pochtrons. Aucune rixe qui lui ait laissé des souvenirs précis, sinon qu'il en est toujours sorti perdant, mais peu importe – être capable d'encaisser un coup, c'est déjà la moitié de la bataille de gagnée.

— Tu ne peux pas l'avoir, lâche Rich.

— Pardon ?

Rich reprend, d'une voix lente et mesurée, et sans quitter Denise des yeux :

— Denise. Tu ne peux pas l'avoir. Elle va m'épouser. Elle se pose peut-être des questions en ce moment, mais ce mariage sera le dénouement de l'histoire. Et peut-être le retardes-tu un peu, peut-être la déstabilises-tu temporairement, mais au final, je vais l'épouser, et avec elle et Casey, tous les trois… nous allons t'enterrer.

— Sauf si je me fais opérer.

— C'est exact. Tu peux choisir de vivre ou de mourir. Mais dans un cas comme dans l'autre, tu ne peux pas avoir ma femme.

Rich fait montre de noblesse et se conduit en parfait connard. Plus tard, Silver devra se repasser cette conversation pour évaluer comment il s'en est tiré. Mais pour l'instant, l'amour blessé de Rich occupe tout l'espace et pousse Silver à quitter la chambre.

— Où vas-tu ? s'écrie Denise, affolée.

— Je rentre à la maison.

— Tu viens de faire une attaque, Silver !

— Ouais, mais bénigne.

Une fois dans le couloir, il se retourne vers Casey.

— Tout va bien, ma puce. Ne pleure pas.

— Je ne pleure pas, rétorque-t-elle, en lui essuyant le visage du bout des doigts. C'est toi qui pleures.

Il a aimé une fille autrefois. Jolie, gentille, douce et dure à la fois, elle avait l'esprit vif et un sourire qui tue et, pour des raisons qui ne se sont jamais réellement cristallisées dans son esprit, l'amour qu'il éprouvait pour elle était réciproque. Elle riait à ses blagues, elle brûlait de désir pour lui, et elle se jetait dans leurs ébats avec une confiance aveugle qui lui faisait chaud au cœur, même si elle le terrifiait également. Quand ils faisaient l'amour, c'était avec un abandon forcené et c'étaient eux qui tremblaient, pas la terre. Lorsque ensuite ils restaient allongés hanche contre hanche et qu'il sentait encore sur la langue le goût de sa transpiration, il lui faisait des promesses auxquelles elle croyait. Ils n'avaient pas succombé à un coup de foudre, leur amour avait plutôt été un feu qui couve, mais quand l'incendie s'était déclaré, sa force dévastatrice avait été celle d'un tsunami. Et puis, un soir où ils mangeaient des glaces le long du quai, il lui avait demandé de retirer sa bague fantaisie sous prétexte de l'examiner, et lorsqu'il la lui avait rendue, elle s'était transformée en anneau orné d'un diamant. Elle avait pleuré sans pouvoir s'arrêter, et lui, tout en séchant ses larmes avec des baisers, lui avait promis de ne jamais plus la refaire pleurer, et ça n'avait été que l'une des nombreuses promesses qu'il briserait bien plus tôt qu'il ne l'aurait cru.

CHAPITRE 31

Le dîner du vendredi soir s'avère une embuscade. À son arrivée en compagnie de Casey, Silver est accueilli par les cris surexcités de ses neveux. Dans le salon, sur le canapé, Chuck et Ruby, l'air soucieux, discutent avec Denise qui ne semble pas très à l'aise de se trouver chez ses ex-beaux-parents.

— Oh merde, lâche Casey à mi-voix.

— Tu étais au courant ?

— Absolument pas.

Ruben s'avance vers eux, la mise soignée et élégante dans l'un de ses plus beaux costumes. Il vient de rentrer des services du vendredi soir. La maison embaume l'enfance de Silver : les *challahs* tout juste sortis du four, la carpe et le chou farcis. Dans la salle à manger, la table est dressée sur une nappe blanche brodée, au centre de laquelle trône le chandelier en argent du *shabbat* de sa mère, tout feu tout flamme. C'était cela, son enfance, un cocon douillet et illuminé, et le retrouver maintenant lui donne la sensation que son trépas remonte à des années et qu'il n'est plus désormais qu'un esprit errant, coincé entre deux mondes dans lesquels il lui reste des affaires à régler.

— J'espère que tu n'y vois pas d'inconvénient, lui dit son père en le serrant dans ses bras.

— Tu aurais pu me prévenir qu'ils seraient tous là.

— Oui, mais tu ne serais pas venu, et je ne pouvais pas décevoir ta mère.

— Donc, c'est moi que tu as préféré décevoir.

Son père lui sourit.

— Je t'aime, mais je dors dans son lit.

— C'est bon, papi, ne sois pas vulgaire, intervient Casey en lui plantant joyeusement un baiser sur la joue.

— Il est là ? demande Elaine à tue-tête depuis la cuisine.

— Va dire bonsoir à ta mère, dit Ruben.

— Salut, m'man.

Postée devant l'îlot central, en élégante robe noire et pantoufles, Elaine découpe un rôti de bœuf mariné. Sans doute a-t-elle accompagné son mari à la synagogue. Silver se les représente, rentrant à la maison bras dessus, bras dessous après l'office humant l'air tiède de l'été tout en écoutant le martèlement familier de leurs talons sur le trottoir, anticipant un dîner de *shabbat* animé avec leurs enfants. Silver sent leur amour, la paix qui les habite, le confort paisible que leur procure leur vie commune. Ils ont réussi quelque chose sans le moindre effort, comme à leur insu – atteindre à ce contentement vital qui, en ce qui le concerne, lui a irrémédiablement échappé.

— Tu as une mine épouvantable, observe sa mère en reposant le couteau.

— Ces derniers jours n'ont pas été faciles.

— Viens que je te serre dans mes bras.

Bien que Silver fasse deux fois sa taille, lorsqu'elle l'étreint comme ça, il disparaît.

— M'man, dit-il en sentant la boule grossir dans sa gorge.

— Je sais, répond-elle en lui frottant le dos. Je sais.

Et il n'est pas loin d'y croire.

*

Bien qu'il ait peu à peu récupéré l'usage de son œil gauche, sa vision demeure un peu floue, ce qui occasionne des problèmes d'équilibre sans gravité. Dans le salon, il vacille un peu avant de s'asseoir sur le canapé entre Casey et Denise.

— Tu es bien installé ? s'enquiert Denise.

— Pas trop mal.

— J'espère que ça ne t'embête pas que je sois là. Ta maman n'a rien voulu entendre.

— Pas de problème.

— Et puis, tu sais, ils me manquent.

C'est la vérité, il le sait. Denise a perdu sa mère, et Elaine avait toujours désiré une fille. Après le mariage, un lien intime s'était noué entre elles. Silver se demande parfois si ce n'est pas parce que Denise répugnait à perdre sa belle-mère que leur couple a tenu le coup aussi longtemps. Elles continuent à déjeuner ensemble de temps en temps. Elaine se garde bien de le lui dire. Comme la ville n'est pas très grande, il lui arrive de les apercevoir sur un trottoir ou derrière la devanture d'un restaurant. Un divorce est un sacré sac d'embrouilles, même dans les circonstances les plus favorables, car il ne dissout pas forcément pour autant les liens familiaux. Les stars de cinéma arrivent à tirer leur épingle du jeu.

Le commun des mortels s'en sort en trébuchant et en se raccrochant à un assemblage mal ficelé de faux espoirs et d'aveuglement obstiné.

À table, il est assis entre Casey et Denise, en face de Chuck et de Ruby, et de leurs deux petits garçons qui grésillent comme des molécules chauffées à blanc. Zack et Benny, huit et six ans ; deux personnages de dessins animés en perpétuel mouvement. Le bébé, Nate, dort dans son siège auto posé au sol dans un coin de la pièce. Tout le monde entonne « Shalom Aleichem », puis Ruben lève sa coupe en argent, récite le *kiddouch* et répartit le vin dans d'autres coupes, plus petites, qui circulent autour de la table. Le vin de *kiddouch* a un goût de sirop contre la toux. Sa texture sucrée, écœurante, enrobe la langue de Silver, lui tapisse la gorge. Chacun va dans la cuisine se laver les mains dans une vasque en argent, puis retourne à table où Ruben récite une bénédiction et rompt le *challah*. Les rituels accomplis, Elaine et Casey apportent la soupe.

Pendant que Ruben reprend, dans une version abrégée, l'histoire qu'il a racontée un peu plus tôt à l'office, Silver est parfaitement conscient de la présence de Denise à ses côtés, qui écoute, rit, se régale. Il aimerait bien lui tenir la main. Il la lui prend, donc, sous la table. Denise lui décoche un regard bizarre tout en se dégageant, puis elle se lève pour aider à débarrasser les bols de soupe.

Ruby, qui découpe du poulet pour les garçons, échange des regards furtifs avec Chuck. Il se trame quelque chose, ils ont une idée derrière la tête, mais que peut-il faire, sinon attendre l'assaut ? Silver tente bien de désarmer Chuck en le fixant avec insistance, mais son frère évite de croiser son regard.

— Chuck, dit Silver.

Lorsque la tablée tout entière se tait d'un coup, il comprend qu'il a interpellé son frère d'une voix peut-être un peu plus forte qu'il n'en avait l'intention. Même les petits garçons le dévisagent.

— Quoi ? lance Chuck.

— Ne le fais pas.

— De quoi tu parles ?

— J'en sais rien mais ne le fais pas.

Chuck rougit et, pris de court, regarde leur père. Qui soupire et repose sa fourchette. Depuis des années, Ruben conseille des familles, leur exprime ce que les membres qui la composent ont, en général, du mal à se dire les uns aux autres. Et, pour la première fois, Silver prend en compte le courage qu'il doit falloir pour s'aventurer ainsi sur le champ de mines affectif d'autres familles, et il songe aux conséquences psychologiques que cela peut avoir pour un homme. Son père se recule contre le dossier de sa chaise, en prenant son temps, comme il le fait parfois en cours de sermon, pour rassembler ses pensées, ou son énergie.

— C'est un moment difficile pour toi, Silver, dit-il. C'est un moment difficile pour notre famille. Nous sommes tous là parce que nous voulons comprendre, nous voulons t'aider, de la même façon que, je le sais, tu le ferais si l'un d'entre nous en avait besoin.

Silver recule sa chaise et se lève.

— Je ne peux pas faire ça maintenant.

— Allons, assieds-toi, proteste Elaine. Nous n'allons pas te mordre.

— J'apprécie ce que vous faites…

— EST-CE QUE TU VAS T'ASSEOIR, À LA FIN ! tonne son père en écrasant son poing sur la table.

Tout le monde sursaute, le bébé se met à pleurer. Ruby se lève précipitamment pour le prendre dans ses bras, et Silver fait ce qu'on lui demande. Denise, de retour de la cuisine, reprend sa place. Sous la table, elle saisit la main de Silver et la serre fort contre sa cuisse. Tous dévisagent Ruben, qui n'a pas desserré les poings.

En classe de sixième, Silver avait écopé d'une exclusion temporaire pour avoir triché à un contrôle. Au lycée, il avait de nouveau été exclu pour avoir fumé un joint dans les douches des garçons, au gymnase. À quatorze ans, il avait dérobé les clés de la Lincoln paternelle et enfoncé la porte du garage en faisant une marche arrière. Un jour, à seize ans, il avait traité Dieu de foutu timbré devant son père. Jamais, pourtant, il n'a entendu celui-ci élever la voix comme il vient de le faire – ni lui, ni personne autour de la table d'ailleurs –, et Ruben tremble encore de l'effort qu'a exigé de lui ce coup de semonce. Un silence pesant s'abat sur la salle à manger, digne de celui qui précède les tirs d'un peloton d'exécution. Ruben esquisse un sourire triste, comme pour reconnaître, tacitement, qu'il a bel et bien élevé la voix.

— Je t'aime, poursuit-il. Mais tu fais preuve d'égoïsme. Et de cruauté. Nous sommes ta famille, et si tu es à ce point résolu à mourir, alors, bon sang de bonsoir, tu vas devoir nous traiter mieux que ça avant de t'en aller.

Sa main, posée sur la table, continue de trembler et fait vibrer le couteau qui miroite à la lumière du chandelier en cristal. Silver ferme l'œil droit et ne discerne plus qu'un minuscule croissant lumineux qui se dilue dans un océan d'obscurité. Lorsqu'il rouvre son œil valide, la pièce tangue un peu, puis le flou se dissipe.

D'un regard, Ruben passe la parole à Elaine.

— Je t'aime, Silver, commence sa mère d'une voix étrangement réservée, alors même qu'elle tremble d'émotion. Je t'ai aimé à la minute où tu as vu le jour. Et pas une seule fois, quand tu étais par monts et par vaux avec ton groupe au lieu de t'occuper de ta famille, ou quand Denise et toi avez divorcé et que ton père et moi gardions Casey pendant le week-end parce que tu étais je ne sais où, à faire Dieu sait quoi au lieu de t'occuper de ta fille. Pas une seule fois, je ne t'ai jugé, pas une seule fois je ne t'ai reproché de te montrer indélicat, ou égoïste. Peut-être aurais-je dû. Je ne sais pas. J'essayais simplement de rester proche de toi, afin que lorsque tu essaierais vraiment de retrouver ton chemin, tu puisses encore le faire. Mais aujourd'hui, je vais te dire ce que je pense, comme vont te le dire ton père, Chuck, Denise, Casey – toutes les personnes ici présentes, d'une façon ou d'une autre, parviennent à t'aimer malgré toi. Nous allons te le dire, et tu vas écouter.

Sa voix se fêle, mais elle se rassied avec un air de défi.

Ruben pose sa main sur la sienne, approuve d'un signe de tête puis regarde Chuck.

— Et si tu disais quelque chose, maintenant ?

Chuck se tourne vers Silver, avec un demi-sourire penaud, et s'éclaircit la voix.

— Nous étions proches, à une époque, commence-t-il. Je ne sais pas ce qui s'est passé. En t'installant dans cette résidence, c'est comme si tu avais disparu. Autrefois, après ton divorce, tu venais dîner à la maison. Tu passais à l'improviste pendant qu'on était à table, et tu prenais une chaise, tu parlais avec les gosses, tu les faisais rire. Ils adoraient tes visites. Ensuite, on buvait quelques bières sur la terrasse, en bavardant de choses et d'autres. T'en souviens-tu seulement ?

Maintenant qu'il en parle, oui, Silver s'en souvient. Mais ça lui était sorti de la tête, c'est vrai, depuis des années. Ne pas penser à quelque chose, est-ce pareil qu'avoir oublié ? Il imagine que s'agissant du résultat, c'est le cas.

— Je ne sais pas pourquoi tu as arrêté de passer nous voir, poursuit Chuck. (Il est lancé.) Pourquoi tu as arrêté de me rappeler quand je te laissais des messages. Je ne sais pas si c'est à cause de ce que j'ai dit, ou fait, ou pas fait d'ailleurs, mais on n'aurait jamais dû continuer sur cette voie-là. Cela m'a manqué de ne plus avoir de frère. Quand je vois mes gosses jouer…

Sa voix se fêle, et Ruby, tout en berçant le bébé, s'avance pour lui frotter le dos. On croirait voir un tableau – Chuck assis, Ruby debout derrière son épaule gauche, leur dernier-né dans les bras. Ils donnent l'impression de poser pour une carte de Noël. Devant ce spectacle, Silver sent une rage familière, inexplicable, monter en lui.

— Pourquoi il pleure, papa ? demande Zack.

— Il ne pleure pas, il discute, répond sa mère.

— Non, c'est pas vrai. Il pleure. Regarde.

— Les garçons, allez jouer au sous-sol.

Ruby chasse ses fils de la salle à manger puis revient se poster derrière son mari, tout en exécutant cette petite danse qui ballotte le bébé pour le rendormir. Elle se balance sur les talons, son corps tangue de gauche à droite, et sans doute ne s'en rend-elle même pas compte.

Chuck essuie ses yeux et inspire un grand coup avant d'asséner le coup de grâce.

— Je ne veux pas que tu meures. Pour moi, ton problème à l'aorte, c'est un avertissement, le signal qu'il est temps pour toi de revenir vers nous tous.

Silver sent se poser sur lui le poids de tous les regards. Il espère avec ferveur qu'il n'est pas sur le point de dire ce qu'il pense.

— Tu es un crétin, assène-t-il.

Et merde.

Ruby étouffe un hoquet. Chuck tressaille, comme quand ils étaient mômes et que Silver reculait d'un pas en faisant mine d'armer son poing. Si Chuck demeurait impassible, alors Silver le frappait.

— Et c'est reparti, lâche Casey à mi-voix.

— Je suis désolé, poursuit Silver. Je sais que tu es sincère, mais j'ai quand même envie de te refaire le portrait d'avoir dit ça, et je ne sais pas trop pourquoi. Peut-être parce que tu as tout ce que j'ai perdu, une belle femme, des gosses, une maison… Et peut-être aussi parce que ça te rend arrogant. J'ai arrêté de passer chez toi parce que, quand j'étais là, tu ne ratais jamais une occasion de prendre la main de Ruby, de lui tapoter les fesses, de l'embrasser quand elle apportait le gâteau au chocolat. C'était une préparation industrielle, bordel ! Je ne sais pas pourquoi tu te comportais comme ça. Parce que ça crevait les yeux que ma vie était merdique, et que du coup, tu en appréciais davantage la tienne ? Ou qu'inconsciemment, tu voulais me jeter ta réussite à la gueule, vu que j'ai toujours été plus intelligent que toi – tu prenais tout un tas de cours de soutien…

— J'avais un trouble de l'attention ! se récrie Chuck avec emphase.

— Le truc, c'est que chaque fois que je partais de chez toi, je t'imaginais dans votre chambre, allongé à côté de Ruby, en train de te féliciter d'avoir si bien réussi, en comparaison de ton paumé de frère, comme si j'étais ton faire-valoir. Et au bout d'un moment, je n'ai plus pu le supporter.

— Pauvre con, tu as vraiment l'esprit tordu. J'essayais de t'aider.

— Je n'avais pas besoin de ton aide.

— Tu avais besoin d'aide, et tu avais déjà envoyé bouler tous ceux qui auraient pu te tendre la main.

— OK, chéri, intervient Ruby, la main sur son épaule. On est hors sujet, là.

— Rien à foutre, rétorque Chuck en se levant. Et pardon de t'avoir offensé en aimant ma femme. Je me suis vraiment comporté comme un sale con.

— Ce n'est pas ta faute.

— Sans blague ? Désolé, ajoute-t-il en se tournant vers leurs parents. J'ai essayé. Mais c'est impossible de lui parler. Ça l'a toujours été. Pour l'amour de Dieu, il se prend encore pour une rockstar. (Il regarde Silver et secoue la tête.) Navré pour toi. Tu me fais pitié. Tu as foutu en l'air tout ce qu'il y avait de bien dans ta vie parce qu'un jour, il y a très longtemps, tu as écrit une chanson qui a cartonné.

— C'était un peu plus compliqué que ça, tempère Silver.

— Guère plus.

Silver s'accorde un temps de réflexion.

— Guère plus, c'est vrai, admet-il.

— J'ai besoin d'air, annonce Chuck en se dirigeant vers la porte.

— Ne t'en va pas, dit Elaine. Nous sommes à table. (Elle se tourne vers Silver.) Excuse-toi !

— Pardon de t'avoir contrarié, obtempère Silver.
— Va te faire foutre.
— Chuck ! proteste Ruby.
— Je vais faire un tour, lance-t-il. (Il marque un temps d'arrêt pour fusiller son frère d'un dernier regard.) Tu es un connard, Silver.
— Je sais, répond l'intéressé. Où vas-tu ?
Chuck le dévisage, perplexe.
— J'en sais rien. Loin de toi.
Silver hoche la tête et se lève, en empoignant la bouteille de vin de *kiddouch*.
— Je t'accompagne.

Ils parcourent quelques pâtés de maisons en silence, jusqu'au petit étang au bout de Livingston Avenue. La soirée est fraîche, le parfum de chèvrefeuille et d'herbe coupée qui arrive par vagues depuis l'autre berge ramène Silver dans le temps. Lorsqu'ils étaient gosses, ils venaient pêcher ici, ils attrapaient des petites perches, des brèmes, parfois un poisson-chat. Silver devait toujours appâter la canne de Chuck parce que celui-ci ne supportait pas de plonger son hameçon au milieu des vers vivants. Ils se perchaient sur un gros rocher plat, et leur conversation tournait invariablement autour de ce que Silver avait rebaptisé les trois S : *Star Wars*, le Sport et le Sexe. Quand l'étang gelait, ils chaussaient leurs patins ; d'autres gamins, des grands, jouaient au hockey avec des manches à balai, jusqu'au jour où Salomon Corey passa à travers la glace et se noya. Après ça, plus personne ne patina sur l'étang.

Salomon était dans la classe supérieure à celle de Silver – un grand gamin incroyablement maigre, à la démarche saccadée pareille à celle d'une marionnette, dont la mort a hanté Silver quelque temps. Que quelqu'un qu'il connaisse puisse disparaître définitivement du jour au lendemain lui paraissait impossible. Silver avait douze ans : la mort n'était encore pour lui qu'un concept en périphérie de sa conscience, or là, elle avait infiltré son univers, y frappant tout d'irréalité pendant un petit moment. La nuit, dans son lit, Silver essayait de deviner quelles pensées avaient pu fuser dans la tête de Salomon tandis que l'eau glacée de l'étang emplissait ses poumons. S'était-il rendu compte qu'il était en train de mourir, que ce n'était pas un cauchemar ? Ou bien avait-il fermé les yeux en pensant se réveiller le lendemain matin dans son lit, comme d'habitude ?

— Chuck, tu te souviens de Salomon Corey ?

— Ouais, répond son frère en lançant un caillou dans l'étang. (Ils se taisent un instant et observent les rides concentriques qui s'élargissent à la surface de l'eau, puis s'effacent.) Autrefois, je pensais qu'il était encore là-dessous. Jamais il ne m'était venu à l'esprit qu'ils l'avaient repêché.

Assis sur un rocher plat, ils se passent la bouteille de vin de *kiddouch*. Rares sont les circonstances où le vin de *kiddouch* a bon goût ; Silver est heureux de découvrir que celle-ci en fait partie.

— C'était mon premier mort.

Chuck hoche la tête, boit une longue gorgée au goulot et grimace.

— Waouh. Quelle piquette !

— J'aime bien.

— Bon, alors, c'est quoi ton plan ? Je veux dire, pourquoi tu agis comme ça ?

— C'est difficile à expliquer.

Chuck lui tend la bouteille.

— Je pense que tu devrais essayer.

Silver boit une gorgée ct savoure le vin, dont le goût lui évoque à la fois son enfance et Dieu. Il s'allonge sur les coudes et contemple le ciel. L'étang, qui est l'un des coins les moins éclairés du quartier, offre l'occasion d'observer bien plus de constellations qu'il n'est généralement possible.

— On aura beau m'ouvrir et me réparer, explique Silver, au réveil, je ne me sentirai pas mieux. Depuis pas mal d'années, depuis que Denise et moi avons divorcé, je vis ma vie comme on fait un arrêt au stand, juste le temps de reprendre des forces avant de repartir. Mais ça fait sept ans maintenant, et je n'ai pas avancé d'un pouce. Je n'ai rien fait. Je me suis juste… arrêté. Alors on veut me sauver la vie. Si c'est pour retrouver celle que je mène, eh bien, je l'ai vécue aussi longtemps que je pouvais la supporter.

Chuck hoche la tête avec tristesse, il assimile ces informations, et Silver détourne les yeux, soudain incapable de soutenir le regard de son petit frère.

— Selon moi, c'est positif, dit Chuck. Tu as fait le point. Tu sais que tu as besoin de changer. Donc, fais-toi opérer, et après, tu t'attaques aux changements.

— Tu ne penses pas que si j'étais capable de changer, ce serait déjà fait ?

— La situation est différente, maintenant.

Silver secoue la tête.

— Mais moi, je suis le même. Je reste le raté que j'ai toujours été. Et franchement, je ne vois pas comment ça pourrait changer. (Il réfléchit un instant.) Quand je pense à cette opération, je me vois me réveiller dans un lit sans personne qui m'attend. Personne pour me ramener à la maison.

— Nous serons tous là.

— Ce n'est pas ce que je voulais dire.

— Je sais, répond Chuck avec un sourire triste. Je sais que ce n'est pas ce que tu voulais dire.

Ils se taisent pendant un petit moment, en lançant des cailloux qu'ils écoutent se faire engloutir par l'eau sombre. Dans l'obscurité, le coassement plaintif d'une grenouille se réverbère à la surface de l'étang.

— Je pourrais t'aider, tu sais, reprend Chuck. On pourrait mettre sur pied un plan, fixer quelques objectifs : un meilleur boulot, plus de temps avec Casey.

— Tu veux être mon conseiller de vie ?

— Ouais, je pense que ça me plairait.

Silver secoue la tête. Il est à la fois ému et épuisé. Il commence à ressentir les effets du vin et sent ses paupières se fermer. Pourrait-il mourir ici, en cet instant, aux côtés de son frère, au bord de l'étang ? Il y a, dans cette éventualité, une sorte de symétrie qui n'est pas dénuée de sens. Mais au moment précis où cette pensée se forme, Silver sait qu'il n'y a rien de symétrique dans la mort. Demandez donc à Salomon Corey.

— Bon, fait Chuck. Quoi qu'il en soit, que tu sois un raté ou pas, je me surprends encore à regretter de ne pas être comme toi.

— Comme je disais, tu n'as jamais été très futé, réplique Silver.

CHAPITRE 32

Plus tard, Silver raccompagne Denise chez elle. Casey s'est éclipsée lorsqu'il était dehors avec Chuck – elle doit faire un saut chez les Lockwood, qui fêtent le départ de Jeremy pour l'Europe, où il passera un semestre sans se douter une seule seconde du bazar qu'il laisse derrière lui. Il saisit mal ce qui pousse Casey à assister à cette fête, mais il n'a jamais vraiment compris les femmes, et maintenant qu'elle en est une, sa fille est tout autant un mystère que les autres.

Denise et Silver cheminent côte à côte dans un silence amical. Denise se trouvant à sa gauche, Silver – dont la vision périphérique demeure altérée – ne peut pas la voir. Il s'oriente au frôlement de son bras contre le sien. Il se souvient de soirées semblables, aux premiers temps de leur mariage, quand, le vendredi soir, ils rentraient de chez ses parents à pied, heureux à l'idée de retrouver le paisible cocon de leur cottage. Et quand il s'aperçoit qu'ils vont passer devant leur ancienne maison, il ressent une vive appréhension dont il ne dit rien.

C'est un cottage dans le pur style de Cape Cod : une petite maison de plain-pied à laquelle on a ajouté, dans les années soixante-dix, un vaste living-room dans le prolongement de la cuisine. Quand Denise et Casey l'ont quitté, Silver y a vécu seul, jusqu'à ce que la banque la saisisse. Peu après, dans un accès de dépit éthylique, il a traversé la pelouse en voiture, puis a défoncé le mur du salon. Les charges retenues contre lui ont été finalement abandonnées, mais sa voiture a été bousillée. Il n'en a plus possédé depuis.

Parvenus à l'angle de leur ancien pâté de maisons, Denise demande :

— Tu veux qu'on prenne un autre chemin ?

Silver embrasse la rue du regard. Après le divorce et pendant un certain temps, lorsque, à l'issue d'un concert, il chargeait ses fûts et autres instruments dans le vieux break qu'il empruntait à sa mère, il se surprenait à revenir ici comme en pilote automatique, et ce n'était qu'en tournant à l'angle de la rue qu'il se souvenait qu'il n'habitait plus là. La vie qu'on se construit nous donne la sensation que l'univers tout entier se résume à elle, et lorsque cette vie cesse brusquement d'exister, le monde se vide de son sens pendant un petit moment. Ou à jamais, dans le cas de Silver.

— Non, répond Silver. Ça va.

Quelque chose le pousse à passer devant la maison en compagnie de Denise. L'espoir vague de guérir une plaie ? Ou simplement le penchant masochiste qu'il cultive depuis des années, ce besoin de se punir pour tout ce qui a trait à Denise et à Casey ?

La maison est la cinquième sur leur droite. Tandis qu'ils progressent le long du trottoir, Silver sent grandir son appréhension. Il saisit la main de Denise qui, en enroulant ses doigts autour des siens, lui offre un ancrage dans l'instant présent. Les voilà maintenant devant la petite maison blanche. Elle n'a pas changé. Silver repense à ces années où il grimpait les trois marches de ce perron et poussait cette porte sans réfléchir, loin d'imaginer qu'un jour Denise et lui se retrouveraient sur le trottoir et que cette maison – dans laquelle il distingue aujourd'hui, à travers des stores en voile, telles les braises d'un feu moribond, les vacillements d'un écran de télévision – ne représenterait plus qu'un monument commémoratif de tout ce qu'ils ont perdu.

— Tout était ma faute, lâche-t-il.

— Nous étions jeunes.

— Pas tant que ça.

Il y a du mouvement à l'intérieur. Un homme traverse la pièce. On les aperçoit aujourd'hui dans chaque maison devant laquelle on passe, ces grands écrans à LED qui fredonnent et branchent tout le monde sur la même fréquence lumineuse hypnotique. Si Denise et lui en avaient possédé un à l'époque, Silver aurait peut-être été plus casanier. Peut-être aurait-il succombé.

Denise l'observe ; il y a de la bonté dans son regard, et quelque chose d'autre aussi, qui lui fait légèrement accélérer le cœur.

— Écoute, dit-il.

Elle se tourne vers lui et lui tend la main tout en secouant la tête avec un sourire sans joie. Il donnerait tout pour remonter le temps, revenir à cette fête de mariage où ils se sont rencontrés et tout recommencer. Il saurait quoi faire, aujourd'hui. Il connaît les enjeux.

— Moi aussi, j'aimerais bien, dit Denise en lui caressant la joue.

Il se passe quelque chose, là.

Silver écarte les bras, Denise s'avance, dépose un baiser au ras de ses yeux, si bien que lorsque, ses lèvres glissent jusqu'aux siennes l'instant d'après, Silver goûte la saveur de ses propres larmes. C'est un long baiser passionné. Alors qu'il resserre son étreinte, Silver sent un tremblement dans sa poitrine. Il veut continuer à l'embrasser, ici même, devant leur maison, jusqu'à ce que son aorte claque et qu'il meure dans ses bras.

Mais le baiser a une fin, comme tout le reste. Et Silver sait que Denise va dire quelque chose, prononcer des mots sincères, pleins de bon sens, beaux et accablants, des mots destinés à les ramener en douceur chacun sur leur orbite. Au lieu de quoi, ses lèvres se posent à nouveau sur les siennes, s'entrouvrent, l'invitant à faire de même tandis que s'en échappe un gémissement, un soupir, presque.

Quand ce baiser-là s'achève, Silver ne doute plus des intentions de Denise.

— On y va ? dit-elle.

CHAPITRE 33

Le temps que Casey ait rassemblé assez de courage pour approcher de la maison, la fête bat son plein. Elle coupe à travers le jardin, dépasse la piscine et traverse la pelouse en pente douce des Lockwood. Jeremy la bombarde depuis plusieurs jours de messages. Elle est là, sans trop savoir ce qu'elle y fait.

Le volume de la musique est tel que les vibrations des basses et des percussions traversent les doubles vitrages et flottent un instant dans le jardin avant de se dissiper. Quelques jeunes gens agglutinés à l'extrémité la plus reculée de la piscine fument en douce une pipe à eau. Un couple se trémousse, allongé sur une chaise longue dans la position du missionnaire. Casey se sent à un million d'années de tout ça.

Sur la terrasse, un petit cercle d'adultes sirotent des mojitos tout en essayant de s'entendre malgré la musique. Soit ils sont trop ivres pour prendre garde aux activités illicites qui se déroulent en contrebas, au bord de la piscine, soit ils s'estiment trop cool pour intervenir. Casey aperçoit Rich, confortablement installé dans un fauteuil, une bière à la main. Elle lui fait signe de loin puis, se souvenant qu'elle vient de dîner avec sa mère et son père, elle est prise d'un accès de culpabilité et contourne la terrasse pour aller l'embrasser.

— C'était comment, le dîner ? demande-t-il.

— Un pur désastre.

— Mais tu vas bien ?

— Précise ce que tu entends par « bien ».

Rich hoche la tête et la gratifie d'un sourire faiblard mais sincère.

— Ta mère est encore là-bas ?

— Elle arrive.

Rich hoche la tête et boit une gorgée de bière.

— Bon, va t'amuser avec les jeunes. Je ne veux pas te faire perdre tes moyens.

— Encore faudrait-il que j'en aie, répond-elle en se dirigeant vers la maison.

Elle entre par la porte de derrière. La fête ressemble à n'importe quelle fête entre copains : des jeunes gens dans chaque coin et recoin, bien plus nombreux que la maison ne peut en accueillir, qui picolent, braillent, dansent, se pelotent. Casey aperçoit quelques camarades de classe, qu'elle salue sans s'arrêter pour échanger quelques mots. Le mouvement est la clé de tout, ici. Celui qui cesse de bouger, la fête l'engloutira. Quelqu'un lui tend une bière, dont elle boit une ou deux gorgées avec nervosité, avant de se rappeler qu'elle ne devrait pas. Mais elle ne lâche pas sa bouteille pour autant, car l'avoir dans la main, c'est comme tenir une sorte de bouclier.

Lundi, Jeremy part pour Paris. Il y suivra quelques cours, traînera dans les cafés, se mettra à porter un foulard, tentera des expériences avec son système pileux, s'attachera à quelque obscure marque de cigarettes locales qu'il évoquera ensuite avec nostalgie des années durant, et, à la résidence universitaire, couchera avec un nombre non négligeable de Françaises. Ces cinq mois lui feront l'effet d'une petite vie en soi, et il rentrera aux États-Unis convaincu d'avoir changé de façon fondamentale, puis, dès la fin de son année de licence, il sera de nouveau rasé de près, aura renfilé sa panoplie Abercrombie & Fitch et cessé de communiquer par Skype avec une ou deux filles auxquelles il avait promis une fidélité éternelle.

Nous sommes tous des clichés, songe Casey. Nous nous conformons à des scénarios qui ont été écrits et joués bien avant que nous ne décrochions le rôle.

Elle ne sait pas pourquoi elle est venue. Ou plutôt, si, elle le sait, mais elle ignore si c'est une bonne idée. Sa mère est persuadée qu'elle devrait avorter. Elle l'était tout autant jusqu'à ce que Silver fasse son attaque. Quelque chose a basculé à ce moment-là. Mais quoi ? Mystère. Passer du temps en compagnie de son père a été une expérience étrange, gratifiante et profondément frustrante à la fois. Concernant le problème qui la préoccupe, Silver s'est montré complètement inutile. Il ne la poussera pas vers une décision plutôt qu'une autre, sinon en lui disant qu'il la soutiendra, quelle que soit cette décision. Casey soupçonne que cette absence de position tranchée en ce qui concerne sa grossesse n'est en rien un cas unique de la part de son père, que cela pourrait même être sa principale caractéristique. Et cette révélation est à la fois édifiante et immensément décevante. Elle l'oblige à voir ses parents non plus comme tels, mais comme de simples personnes. Du coup, elle éprouve de la pitié pour son père, et se sent très triste. Ses états d'âme changent d'une minute à l'autre, elle en perd le fil. Elle se demande, brièvement, si ses hormones pourraient être responsables de cette instabilité.

— Casey ! Salut !

Elle a traversé la maison, elle est dans le hall d'entrée. Quand elle se retourne, elle voit Jeremy, en jean et maillot de corps, assis dans l'escalier de l'entrée en compagnie d'autres garçons. Elle les salue en souriant, même s'il ne lui échappe pas que les copains de Jeremy se livrent à un rapide état des lieux : jambes, OK. Seins, OK. Visage, OK. Cul, reste à voir – mais on peut sans doute extrapoler le verdict final en fonction des preuves déjà en main.

Jeremy se lève pour venir la rejoindre au pied de l'escalier.

— Je suis content que tu sois là.

— Je t'avais dit que je viendrais.

— Ouais, plus ou moins. Tes SMS sont retors.

— Je ne crois pas.

— Oh que si.

Il sourit. Elle sourit. Une de ses dents, une seule, dans le coin de sa bouche, chevauche sa voisine et même s'il n'y a aucune raison de trouver ce détail séduisant, elle est séduite.

— Donc, Paris, dit-elle. Tu as hâte ?

— Ouais. La vérité, c'est qu'un changement de décor me fera le plus grand bien.

— Tu es à la fac depuis deux ans.

— Je sais, répond-il avec un grand sourire. Que veux-tu ? J'ai la bougeotte. Je peux te parler un instant ? ajoute-t-il avec sérieux.

— Bien sûr.

Jeremy balaie le hall du regard, puis il lui prend la main et l'entraîne à travers la foule vibrante des invités – les abrutis qui s'éclatent sur la musique, les filles hilares, les types qui se tapent dans la main comme s'ils avaient inventé la bière, les gamins qui se pelotent sur le canapé comme s'ils étaient seuls dans la pièce, et ceux qui font tapisserie dans l'attente de l'événement qui déchaînera la fête. Malgré tout ça, il y a quelque chose de grisant dans la détermination avec laquelle Jeremy lui a pris la main et lui a fait traverser cette forêt humaine avec une idée derrière la tête. Casey se sent étrangement adoptée.

La cuisine est sens dessus dessous. Ils enjambent des assiettes et des gobelets en plastique écrasés, puis gagnent la chambre de Jeremy par l'escalier de service. Il referme la porte derrière eux et allume sa lampe de bureau. Casey n'était plus montée dans sa chambre depuis des années, mais rien ne semble avoir changé. La moquette bleu marine, le lit de Pottery Barn assorti au bureau, l'affiche encadrée de Larry Bird et Magic Johnson, le fanion de l'équipe de basket, vestige de sa gloire lycéenne.

Tandis que Jeremy s'assied sur le lit, Casey embrasse d'un regard poli le bureau, les bouquins prétentieux – Bukowski, Kosinski –, quelques magazines de sports, le Mac et l'assortiment de matériel multimédia, les pipes à eau décoratives, les photos éparpillées de ses copains de fac, le billet d'avion.

— Alors, ça va ?

— Bien sûr, répond-elle en s'adossant au bureau, face à lui.

— Comment va ton père ?

— Franchement, je n'en sais rien.

— C'est bizarre, tu sais ? Je ne l'avais plus croisé depuis des années.

— Je sais.

— Je crois qu'il était batteur au mariage de ma tante. Il continue à faire ça ?

Casey lève les yeux au ciel.

— De quoi voulais-tu me parler ?

Il la fixe, soudain mal à l'aise.

— Je sais que tu avais pas mal d'autres soucis, entre ta mère qui se marie et… la situation de ton père. Mais je… je m'étais dit, après cette nuit-là, qu'on pourrait se voir plus souvent, tous les deux. Mais tu n'as pas répondu à mes messages…

Il semble avoir perdu le fil, emmêlé qu'il est dans son propre bavardage.

— Je voulais juste m'assurer que tu vas bien.

Casey le dévisage, partagée entre le mépris et l'attirance. Elle est presque certaine qu'il s'agit là d'une combinaison de sentiments exclusivement féminine.

— Tu voulais t'assurer que je vais bien ou que toi, tu vas bien ?

Jeremy hoche la tête en réfléchissant.

— Les deux, je suppose. Je voulais m'assurer qu'on va bien tous les deux.

— Parce qu'on a couché ensemble.

— Ouais.

Elle va s'asseoir à côté de lui sur le lit. C'est le moment ou jamais de se jeter à l'eau.

— J'ai traversé quelques moments pénibles, concède-t-elle.

Il lui prend la main.

— Tu veux m'en parler ?

Les doigts musclés de Jeremy s'entrelacent aux siens. C'est également son enfant, et il a le droit de prendre cette décision avec moi, songe-t-elle. Or c'est faux, et elle le sait. La décision n'appartient qu'à elle. Elle voudrait juste que quelqu'un l'aide à la prendre. Et puis, elle sait d'ores et déjà ce que Jeremy va dire au mot près. C'est d'ailleurs la raison qui l'a poussée à venir à cette fête, comprend-elle. Elle savait par avance ce que Jeremy lui répondrait, et qu'ensuite, elle pourrait prétendre que la décision avait été prise d'un commun accord.

— Hé, tu trembles, dit-il en l'attirant plus près de lui.

— J'ai quelque chose à te dire.

— O.K.

Elle regarde son visage, ses yeux ronds, son expression sérieuse. Et tressaille en prenant conscience que ce garçon, d'une certaine façon, est amoureux d'elle. C'est un sentiment éphémère et sans conséquence, mais qui la réchauffe néanmoins. Maintenant, elle sent qu'elle tremble, qu'elle grelotte presque. Jeremy écarte quelques mèches de son visage, et elle passe la main le long de son bras.

— Casey ? fait-il, inquiet.

— Pourrais-tu juste… m'embrasser ?

Nul besoin de le lui demander deux fois. Et tandis qu'il se penche vers elle, Casey faufile ses mains sous sa chemise et lui caresse le dos, tiède et incroyablement large. À ce baiser en succède un autre, puis un autre, et encore un autre, interminable celui-là. Puis Casey se surprend à enlever sa propre chemise, tout en clouant Jeremy sur le lit avec plus de force qu'elle n'en avait l'intention.

Elle ne comprend plus du tout quelles étaient ses intentions en venant ici, mais elle sait, maintenant qu'elle est allongée là et qu'elle se dissout dans leur étreinte, qu'elle n'aurait probablement jamais pu se résoudre à passer aux aveux. La seule fausse note se produit lorsque Jeremy s'écarte pour fouiller dans le tiroir de son bureau, en quête d'un préservatif. Tandis qu'elle l'observe le mettre en place, il lui vient un bref instant l'envie de l'étrangler. Mais dès qu'il recommence à l'embrasser et qu'il se glisse en elle, ils redeviennent deux gamins incontrôlables, excités, à l'orée de l'âge adulte, qui ont un rapport sexuel protégé dans la chambre du garçon pendant qu'un étage plus bas, les soiffards se déchaînent sans retenue.

CHAPITRE 34

Silver déshabille Denise avec autant de délicatesse que si elle risquait de se briser. Il lui retire son chemisier et embrasse ses seins, hume son parfum, se délecte des formes familières de son corps. Celle de ses épaules, les petits creux sous sa clavicule, la cicatrice sur son sein gauche, stigmate d'une chute d'enfance. C'est surréaliste d'être de nouveau là, de sentir la chaleur de son corps, de retrouver le goût de sa peau, de s'apercevoir que, tout au long de ces années, Denise était présente dans sa mémoire sensorielle.

Denise s'attaque à la ceinture de son pantalon. Tandis qu'il observe ses mains défaire la boucle, Silver prend conscience que son propre corps a pas mal changé depuis la dernière fois où ils ont été nus l'un devant l'autre. Il a pris facilement dix kilos ; certes, grâce à la batterie, il a accidentellement entretenu son tonus musculaire mais, face à une telle prise de poids, le résultat de ce pathétique service minimum n'est guère qu'un écran de fumée. Il repense à son cafouillage érectile en présence de l'étudiante et s'interroge sur sa capacité à exécuter ce qu'on attend de lui. Il a du mal à sentir vraiment ce qui se passe là, en bas. Ce n'est que lorsque Denise enroule les doigts autour de son sexe qu'il s'aperçoit, non sans un mince soulagement, qu'il bande.

Denise l'attire vers le lit, qu'il a omis de faire. Silver est conscient que sa chambre est chichement meublée, qu'il y a autant de désordre sur sa table de nuit que par terre, que ses draps sont élimés. Quand les a-t-il changés pour la dernière fois ? Il espère qu'ils ne sentent pas mauvais.

Ils s'allongent sur le lit, sans hâte. Silver ne peut s'empêcher de la toucher, il promène ses doigts le long de ses bras, caresse ses épaules, son ventre. Il presse ses lèvres entrouvertes sur ses seins, il les embrasse, les lèche, il enveloppe au creux de ses paumes leur forme familière et il n'exclut pas la possibilité que toute cette scène soit une hallucination causée par une attaque, et qu'il se réveille paralysé dans son lit – voire pas du tout.

Leurs corps s'échauffent, trouvent leur rythme ; Silver sent combien le corps de Denise est vigoureux sous le sien, et quelle urgence de plus en plus pressante habite ses baisers. Il a toujours admiré son abandon dans le sexe, sa capacité à se perdre dans le plaisir, qui attisait son propre désir, même s'il se demandait pourquoi lui-même n'en était pas capable. Il aimait faire l'amour, sans aucun doute, mais une part de lui restait toujours clouée au sol, à suivre le déroulement des opérations.

— Qu'est-ce qui ne va pas ? halète Denise. (Il sent son souffle lui emplir la bouche.)

— Rien.

— Ton cœur ?

— Brisé.

— Mais il bat.

— Oui.

Elle l'embrasse avec ardeur tandis que Silver glisse les mains le long de son dos jusqu'à la naissance bombée de ses fesses.

— Pourrais-tu alors, s'il te plaît, passer à l'action ? lui chuchote-t-elle.

Il s'exécute.

Il voudrait que ça dure éternellement et que ce soit déjà terminé afin de savoir ce qui va se passer ensuite. Il ne peut pas la retenir, il le sait, mais se pourrait-il qu'il se trompe ? Dieu sait que dans ce domaine, ce ne serait pas la première fois. Les sensations se bousculent : les ongles de Denise qui s'enfoncent dans sa chair, son menton qui frotte le sien lorsqu'elle cambre les reins, la douceur enivrante de ses fesses dans ses paumes, la transpiration qui affleure le long de son cou, et aussi son propre cœur qui bat à tout rompre. Denise ondoie sous lui comme une mer démontée, elle le soulève à la force de ses hanches, elle grogne en rythme comme un joueur de tennis, et Silver, se sentant emporté, s'inquiète d'en arriver trop vite à la conclusion. Il ne veut pas que ça finisse, il est terrifié par l'expression qu'il verra sur le visage de Denise lorsque ce sera fini. Est-ce un tournant capital dans leur relation, ou bien un adieu ? Il était à la fois surpris et soulagé qu'ils soient arrivés ici, dans son lit, sans discussion préalable, mais maintenant, il se surprend à regretter de n'avoir pas su ce qui se passait dans la tête de Denise, ou même dans la sienne, d'ailleurs.

Denise atteint l'orgasme avec des cris de plaisir et l'attire plus profondément en elle, comme si elle tentait de lui soutirer jusqu'aux dernières gouttes de quelque chose. Son propre orgasme suit de près, bien moins impressionnant ou mouvementé, mais il l'ébranle tout autant. Et puis il roule sur le côté et, voyant un éclair fuser dans la pièce, il ferme les yeux. Il sent la main de Denise se poser sur son torse, son doigt y décrire des cercles. Elle lui parle mais il ne l'entend pas, à cause du bourdonnement dans ses oreilles.

Il contemple les traces de peinture au plafond et songe à Dieu. Que va-t-Il bien pouvoir faire de tout ça ? Et là, une vague de lucidité le submerge, une pensée lui vient – une épiphanie, même. Soudain, il voit une réponse – pas une solution, mais une vérité qui flotte au-dessus de lui et qu'il doit partager avec Denise. À l'instant où il commence à parler, cependant, le bourdonnement dans ses oreilles gagne en puissance et la pensée se dissout avant qu'il n'ait pu l'articuler. Il ferme les yeux pour tenter de la recapturer, mais l'obscurité est accueillante, apaisante et peu propice à l'introspection. Il entend un bruit lointain, un grondement sourd. À peine a-t-il le temps de comprendre qu'il s'agit de ses propres ronflements que déjà le sommeil le consume.

CHAPITRE 35

Allongée sur le dos, Denise écoute Silver ronfler. Elle se sent coupable – surtout de ne pas éprouver de culpabilité. Y a-t-il là contradiction dans les termes ? Elle n'arrive pas à trancher. À quel moment précis a-t-elle su que cela allait arriver ? Lorsque Silver est entré dans la boutique de robes de mariée ? Ou bien, peut-être, quand il s'est présenté chez ses parents, pour dîner, propre comme un sou neuf, avec un air étrangement enfantin ? Ou faut-il remonter jusqu'à ce jour de folie, la semaine précédente, quand il a fait irruption dans sa chambre avec ce regard brûlant, résolu à les reconquérir, Casey et elle, et prêt à tout pour y parvenir. Elle comprend maintenant que tout au long de ces années, une part d'elle-même n'a jamais cessé d'espérer qu'il ferait exactement cela.

Peu importe à quand remonte sa prise de conscience, Denise sait que le crime était prémédité. Pas par Silver – il n'a jamais rien pu prévoir. Quand il réfléchissait à ses actes, c'était toujours après coup. Un détail emblématique de ce qui les différenciait, l'un et l'autre. Denise anticipait et planifiait, tandis que Silver examinait les choses par la suite et se demandait ce qui lui avait pris.

Indéniablement, pourtant, elle est là, allongée à côté de l'homme qui l'a déçue de toutes les façons possibles et imaginables, qui a consumé les meilleures années de sa vie, et elle éprouve de la tendresse et… un sentiment de vide ? C'est insensé, mais en ce qui concerne l'amour, elle a au moins appris une chose, c'est qu'il fait rarement sens. Silver est le premier homme qu'elle a jamais aimé. Elle a eu beau lui en vouloir à mort, aujourd'hui encore lorsqu'il entre dans une pièce, Denise continue de sentir des choses s'agiter en elle. Ce n'est pas sain, ni juste, ni bien, mais c'est comme ça.

Elle roule sur le flanc pour l'observer dormir. Lorsque Silver est plongé dans un sommeil profond, ses traits perdent de leur acuité, ils se parent, aux yeux de Denise, d'une étrangeté, comme un mot répété en boucle finit par se désintégrer et n'être plus qu'une succession de syllabes dénuées de signification. Qu'ai-je fait ? songe-t-elle, avant de se reprocher de faire un drame de ce qui n'en est pas un. Elle se rapproche de Silver, appuie l'index sur son épaule et observe la fossette qui se creuse autour de son doigt. Elle balaie des yeux cette petite chambre déprimante – les peintures fendillées et la moquette marronnasse ; la commode en contreplaqué aux poignées dépareillées ; le linge sale éparpillé ; le chargeur du téléphone portable resté branché dans une prise ; l'odeur du désespoir masculin perceptible telle une couche d'apprêt, sous celle toute fraîche de leurs ébats. Il lui semble soudain – et elle s'en veut – que sa décision de le quitter était légitime, comme si cet environnement miteux valait pour preuve irréfutable que l'échec de leur mariage incombait à Silver. Mais elle le plaint aussi, pour la vie triste et vide qui a été la sienne tout au long de ces années – tout comme elle s'apitoie sur elle-même d'être là.

Que fais-tu ici ? se demande-t-elle. L'aimes-tu, au moins ? Oui, sans doute, mais cet amour, elle le sait aussi, à force d'être malmené, cabossé, ne peut plus être réparé. On ne cesse pas d'aimer quelqu'un parce qu'on le hait, mais ça n'empêche pas de le haïr non plus. Simplement, depuis que Silver est tombé malade, il semble redevenir chaque jour un peu plus l'homme dont elle était tombée amoureuse, celui qui continue de hanter ses rêves les plus tristes : un type honnête, impulsif, d'une sincérité puérile, romantique. Ce discours qu'il leur a fait, à Casey et à elle, le jour où il a déboulé dans sa chambre, cette main qu'il tendait vers elle, sa voix quand il lui a dit combien elle était belle, la façon dont il regarde Casey… Denise retrouve son Silver. Elle a beau savoir que ces comportements sont dûs aux attaques et aux caillots de sang microscopiques, c'est plus fort qu'elle – elle se sent de nouveau attirée vers lui.

Elle songe à son aorte en train de se fissurer, sur le point de lâcher. Soit Silver mourra dans un avenir très proche, soit il accepte de se faire opérer et il y a tout à parier qu'il redeviendra le connard autodestructeur, passif et désinvolte qu'il a été pendant les huit dernières années. Dans un cas comme dans l'autre, il n'existe aucune version de lui susceptible d'offrir un quelconque débouché à l'écart insensé qui vient d'avoir lieu. Denise le sait. Quel que soit le scénario, elle le pleurera une fois de plus.

Elle est tellement perdue dans ses pensées qu'elle ne s'aperçoit pas que Silver a rouvert les yeux depuis un petit moment et qu'il l'observe.

— Salut, dit-il d'une voix ensommeillée.

— Salut.

— Tu es encore là.

Elle sourit. Cet homme ne prend décidément rien pour acquis.

— Il semblerait.

Ils se dévisagent quelques instants. Il n'y a pas de moment plus étrange ni plus pénible que ceux, flottants, qui suivent une relation sexuelle intempestive.

— À quoi tu penses ? demande Denise.

— Au fait que c'était bien mieux que dans mes souvenirs. Et que j'aimerais recommencer.

— Écoute, évitons de transformer une erreur en crime. Par ailleurs, je crois que l'époque où je pouvais en avoir deux pour le prix d'un est révolue.

— Tu aimes Rich.

Elle se hérisse sur-le-champ.

— Pourquoi tu me parles de lui maintenant ?

Silver hausse les épaules. Il ne pensait pas à mal.

— On vient de coucher ensemble, alors tu dois sûrement penser à lui.

Elle avait oublié combien sa franchise fraîchement acquise pouvait être déconcertante.

— Eh bien, non, rétorque-t-elle. J'étais en train de penser à toi, pour tout dire. Tu veux vraiment mourir ?

Il soupire et détourne le regard.

— Je n'aime pas parler de ça.

— Je m'en fiche. Tu as eu le sexe, tu vas devoir endurer les confidences sur l'oreiller.

Il lui sourit, avec une expression si tendre qu'il lui faut étouffer l'envie soudaine de se pelotonner dans ses bras.

— Je veux encore du sexe.

— Hors de question.
— Tu es sûre ?
— Certaine.
Il médite un instant cette réponse d'un air triste, puis semble se faire une raison.
— Silver.
— Oui.
— Tu commences tout juste à reprendre contact avec Casey. Elle a besoin de toi. Tu ne peux pas nous planter une seconde fois.
— Je sais.
— Je veux dire, je ne sais pas qui l'a mise enceinte, mais qu'elle ne veuille pas nous le dire signifie qu'elle ne considère probablement pas…
— Jeremy.
Denise lui lance un regard interrogateur.
— Pardon ?
— Jeremy Lockwood. Elle a couché avec lui.
Denise sent une bouffée de colère lui couper le souffle.
— C'est elle qui te l'a dit ?
— Je l'ai croisé chez Dagmar et j'ai plus ou moins deviné. Il faisait des tours de magie, tu te souviens ? Il mettait une cape et…
— Silver ! s'écrie Denise. Ne change pas de sujet, s'il te plaît ! Tu es sûr de ce que tu avances ? Tu en as parlé avec Casey ?
— Oui. Et elle m'a dit que ç'avait été chouette.
— Et tu es au courant depuis le début ?
— Depuis un petit moment, disons.
— Et, selon toi, ça ne méritait pas une petite discussion entre toi et moi ?
Silver réfléchit et hausse les épaules.
— On ne discute pas tant que ça, toi et moi.
Denise se lève et commence à se rhabiller.

— Putain ! Tu es incroyable !

— Pourquoi es-tu en colère ?

— Je ne suis pas en colère. Je suis bouleversée. Ma fille est enceinte.

— Elle l'était avant que tu saches pour Jeremy.

— Cette petite merde.

Elle enfile son soutien-gorge et cherche à tâtons les agrafes. Silver se désole de voir ses seins disparaître.

— Tu devrais te calmer. Reviens au lit.

— C'est ça. Baisons à nouveau et tout s'arrangera.

— Tu dois te détendre, Denise.

— Et toi, tu dois t'habiller.

— Pour quoi faire ? demande-t-il.

Naturellement, il connaît déjà la réponse.

CHAPITRE 36

La rencontre a lieu dans le hall d'entrée : à l'instant où Silver et Denise franchissent la porte, Casey et Jeremy redescendent de la chambre. Tout le monde se fige sous l'effet de la surprise, s'observe avec méfiance, tandis que l'atmosphère s'alourdit d'un vent de panique mêlé d'une culpabilité post-coïtale.

En voyant ses parents ensemble, Casey se souvient que pendant des années, elle a rêvé qu'ils se remarient. Allongée sur son lit, elle concoctait de diaboliques scénarios de réconciliation qui, en général, incluaient un drame dont elle était la victime : cancer, accident de voiture, amnésie. Une fois, elle était même allée jusqu'à planifier son enlèvement et rédiger une lettre de rançon avec des mots et des caractères découpés dans le journal. Voilà peut-être pourquoi, en les découvrant réunis ici en cet instant, elle redoute une catastrophe imminente.

— Papa, que fais-tu ici ? lance-t-elle, en s'efforçant de ne pas donner l'impression que, dix minutes plus tôt, elle était en train de coucher avec le garçon qui se trouve à côté d'elle.

— Ta mère a tenu à ce que je vienne.

— Bonjour, Mr. Silver, dit Jeremy. Salut, Denise.

Quand Casey remarque le regard que celle-ci pose sur Jeremy, elle comprend aussitôt ce qui s'est passé. Quoi que sa mère soit sur le point de dire, la donne va changer, et quelque part, c'est ce qu'elle veut. En revanche, elle ne veut pas que ça se passe ainsi.

— Maman…

Mais rien n'a le temps de se passer car Valerie Lockwood surgit, Rich sur ses talons.

— Denise ! s'écrie Valerie pour se faire entendre par-dessus la musique de Radiohead qui semble littéralement les encercler. Te voilà.

Valerie, qui a toujours eu tendance à s'habiller trop jeune, porte un legging et un chemisier sans manches. À la manière distraite avec laquelle elle fait tanguer ce qu'il reste de vodka tonic dans son verre on comprend qu'il a été rempli un certain nombre de fois. Elle embrasse Denise, sans prendre garde au regard sévère et orageux de son amie. Rich s'avance et toise Silver.

— Salut Silver, dit-il. En voilà une surprise.

— Et tu n'as encore rien vu, réplique Silver.

Casey fixe son père, pour l'implorer d'intervenir. Mais les interventions, ça n'a jamais été son fort.

— Il y a un problème ? s'enquiert Jeremy, soudain sensible à la tension dans l'air.

— Est-ce qu'il y a un problème ? répète Denise d'un ton cinglant. Tu te fous de ma gueule ?

— Denise ! se récrie Valerie en s'interposant instinctivement devant son fils. Qu'est-ce qui te prend ? Que se passe-t-il ?

— Maman ! crie Casey. Arrête !

— Non ! crie à son tour Denise. Non, je ne vais pas arrêter.

— Ils ne sont pas au courant !

Désarçonnée, Denise se tait un instant. Un petit groupe d'invités, alléchés par l'odeur du drame, s'agglutine dans le hall d'entrée.

— Au courant de quoi ? demande Jeremy.

Rich se penche vers Denise.

— Que se passe-t-il, chérie ?

— Ouais, fait Valerie, l'air agacée. Tu peux nous expliquer ce qui se passe ?

À ce moment-là, Casey, horrifiée, voit Denise fondre en larmes et anéantir ainsi le maigre espoir qui subsistait encore de s'échapper sans encombre. Jeremy, tout pâle à ses côtés, ne comprend rien à la scène et, dans ces derniers instants avant que tout ne bascule, elle éprouve un élan de pitié envers lui.

Denise est prise d'un soudain vertige. Elle a encore sur sa langue le goût de Silver, et l'odeur triste de sa chambre – qui rappelle vaguement celle du moisi – imprègne ses narines. Dieu seul sait quand il a changé ses draps pour la dernière fois, et quel genre d'écosystème peut bien prospérer dans sa moquette marron dégueulasse. Maintenant, l'épisode dans son entier lui paraît irréel. Ont-ils vraiment fait ça ? La musique l'engloutit comme une vague et altère ses sens tandis qu'autour d'elle des gamins vont et viennent. Elle tourne la tête vers Rich, qui se trouve à côté de Silver. Dans un bref instant de délire, elle s'imagine qu'il est en train de renifler Silver, décelant son odeur à elle. Le hall d'entrée commence à tourner ; dans une pièce contiguë, une lumière stroboscopique délivre ses flashs au rythme de la musique. Denise comprend que c'était une erreur de venir à cette fête. Elle aimerait être le matin, dans son lit, seule, à observer les ombres s'évanouir peu à peu tandis que le soleil grignote du terrain sur son édredon. Si elle parvient à tenir jusqu'au matin, alors elle sera capable d'appréhender correctement la situation et de la remettre sur les rails. Mais là, tout de suite ? Elle n'a qu'un seul désir : trouver comment s'extirper avec grâce de ce mauvais pas, de cette maison, sans s'évanouir, ni vomir, ou croiser le regard de Rich, de Silver ou de Jeremy Lockwood.

— Pardon, dit-elle à travers ses larmes, sans trop savoir à qui elle s'adresse.

Consciente qu'elle est au centre de tous les regards, elle se sent exposée. Elle a peur. Il faut qu'on l'emmène loin d'ici, tout de suite. Peu lui importe qui, de Rich ou de Silver, s'en chargera. Or ni l'un ni l'autre n'exauce son vœu. À quoi bon avoir deux hommes dans sa vie quand aucun n'est capable de vous exfiltrer d'urgence en pareil moment ?

— Denise ! (C'est Valerie, qui se penche vers elle.) Ça va ?

Denise secoue la tête, incapable de parler. Rich s'avance et lui attrape le coude pour la soutenir.

— Qu'est-ce qui ne va pas, chérie ?

— S'il te plaît, emmène-la, supplie Casey, mortifiée.

— Je ne comprends pas ce qui se passe, insiste Rich.

À sa voix, il semble déboussolé – peut-être même un peu effrayé, pense Denise. Une violente bouffée de remords menace de la plier en deux. Alors que Rich s'est toujours montré bon avec elle, loyal, tendre, constant dans l'amour qu'il lui porte, elle, qu'a-t-elle fait ces derniers temps, sinon le passer à la moulinette ? Elle l'attire vers elle et se serre contre lui.

— Pardon, dit-elle.

— Pour quoi ?

— Pour tout.

Il l'observe un long moment, comme s'il cherchait à voir en elle. Denise se demande ce qu'il pense, ce qu'il sait, et ce qu'il exigera en échange de son pardon.

— Tu me raccompagnes à la maison ? demande-t-elle.

Mais ce n'est pas ce qui se passe.

Silver regarde Casey et Jeremy, dans l'escalier. Pour lui, il est évident, à la posture de Casey, au regard fuyant de Jeremy, que ces deux-là viennent de coucher ensemble. Il serait bien incapable d'expliquer comment il le sait – il le sent, c'est tout. Peuvent-ils en dire autant, les concernant, Denise et lui ? Il continue à revivre en esprit l'heure qui vient de passer, la façon dont tous les murs qui les séparaient se sont effondrés d'un coup, comme s'ils n'avaient jamais existé. Il sait que cet épisode n'était sans doute qu'une dernière communion avant que le monde ne reprenne sa course. Il ne devrait pas lui accorder trop de poids, mais en même temps, il ne peut se défendre de l'idée qu'il ait pu signifier davantage. Les faits ont beau être incontestables, Silver a toujours eu une dangereuse propension à s'aveugler d'optimisme. Il le sait, comme il sait que cette tendance est largement responsable du chaos qui règne dans sa vie depuis dix ans. Malgré tout, il est impuissant à museler cette voix intérieure qui lui serine que rien n'arrive jamais sans raison, que même une montre à l'arrêt indique l'heure seulement deux fois par jour, que la grossesse de Casey – événement improbable s'il en est –, en le ramenant dans la vie de Denise pile au moment où elle prévoyait d'épouser Rich, est un fait doté d'un potentiel karmique non négligeable, qui semble avoir mis à portée de main les lois de l'amour et de la probabilité.

C'est plus fort que lui. Quand il regarde Denise, même en cet instant où elle renifle et étale sa morve sur l'épaule de Rich, il sait qu'il l'aime autant qu'on peut aimer quelqu'un. Mais Denise n'est pas n'importe qui, elle est la mère de sa fille, et peut-être que passer ensemble devant leur ancienne maison, puis faire l'amour chez lui, dans son lit, comme s'il n'y avait rien de plus normal… peut-être tout cela était-il l'œuvre du Destin, ou de la Providence, ou du Dieu de son plafond grossièrement poncé, résolu à réparer des torts anciens et à leur offrir une seconde chance. Coucher avec Denise, puis venir chercher Casey chez les Lockwood semble prodigieusement dans l'ordre naturel des choses, comme si leur famille prenait un nouveau départ. Il regarde Denise. C'est ça, il se rappelle ce qu'il voulait lui dire, tout à l'heure ; il voulait lui dire qu'être allongé contre elle, nu, hanche contre hanche, se sentir en elle, lui donnait l'impression de rentrer au port après avoir dérivé en mer des années durant. Il la regarde et il veut lui dire tout ça, il veut lui dire que l'embrasser, la caresser, lui faire de nouveau l'amour, a éveillé quelque chose en lui, cette chose qui lui avait fait défaut quand il les a abandonnées, elle et Casey. Si elle acceptait de lui offrir une autre chance, maintenant qu'il connaît les enjeux, qu'il a vu les dégâts, enduré la douleur, vécu la désolation de ces années gâchées, il sait qu'il s'accrocherait à elles et ne les laisserait jamais plus partir.

Oui, il aimerait tellement lui dire tout ça ! Il contemple Denise et remarque soudain qu'elle fait une drôle de tête, tout comme Rich d'ailleurs, Casey, et tous les autres, et il comprend trop tard qu'il l'a déjà dit.

Denise dévisage Silver avec épouvante, puis elle regarde Rich, qui s'écarte d'elle comme s'il venait de lui pousser une paire de crocs. Son dos se couvre de sueur froide, son estomac se noue ; le sol se dérobe sous ses pieds ; elle se sent seule au monde. Seule dans cette galère, exactement comme lorsque Silver l'a quittée. Quelle idée a bien pu lui traverser l'esprit, pour coucher avec lui ? Était-ce par pitié ou une tentative pour tourner la page ? Deux exercices en pure perte dès lors qu'ils concernent Silver.

— Rich, commence-t-elle.

Mis à part son prénom, qui dégringole de sa langue tel un aveu, elle ne sait pas quoi dire d'autre.

Rich la fixe avec un regard meurtri qu'elle ne lui a jamais vu et il lui semble qu'elle est en train de s'évader de son corps, que sa vie vient de se transformer en spectacle de cirque et qu'elle l'observe comme perchée sur sa propre épaule. Rich se dirige vers la porte. Avant de la franchir, d'un mouvement de tête à peine perceptible, il lui fait comprendre que sa fuite est temporaire, qu'il n'ignore rien de la souffrance à venir ni des inévitables explications, et qu'il les accepte par avance. Denise discerne alors sous les décombres de l'instant présent une douloureuse vérité sur elle-même : elle n'est jamais plus profondément amoureuse d'un homme qu'à l'instant où il la quitte. C'était vrai avec Silver, et cela se vérifie en ce moment même. C'est le genre d'épiphanie qu'elle aura oubliée demain matin, mais pour le moment, avec une lucidité aiguë, elle comprend qu'elle souffre de cette tare et que sa vie sera toujours vouée à l'échec à cause d'elle.

Denise le sait pertinemment : elle est censée s'élancer derrière Rich, le poursuivre en pleurant, suppliante, lui offrir la possibilité de hurler, de l'engueuler, de la blesser par des paroles incisives qui laisseront des cicatrices ; tomber à genoux et contempler en larmes sa voiture filer dans la rue obscure. Voilà comment cette scène – elle le sait sans jamais l'avoir vécue – est supposée se dérouler. Le problème, c'est qu'elle doit aussi mobiliser tout ce qui lui reste de forces pour se maintenir en vie. Au moindre effort supplémentaire, même aussi ténu qu'une vive inspiration, elle risque de se désintégrer comme un fossile millénaire.

— Denise.

Valerie s'est approchée pour la soutenir ; sans doute était-elle en train s'évanouir, bien qu'elle n'ait rien remarqué.

— Pardon, répond Denise.

— Dis-moi juste un truc : qu'est-ce que Jeremy a à voir avec tout ça ?

Denise dévisage son amie : elle voit les rides discrètes qui, sur le front, commencent à fissurer le barrage de Botox, les traits épais d'eye-liner, le maquillage qui se désagrège autour des pattes-d'oie, et elle éprouve soudain de la tendresse pour elle. Nous sommes tous et toutes condamnés, songe-t-elle.

Et donc, elle répond à sa question.

Cette soirée était si prometteuse ! se désole Silver. Deux heures plus tôt à peine, attablé entre Casey et

Denise chez ses parents, dans leur salle à manger baignée d'une chaude lueur, enveloppé par les arômes de son enfance, il se sentait en sécurité, aimé et tout regonflé d'espoir. Ensuite, étonnamment, il s'est retrouvé en train de faire l'amour à Denise, ses doigts glissant le long de sa colonne vertébrale, exactement comme autrefois. Et maintenant, le passé continue à se répéter puisque tout est en train de partir en vrille sous ses yeux : Rich, qui quitte la fête avec pertes et fracas, le visage de Casey, qui n'en finit plus de se décomposer, et Denise, de plus en plus pâle et presque inconsciente dans les bras de Valerie. Cette dernière est apparemment tenaillée par le besoin d'enfoncer ses griffes vernies dans de la chair humaine – si seulement elle arrivait à comprendre ce qui se passe et, surtout, qui blâmer. Silver aimerait bien filer avant que ça fasse tilt dans l'esprit de Valerie. Il aimerait bien quitter le pays même, avant de découvrir la prochaine expression que lui réserve Casey, ou de lire des reproches et des regrets dans le regard de Denise. Tout ce que je touche se transforme en merde, songe-t-il, sans aucun auto-apitoiement, plutôt avec une fascination d'ordre quasi scientifique devant la justesse de cette observation.

Il lève les yeux vers Casey, qui lâche la main de Jeremy, descend les deux dernières volées de marches et vient se planter devant lui. Ses yeux sont embués de larmes, remarque-t-il, ce qu'il ne pouvait pas voir tant qu'elle était là-haut sur le palier et que Jeremy lui faisait de l'ombre.

— C'est quoi, ce bordel, papa ? chuchote-t-elle si bas que lui seul peut l'entendre.

Il n'y a pas de colère dans sa voix, juste un chagrin teinté de perplexité, qui lui confère un air enfantin.

— Ça va s'arranger, l'assure-t-il.

Elle secoue la tête et maintenant que ce sourire amer est apparu sur ses lèvres, elle n'a plus rien d'une petite fille, elle ressemble à toutes les femmes, sans exception, que Silver a connues, qui secouaient la tête d'incrédulité, sidérées qu'il puisse être aussi con, consternées d'avoir eu la faiblesse d'imaginer que ce n'était pas le cas.

— Casey…

Elle secoue la tête à nouveau et le lacère d'un regard comminatoire.

— Je ne pensais pas que ma vie pouvait être plus moisie qu'elle ne l'était déjà, dit-elle. Et puis, je t'ai laissé revenir.

Il est incapable de la regarder. Il ne supporte pas de voir, gravée dans ses traits, cette haine qui la vieillit et l'enlaidit, et dont il est responsable.

— Pardon.

Casey se fiche pas mal de ses excuses. Elle le plante là et se dirige vers la porte. Juste avant de la franchir, elle se retourne vers lui.

— Quitte à mourir, dommage que ce ne soit pas déjà fait, lâche-t-elle en retenant ses larmes.

Et elle s'en va, le laissant douloureusement éviscéré et vaguement suicidaire.

CHAPITRE 37

— Hé, Silver ? C'est quoi, ce bordel ?

Avant même d'ouvrir les yeux, il se demande combien de fois par jour il entend cette question. C'est quoi, ce bordel ? À croire que ces quatre mots l'ont poursuivi tout au long de sa vie d'adulte. On devrait les graver sur sa pierre tombale, songe-t-il. L'épitaphe résumerait à merveille une vie qui, à bien des égards, n'aurait eu aucun sens.

DREW SILVER
1969-2013
C'EST QUOI, CE BORDEL ?

Ouais. Ça résumerait bien l'histoire.

— Qu'est-ce qui résumerait assez bien quoi ? Qu'est-ce que tu racontes ?

Il ouvre les yeux. Jack et Oliver, plantés devant lui, en maillot de bain, lui cachent le soleil.

— Rien, élude-t-il.

— Tu es trempé, remarque Oliver. Tu as dormi dehors comme ça ?

Il sent ses vêtements mouillés lui coller à la peau et frissonne. Il se revoit vaguement, la veille, tard dans la soirée, debout à l'extrémité du bassin, perdu dans ses pensées sombres et solitaires, mais il n'a aucun souvenir d'avoir sauté, ni d'être sorti de l'eau ensuite. Tout indique pourtant qu'il a fait les deux.

Il grelotte sur sa chaise longue. Maintenant qu'il est réveillé, il est frigorifié.

— Qu'est-ce qui t'est arrivé ? demande Jack, l'air inquiet.

— La soirée a été rude, résume-t-il en claquant des dents.

— Il faut le déshabiller, décrète Oliver.

Il se penche et commence à déboutonner sa chemise.

— Quoi ? Là, ici ? demande Jack.

— Occupe-toi de sa ceinture.

Silver observe les deux hommes lui retirer ses vêtements. Il porte le pantalon noir et la chemise qu'il a enfilés la veille pour aller dîner chez ses parents, mais il a perdu un de ses mocassins. Il se souvient d'avoir boutonné cette chemise qu'Oliver lui retire, puis de s'être regardé dans le miroir. C'était il y a moins de douze heures. Il lui semble que cela remonte à des années. Bien des choses peuvent tourner au vinaigre en douze heures.

— On va le mettre dans le jacuzzi, décide Oliver.

Jack et Oliver l'aident à se lever et à marcher jusqu'au jacuzzi en sous-vêtements. Il tremble de tous ses membres et tient à peine debout. L'eau est si chaude qu'au début elle le brûle, mais une fois assis dans le bassin, la chaleur pénètre dans ses muscles, ses os, et il sent tout son corps se détendre. Jack et Oliver se débarrassent de leur chemise et s'installent de part et d'autre de lui.

— Trois hommes dans un baquet…, chantonne Jack. Je cherche une idée de chanson en français.

Silver esquisse un sourire las.

— Tu te sens mieux ? s'enquiert Oliver.

— Un peu.

— Eh ! Il y a truc, là-dedans ! s'écrie Jack, paniqué.

Il plonge le bras dans l'écume et en ressort le mocassin de Silver.

— C'est à toi ?

— Ouais.

Jack le balance par-dessus son épaule sur la terrasse.

— Bon, tu vas nous dire ce qu'il t'est arrivé ?

Silver secoue la tête. La seule idée de raconter les événements de la nuit précédente l'épuise. Il veut juste barboter et se dissoudre dans l'eau chaude jusqu'à ce qu'il ne reste plus rien de lui. Il ferme les yeux et voit Denise, nue, qui le regarde avec désir. Comment un truc pareil peut-il se produire, puis disparaître aussi vite ? Et pourquoi les emmerdements ne peuvent-ils pas se volatiliser avec la même rapidité ? C'est quoi… ce bordel ?

— Merde, lâche Jack.

— Quoi ?

— Les Foutus Cooper, indique-t-il en tendant le doigt.

Les Foutus Cooper : Courtney, Shaun et leur foutu marmot, Tyler. À la faveur d'événements et de malentendus qui demeurent en partie inexpliqués, les Foutus Cooper se sont dit que le Versailles offrirait un endroit formidable pour entamer leur vie de famille. Courtney a la beauté des filles du Middle-West – blonde, enjouée, le visage illuminé d'un franc sourire en permanence. Shaun a une chevelure fournie et un physique d'athlète. Quant à Tyler… Eh bien, Tyler ressemble à tous les Tyler de par le monde. Courtney et Shaun se regardent lorsqu'ils se parlent, et quand ils surveillent leur gamin qui joue, depuis leurs chaises longues, Courtney laisse souvent la main posée sur le bras de Shaun. Au Versailles, ces deux-là font figure de curiosités, de vrais monstres de foire. Être amoureux constitue pour eux un état naturel qu'ils embrassent avec tant de nonchalance que c'en est limite insultant. Les foutus Cooper.

Tandis que Courtney barbote avec Tyler qui s'en donne à cœur joie et éclabousse à tout-va, Shaun retire sa chemise, dévoilant au passage d'enviables tablettes de chocolat. Il brandit son iPhone et entreprend de filmer sa femme et son fils.

— Salut, les gars, lance-t-il en passant devant le jacuzzi.

— Salut, répond Oliver.

— Va te faire foutre, marmonne Jack à mi-voix, mais le cœur n'y est pas.

C'est dur de haïr les Foutus Cooper, et cette difficulté ne fait que renforcer la haine qu'ils inspirent autour d'eux. Les Foutus Cooper, c'est un ongle qui gratte et arrache une à une les croûtes, dures et épaisses, qui protègent les cicatrices des hommes du Versailles.

— Un jour, elle va se taper un prof de gym, ou le coursier d'UPS, prophétise Jack. Ou alors c'est lui, pendant un voyage d'affaires, qui ira voir ailleurs, ou baisera sa meilleure amie, ou sa sœur… Ou bien il se mettra à la cogner, il perdra leur bas de laine au jeu, il deviendra alcoolo et leur mioche, un sadique en herbe qui noiera les petits chats dans sa baignoire…

Silver ne l'entend plus. Il observe Shaun entrer dans la piscine, il voit comment Courtney lui sourit et se colle contre lui tandis qu'ils contemplent leur fils en train de nager. Il se souvient, avec une acuité douloureuse, de ce que l'on ressent quand on est jeune et amoureux, et qu'on a la vie devant soi. Il sait bien que, s'il n'était pas aussi fatigué, il les haïrait lui aussi.

L'après-midi touche à sa fin lorsqu'il remonte dans son appartement. Comme il s'est endormi au soleil, il sent les premières démangeaisons envahir son front comme une fièvre. Quand il entre dans sa cuisine, il y découvre Denise attablée, en train de siroter pensivement une canette de soda sans sucre, en jean et tee-shirt noir qui la rajeunissent de dix ans. C'est la deuxième fois qu'elle vient dans cet appartement, sa première visite datant de la veille au soir. Sa présence en ces lieux est pour le moins déconcertante. La veille, l'obscurité et leur nudité à tous les deux avaient atténué son sentiment de honte, son impression d'être mis a nu. Mais à présent, le soleil brille, tout le monde est rhabillé, et bien qu'il soit réputé pour avoir interprété à tort certains signaux par le passé, Silver est à peu près certain qu'aujourd'hui personne ne se déshabillera.

Il l'a perdue, comprend-il. En vérité, il l'a compris dès hier soir. Lorsque Rich est parti, et qu'il a vu la tête de Denise, Silver a pris conscience que l'accès de démence qui l'avait poussée dans son lit n'était pas de l'amour – pas un amour ayant des implications concrètes. Il pense à Denise et à Casey, et le chagrin qu'il éprouve est balayé par un sentiment de frustration. N'est-ce pas injuste de continuer à perdre sans arrêt ce qu'on a déjà perdu ?

Denise a les traits tirés, les yeux rouges et un peu bouffis.

— Tu ne verrouilles pas ta porte, dit-elle.

— J'ai perdu la clé.

Denise hoche la tête.

— Le contraire m'aurait étonnée. Je suppose qu'elle n'a pas dormi ici, hier soir.

Silver n'en sait rien. Il balaie la pièce du regard et hausse les épaules.

— J'imagine que non.

— Elle n'est pas rentrée.

— Elle est peut-être restée chez les Lockwood ?

— Non. Valerie a sorti les herses. Apparemment, elle est parvenue à la conclusion que son fils joue ici le rôle de la victime innocente.

— Elle est bouleversée, c'est tout.

— Ouais. Eh bien, bienvenue au club.

Denise se renverse contre le dossier et inspecte la cuisine, le placage miteux des placards, le comptoir en faux granit, l'électroménager de mauvaise qualité, la vaisselle sale dans l'évier.

— Je me sens comme toi, lâche-t-elle.

— Que veux-tu dire ?

Elle marque une seconde d'hésitation.

— Hier soir, j'étais seule à la maison, Rich était parti, Casey n'était pas rentrée, j'étais assise sur mon canapé dans le salon, et j'espérais les voir revenir, tout en sachant que cet espoir était vain. Je me sentais seule, terrifiée, et j'ai pensé à toi. J'ai compris que ce devait être ce que tu éprouvais tous les jours.

Elle lève les yeux vers lui et le dévisage attentivement.

Silver ignore quelle réponse espère Denise. Face à une femme bouleversée, il a toujours eu le sentiment qu'on attendait de lui une réponse bien précise, et il est persuadé que si seulement il la connaissait, alors il serait en mesure de l'apaiser. Il n'a jamais su trouver les mots, mais il est convaincu depuis toujours que si, juste une fois, quelqu'un lui avait donné cette information essentielle, sa vie en aurait été perturbée.

— C'est ce que tu éprouves ? demande Denise.

— Parfois.

— Et le reste du temps ?

Il réfléchit avant de répondre :

— Je crois que j'ai simplement la sensation d'avoir disparu. Comme si j'étais déjà mort.

Denise médite un instant ces paroles, tout en chassant d'un battement de paupières des larmes qu'elle n'avait pas senties venir.

— Pardon, Silver. Je suis désolée que tu aies été si seul.

— Ce n'était pas ta faute.

La remarque lui arrache un sourire.

— Oh, ça, je le sais. Crois-moi, répond-elle.

Silver est frappé par sa beauté. Il existe une version de sa vie qui était censée se dérouler aux côtés de cette femme et, de temps en temps, quand une certaine expression passe sur son visage, Silver entrevoit la Denise qui est restée amoureuse de lui.

— Je sais où ils sont, ajoute-t-elle.

— Casey ?

— Et Rich.

— Tu penses qu'ils sont ensemble ?

— Oui. Au chalet.

— Quel chalet ?

— Rich possède un chalet au bord d'un lac, dans le comté d'Essex. Casey adore cet endroit. Je suis sûre qu'ils se sont retrouvés là-bas.

— Tu vas aller les rejoindre ?

— Non. (Elle boit une longue gorgée de soda puis se lève.) Non, *nous* allons les rejoindre.

CHAPITRE 38

En raison de son association hasardeuse de bois et de pierre, le chalet pourrait aimablement être rattaché au courant postmoderniste, en ce sens qu'il ne semble se réclamer d'aucune école traditionnelle d'architecture ou de design. Cependant, les Velux, les larges baies vitrées et le deck en bois qui domine le lac Kearney poussent à pardonner toutes ces entorses à l'orthodoxie. C'est une maison spacieuse, lumineuse, bien entretenue, conçue pour laisser entrer le soleil. En contrebas et teint de la même couleur que les bâtis en bois, un étroit ponton s'avance sur l'eau comme un doigt cassé. À son extrémité se trouve amarrée la barque de Rich, remise au goût du jour par l'ajout d'un petit moteur hors-bord.

Casey adore la quiétude qui règne ici, et la façon dont, en sortant sur la terrasse le matin, on sent l'étreinte de l'air et la caresse du soleil. Être ici, loin de la sphère tentaculaire des banlieues, environnée de forêts, au bord de la surface miroitante du lac, lui procure toujours un apaisement et lui redonne quelque espoir en l'avenir. Tant qu'il restera des lieux préservés tels que celui-là, on se dit qu'il n'est pas trop tard pour que les choses reprennent un cours normal.

Elle s'est installée sur la terrasse, dans la balancelle que Rich a construite pour elle quand avec sa mère elles ont commencé à l'accompagner ici. Il adorait les recevoir au chalet, et Casey avait eu l'intuition, même à l'époque, que posséder une maison comme celle-ci pour soi seul était un peu triste, et qu'avant de les rencontrer Rich avait dû s'y sentir seul.

Elle l'entend qui s'affaire à l'intérieur : il sort des tasses, des cuillers, il moud du café, il essaie de se rasséréner en vaquant à des activités routinières. Casey a rappliqué ici, seule, en voiture, dès qu'elle a réussi à échapper à Jeremy qui, encore en état de choc, lui demandait en boucle : « Que comptes-tu faire ? » – ce qui était à peine plus supportable que la rengaine de la demi-heure qui avait précédé : « Pourquoi tu ne me l'as pas dit ? » Comme si cela aurait fait la moindre différence si elle le lui avait annoncé une semaine plus tôt.

— Pars en Europe, lui a-t-elle dit.

— Je ne peux pas, a-t-il répondu, même s'il était évident qu'il en mourait d'envie.

— Mais si. Je te tiendrai au courant.

Et quand il a pris ses mains dans les siennes et qu'il a déclaré : « On est tous les deux dans le même bateau », Casey a dû faire appel à toute sa volonté pour ne pas lui asséner un coup de pied et filer en hurlant. Parce que non, ils ne sont pas dans le même bateau. Lui va partir en Europe, et quand bien même il resterait, elle est assez lucide pour comprendre qu'il n'est encore qu'un gamin, comme elle, et qu'il n'y a rien de viable dans leur relation. Certes, il n'a jamais dit que ce qui s'imposait au vu des circonstances, mais qu'importe : personne n'est sur un bateau. Ni elle, ni Silver, ni sa mère, ni Rich. Ils sont tous dans la nasse, et chacun seul dans la sienne. Elle aimerait se tromper, mais elle est à peu près certaine de ce qu'elle avance.

Rich la rejoint sur la terrasse avec deux tasses. Il lui en tend une. Casey est touchée par sa prévenance. Elle aurait cru que Rich ne voudrait plus entendre parler d'elle. Après tout, c'est elle qui a ramené Silver dans leur vie. Sans cela, jamais ses parents n'auraient remis le couvert, et personne ne serait dans ce pétrin.

Curieusement, la veille, en prenant le volant, elle n'a pas prévu que Rich pourrait lui aussi venir au chalet. Elle imaginait que Denise et lui étaient à la maison, en train de se déchirer. Si elle a fait tout ce trajet, c'est en partie pour échapper au drame. Elle s'est endormie sur le canapé puis, en se réveillant, à midi passé, elle a entendu Rich qui préparait des œufs brouillés. Quand elle est descendue après s'être douchée, une assiette l'attendait sous la lampe chauffe-plats, mais pas de Rich en vue. Jusqu'à maintenant.

— Je suis désolée.

Il hoche la tête, esquisse un faible sourire et détourne les yeux.

— Ce n'est pas ta faute.

— Si.

— Pouvons-nous éviter de parler de ça ?

Il approche la tasse de café de son nez et hume son arôme.

— Que va-t-il se passer ? demande-t-elle.

— Je ne sais pas.

— S'il te plaît, ne lui en veux pas.

Rich contemple un long moment le lac, parfaitement immobile. Puis il se retourne.

— Je fais de mon mieux, ma puce, dit-il en rentrant dans la maison.

CHAPITRE 39

Denise est au volant de sa BMW. Silver inspire et s'imprègne du parfum de cuir haut de gamme tandis que les suspensions massent la partie inférieure de son corps. Rich distribue apparemment les voitures avec autant de prodigalité qu'Oprah[1], à titre de bakchich, ou peut-être, selon le point de vue d'où l'on se place, de lot de consolation.

Entre le vrombissement du moteur et le paysage qui défile, Silver se sent bercé et s'abandonne à une douce somnolence. Il aime les trajets en voiture. Sur la route qui déroule son tapis de bitume, avec l'horizon qui s'étire à l'infini devant lui, Silver se sent presque en paix. Il n'est pas dupe de la métaphore, tant elle est évidente : à défaut de pouvoir échapper à ses problèmes, on peut mettre une certaine distance entre eux et nous. Il ferme l'œil droit. Le gauche semble fonctionner à nouveau.

— J'y vois, dit-il.

Denise ne répond pas. Elle n'a pas dit un mot depuis qu'ils ont pris la voiture sur le parking.

1. Dans un épisode de son talk-show resté célèbre, l'animatrice Oprah Winfrey avait offert, avec la complicité du fabricant General Motors, une Pontiac à chaque membre du public.

Elle se tient droite comme un i sur son siège, les deux mains posées sur le croissant inférieur du volant – une habitude qu'elle avait déjà quand ils se sont rencontrés. Le visage empreint de gravité, elle remue les lèvres imperceptiblement, tandis qu'elle répète ce qu'elle va dire à Rich. Silver se sent mal pour elle.

— Je te plains, dit-il.

— Je me plains, moi aussi.

Ce n'est pas exactement de la colère qui résonne dans sa voix, mais une cousine pas très éloignée – fille du dédain et d'une franche hostilité. Silver se souvient de l'écœurement et du mépris qu'il a lus la veille dans le regard de Casey, juste avant qu'elle ne file. Il ne sait pas s'il supportera de les revoir.

— Alors ? fait-il. C'est quoi le plan ?

— Le plan, c'est de demander et d'obtenir le genre de pardon que je n'accorderais jamais, répond Denise. Je compte sur le fait que Rich est capable de bien plus de bonté que moi… ou toi, d'ailleurs. Et que peut-être, je dis bien peut-être, il acceptera d'envisager encore de m'épouser, ou du moins de ne pas me larguer. Et pendant que je m'attelle à ça, tu iras parler à notre fille et tu lui feras ton petit numéro de charme, celui grâce auquel tu embobines tous ceux qui seraient en droit de te haïr, afin qu'on puisse régler le problème la concernant.

— Et… je m'y prends comment ?

Denise hausse les épaules.

— Dans le doute, rampe.

Silver ressort de la supérette de la station-service avec deux cornets de glace. Il en tend un à Denise, qui vient de faire le plein d'essence. Elle lui décoche un regard interloqué, mais le truc, et Silver le sait, c'est que lorsqu'on vous tend une glace, ou une main, on les accepte. Denise ne déroge pas à la règle et se fend d'un sourire distrait en donnant un premier coup de langue.

— J'avais oublié… toi et les pauses sur l'autoroute, dit-elle.

Ces pauses ont toujours été pour Silver des moments étrangement heureux. Il ne saurait dire pourquoi. Sinon qu'il aime l'idée que les gens qu'on y croise sont en route vers une destination, unis par une même soif de voir le monde, et que personne n'est à sa place.

— Et les glaces, reprend Denise. C'est quoi, cette manie, avec les cornets de glace ?

Silver réfléchit à la question tout en léchant la sienne.

— J'imagine que personne ne mange de cornets de glace à un enterrement, ou pendant un incendie. La Croix-Rouge n'en parachute pas dans les pays du tiers-monde. Si tu manges un cornet de glace, c'est difficile de croire que tout est foutu. Qu'il ne reste plus d'espoir.

Denise lèche sa glace d'un air pensif.

— Donc, il reste un espoir.

— Je pense, oui.

Elle hoche la tête et ils terminent leurs glaces, en silence, sur le bord de l'autoroute, tandis que la circulation fluide du samedi défile devant eux à toute vitesse.

Denise le dévisage longuement puis lâche un gros soupir.

— Silver.

La profonde tristesse qui teinte sa voix ne lui est que trop familière. C'est la tristesse de celui ou celle qui constate des pertes irrémédiables, des dégâts irréparables, qu'on sera condamné à charrier avec soi éternellement, quoi qu'il advienne.

Il détourne le regard.

— Je sais, dit-il. Crois-moi, je le sais.

Une fois sortis de l'autoroute, ils longent des centres commerciaux, des concessions automobiles, des grandes surfaces, jusqu'à ce que la route s'étrécisse et commence à serpenter entre les arbres. Le soleil apparaît par intermittence à travers les feuillages, comme s'il était alimenté par une énergie cinétique, et ce clignotement d'ampoule à l'agonie fait mal aux yeux de Silver. Il les ferme. Il n'a pas pensé à prendre ses lunettes noires. Le coup de soleil se rappelle à lui : il a trop chaud, il est fatigué, son esprit part à la dérive, prend ses distances avec l'habitacle et Denise. Silver est attentif au va-et-vient de sa respiration le long de sa trachée, il sent les contractions persévérantes et silencieuses de son cœur. C'est dur d'imaginer que votre cœur puisse s'arrêter de battre d'un instant à l'autre, tout autant que de comprendre par quel miracle il n'y a pas renoncé des années plus tôt.

— Je ne peux plus vivre comme ça, déclare-t-il.

Denise assimile sa remarque.

— Comme quoi ?

— Comme si, à un moment donné, une nouvelle vie allait démarrer et qu'il me fallait juste tenir bon sur le circuit d'attente.

Denise lui coule un regard.

— Qu'est-ce qui a changé ?

— Je ne sais pas. J'ai perdu de vue le temps qui passe, je pense. Tous les jours paraissaient se ressembler, j'avais l'impression de vivre dans l'éternité, mais en même temps le temps ne s'écoulait pas. Comme si l'univers était en pause. Et puis, entre Casey qui a débarqué enceinte et toi qui vas te marier, une part de moi a voulu croire que j'allais reprendre mon souffle et repartir de l'endroit où nous nous étions tous arrêtés. Mais quand je me suis retourné, il était trop tard. Nous avions tous les deux avancé.

Denise hoche la tête avec tristesse.

— Tu es un sacré enfoiré, Silver, lâche-t-elle d'une voix dépourvue de colère, comme si elle voulait juste souligner ce point précis par désir de se montrer utile.

— Je sais.

— Et maintenant, tu choisis la solution de facilité en attendant les bras croisés que ton cœur lâche.

— En l'absence d'une meilleure idée.

— Eh bien, rends-moi service, et ne meurs pas aujourd'hui, d'accord ? Aujourd'hui, j'ai besoin de toi. Tu peux faire au moins ça pour moi ?

Il hoche la tête et referme les yeux.

— Compte sur moi.

Ils arrivent au chalet en toute fin d'après-midi, au moment où la lumière change, quand le soleil commence à pâlir, au bout du lac. L'Infiniti blanche de Casey est garée derrière l'Audi de Rich. Silver met pied à terre et lève les yeux vers la maison.

— Belle baraque, dit-il.

Il tourne la tête vers Denise qui, de l'autre côté de la voiture, paraît agitée.

— Tu préfères que j'attende dans la voiture ? propose-t-il. Le temps que tu établisses le contact…

Elle lui décoche un regard cinglant.

— Ne t'avise pas de te défiler.

— Je ne me défile pas. Je me dis juste que, compte tenu des circonstances, ça pourrait le contrarier de me voir ici avec toi.

— Il est déjà contrarié.

— Tu sais ce que je veux dire.

— Il me déteste. Ils me détestent tous les deux. Comment vais-je avoir le cran de me présenter devant eux après avoir merdé aussi royalement ?

Il lui offre ce qu'il espère être un sourire un brin canaille.

— Viens et ne me lâche pas, dit-il en se dirigeant vers la maison. Je fais ça tous les jours.

CHAPITRE 40

— Vous ne pouvez pas entrer !

La voix de Casey le stoppe net dans son élan. Denise et lui lèvent la tête ; leur fille les surveille depuis la terrasse de l'étage.

— Salut, toi.

— Ta gueule, Silver.

— Casey, ma chérie, dit Denise. Je me suis fait du souci.

— Et Rich ? Tu te fais aussi du souci pour lui ?

— Évidemment.

— Eh bien, c'est inutile. Il va bien.

— Chérie, pourquoi ne descends-tu pas, qu'on puisse parler ?

Casey secoue la tête.

— Alors c'est quoi, l'histoire ? Vous êtes ensemble, maintenant ?

Denise regarde Silver puis relève la tête vers Casey.

— Non, ma chérie, ce n'est pas ça.

— Ah, c'était juste un petit coup en souvenir du bon vieux temps ? Et moi qui pensais que j'avais mal choisi mon moment pour tomber enceinte.

— Je sais, ma chérie. Je suis affreusement désolée.

— Ce n'est pas à moi qu'il faut présenter des excuses. Je n'étais pas fiancée avec toi.

Denise regarde Silver ; elle est en larmes. Il s'y est pris comme un pied. Il songe un instant à feindre une crise cardiaque pour attirer Casey en bas, mais cela lui semble un sale tour à jouer à son enfant. Il garde tout de même l'idée dans un coin de sa tête. En dernier recours…

— Pourquoi tu ne nous ferais pas entrer ? demande-t-il.

— Je ne suis pas chez moi. C'est la maison de Rich, et il ne veut pas de vous ici.

— En ce cas, descends. Je ne te vois pas très bien.

— Tu sais à quoi je ressemble.

Casey s'accoude à la rambarde et s'y penche nonchalamment, comme pour admirer la vue.

— Elle nous parle, c'est déjà ça, observe Silver en se tournant vers Denise.

Celle-ci secoue la tête et va frapper à la porte d'entrée.

— Rich, s'il te plaît ! Laissez-moi entrer. Je te dois une explication.

Silver songe qu'il aimerait bien, lui aussi, entendre cette explication.

— Viens, descends ! lance-t-il à Casey. Laissons un peu d'intimité à Rich et à ta maman.

— Dit le mec qui a foutu leur couple en l'air.

Casey se hisse sur la rambarde et s'assied, jambes dans le vide.

— Qu'est-ce que tu fais ? s'affole Silver.

— Rich ! crie Denise en tambourinant à la porte.

— Il ne t'ouvrira pas, prévient Casey.

— Je ne partirai pas tant qu'il n'aura pas ouvert.

Et elle tambourine de plus belle.

— Pourquoi es-tu aussi en colère ? demande Silver à Casey.

— C'est une question rhétorique ?

— Non.

Denise arrête de cogner sur la porte, regarde Silver puis lève les yeux vers Casey qui tend les jambes le long de la balustrade pour caler ses talons sur l'étroit rebord. Puis, en se retenant d'une main à la rambarde derrière elle, elle se penche en avant, dans le vide.

— Que fais-tu ? crie Denise, paniquée. Arrête !

— Casey ! Retourne derrière la balustrade !

— S'il te plaît, ma chérie ! Arrête !

— JE SUIS ENCEINTE ! hurle Casey d'une voix qui se fêle. J'ai peur, je suis paumée, abîmée, et vous deux, vous êtes trop occupés à gâcher votre vie pour vous en soucier ! J'ai besoin de mes parents ! J'ai besoin de vrais parents ! Pas de cette foutue paire de bêtes de foire !

Elle est en train de pleurer, suspendue à la rambarde. Sa posture effrayante fiche une trouille bleue à Silver.

— Tu as raison, ma chérie, dit Denise, en pleurant elle aussi. Je te demande pardon.

— Descends de là ! hurle Silver, qui, déjà, imagine la chute et le bruit intolérable du corps qui s'écrase.

— Pourquoi ?

— S'il te plaît !

— Tu crois que tu es le seul autorisé à faire du chantage au suicide ?

Silver se retourne, fonce vers la porte d'entrée et rentre les épaules au moment où il la percute. La porte n'étant pas là pour faire de la figuration, Silver rebondit contre le vantail et s'écrase par terre, sur le dos, le souffle coupé.

— Silver ! C'est quoi, ce bordel ?

La porte vient de s'ouvrir. Rich se tient devant lui.

— Rich, dit Denise.

— Rich, fait Silver en se relevant avec précaution.

— Ça y est ? Tout le monde a dit mon nom ?

— Désolé pour la porte, lance Silver.

Rich regarde la porte, indemne, puis Silver, l'air de dire : *Tu plaisantes ?* Il hoche la tête et il charge.

La suite n'est pas jolie à voir : deux combattants sans expérience et plus tout jeunes qui, parce qu'ils gagnent leur vie avec leurs mains, répugnent à serrer les poings pour asséner les coups. Faute de mieux, ils se tournent autour, ils échangent des beignes, se bousculent, s'empoignent brièvement. Rich prend une longueur d'avance en frappant dans les mollets de son adversaire. Silver pare l'attaque en levant la jambe et l'impact porte finalement sur son pied. Il riposte d'un crochet censé viser le visage de Rich, mais celui-ci est trop grand, trop loin, et Silver le loupe. Emporté par son élan, le voilà qui tournicote sur lui-même et, à un moment donné, il se retrouve dos à l'adversaire. Qui en profite pour lui botter le train. Mais Silver, en opérant sa volte-face, réussit à capturer la cheville de Rich et les deux hommes entament une curieuse ronde, Rich à cloche-pied puisque Silver retient son autre jambe. Ils traversent ainsi l'allée, progressent jusqu'à la langue de terre battue qui borde le lac, jusqu'à ce que Silver soit déséquilibré et entraîne leur chute à tous les deux dans un enchevêtrement de membres qui battent l'air.

Ils roulent alors jusqu'au rivage et la lutte corps à corps se poursuit dans des éclaboussures d'écume sombre. Finalement, Silver parvient à se dégager de l'emprise de Rich ; il se relève, en pataugeant dans l'eau glacée qui lui arrive aux chevilles. Rich se redresse à son tour, et les deux, essoufflés, haletants, se mettent en garde. Silver enregistre vaguement la présence de Denise et de Casey, qui poussent des cris, côte à côte au sommet de la butte, et il est soulagé que Casey soit enfin descendue de la balustrade.

— Est-ce qu'on pourrait s'en tenir là ? demande Silver.

— Tu t'es tapé ma femme, réplique Rich avec hargne.

Il veut lui décocher un nouveau coup de pied, mais le fond du lac est glissant, meuble, et ses pieds se dérobent d'un coup. Il atterrit sur le dos avec un grand *plouf*. Silver s'avance et lui tend la main.

— Allez, viens, fait-il. Ce n'est pas contre moi que tu es en rogne.

Rich accepte la main tendue et se redresse.

— Si. C'est bien contre toi que je suis en rogne.

Il tourne le buste, arme son bras et écrase son poing en plein dans la figure de Silver. Qui s'effondre, sonné, avec un goût de sang dans la bouche. Rich le contemple et secoue la main en grimaçant.

— Rich ! crie Denise.

— J'arrive, répond-il, d'une voix d'où a disparu toute trace de colère.

Silver prend appui sur ses coudes et reste allongé dans l'eau. Le paysage est baigné d'une lueur orange surnaturelle. Une brise glaciale l'enveloppe. C'est la fin, songe-t-il. Et cet événement lui paraît parfaitement supportable. Puis il comprend, avec ce qui ressemble à de la déception, que cette lumière orangée n'annonce pas la mort – seulement le coucher du soleil. Stratégiquement parlant, cet endroit aurait été parfait pour mourir. Il était en train de se dire que chaque fois que Denise et Casey viendraient ici avec Rich, elles contempleraient le lac et le sentiraient près d'elles, qu'elles se raconteraient peut-être même des anecdotes rigolotes à son sujet. Il rince le sang qui suinte de son nez et se remet en position verticale. Rich est occupé à plier les doigts de sa main droite l'un après l'autre, en les étudiant attentivement.

— Ça va, ta main ?

— Ça en a l'air.

— Tu veux qu'on continue ?

— Non. J'ai mon compte.

— Bon, d'accord, fait Silver en se retournant vers le chalet. Je suis content que nous ayons eu cette conversation.

Il sort de l'eau et, les pieds clapotant dans ses baskets, il entreprend de gravir la butte sur laquelle Denise et Casey, horrifiées, ont assisté au spectacle. Denise s'élance et passe en courant devant lui pour aller rejoindre Rich dans l'eau. Silver vient se poster à côté de Casey. Ensemble, ils observent de loin Denise discuter avec Rich.

— Tu saignes du nez, l'informe Casey sans la moindre trace de sympathie.

— C'est pas grave.

— Ça fait mal ?

— Pas encore. Mais ça va venir.

Denise pleure maintenant, elle plaide sa cause auprès de Rich en se tordant les mains. Silver, qui ne perd pas une miette de la scène, comprend que l'incartade ne sera pas un motif de rupture. Il s'en réjouit mais se sent tout de même un peu insulté.

— On devrait sans doute leur ficher la paix, observe-t-il.

— Ouais, renchérit Casey. Tu devrais sans doute toi aussi nous ficher la paix.

— Tu m'en veux encore ?

— Qu'est-ce qui te fait croire ça ?

Elle s'obstine à ne pas le regarder, et ça, ça fait mal. Tout autant que le ton de sa voix. Et son nez sanguinolent. Il cherche dans son esprit embrumé une voie de navigation qui lui permettrait de dépasser la colère de sa fille, mais n'en trouve aucune. Ces derniers temps, il ne rencontre aucun problème à dire tout ce qu'il devrait garder pour lui, mais dès qu'il s'agit de s'exprimer sur ce qui importe, il n'arrive plus à desserrer les dents. C'est rageant.

— Le problème, c'est que je suis venu avec elle, explique-t-il en désignant Denise. Tu penses que Rich me prêterait sa voiture ?

Casey secoue la tête.

— Bon Dieu, Silver. J'ai du mal à croire à quel point tu peux être con, parfois.

— J'aurais cru que tu y étais habituée, depuis le temps.

Casey vérifie où est en la situation au bord du lac, puis se tourne vers lui et lâche un soupir las.

— Je vais chercher mes clés.

Silver commence à lui emboîter le pas, puis s'arrête pour retirer ses baskets détrempées et se retourne. Denise et Rich sont toujours dans l'eau, jusqu'aux genoux. Il se force à faire mentalement ses adieux à Denise. Quoi qu'il arrive à compter de maintenant, il sait qu'il ne peut plus penser à elle comme étant sa femme. On aurait pu croire cette évidence acquise depuis le début, mais, en matière d'évidence, Silver a une longue et glorieuse histoire, il s'est même fait une espèce de religion d'ignorer l'évidence jusqu'à ce qu'il soit trop tard.

CHAPITRE 41

Denise, installée sur la loggia, écrase des moustiques sur ses bras et son cou tout en observant Rich pêcher. Il a passé toute la soirée dans sa barque et ne semble pas pressé de revenir. En réalité, elle ne le voit plus ; le soleil est couché depuis longtemps et un épais rideau d'obscurité est tombé sur le lac. Ce qu'elle observe, à une centaine de mètres de distance, c'est la petite lanterne rouge du bateau qui s'agite dans ce sombre néant. Les lucioles fluorescentes qui s'allument à intervalles réguliers tracent des chemins lumineux fulgurants et psychotiques que seul un insecte peut comprendre. Des poux lumineux. C'est ainsi que Rich a rebaptisé les lucioles. Rich, qui a lui-même construit le ponton en contrebas, qui prend plaisir à pêcher son dîner, à le découper en filets, à le griller, Rich qui est homme de presque toutes les façons dont Silver ne l'est pas, appelle les lucioles des poux lumineux. Assise dans le noir, Denise se fait le serment qu'à compter d'aujourd'hui, elle ne les appellera plus autrement. Poux lumineux. C'est le moins qu'elle puisse faire.

Elle écrase un autre moustique, bien consciente cependant que la bataille est perdue d'avance. Ils ont l'obscurité et la supériorité numérique pour eux, et ils auront leur sang. Elle ferait mieux de se réfugier à l'intérieur, ça aussi elle le sait, mais elle ne se sent pas autorisée à profiter des éclairages chaleureux de la maison sans la bénédiction de Rich. Donc, elle reste sur la terrasse, continue à s'administrer des claques pour atténuer les démangeaisons des piqûres de moustiques, à se flageller en se reprochant d'avoir couché avec Silver. Certes, elle avait un peu forcé sur le vin de *kiddouch* de Ruben et, au fil de la soirée, Silver lui avait semblé rajeunir, redevenir plus ou moins l'homme qu'elle avait perdu des années plus tôt. L'idée qu'il soit incapable de trouver une seule bonne raison de sauver sa propre vie lui avait soudain paru insupportablement tragique. A-t-elle tenté de le sauver ? De lui laisser croire, en faisant feu de tout bois, qu'il y avait de l'espoir ? Ou bien était-ce simplement une cérémonie d'adieu ? Elle revient sans cesse à ce premier baiser, tentant d'isoler ce qui a bien pu se passer dans sa tête. Quelles qu'aient été ses pensées à ce moment-là, elles sont désormais inaccessibles. Ce qui ne lui facilitera pas vraiment la tâche quand Rich ramènera enfin le bateau à quai et que viendra l'heure des explications.

Lorsqu'elle est remontée du lac, un peu plus tôt, les pieds trempés et glacés dans ses chaussures bonnes à jeter, elle a été soulagée de constater que Silver et Casey étaient partis. Qu'il se débrouille donc seul pour s'expliquer avec elle ! Ce ne sera pas simple. Denise en sait quelque chose, elle qui bataille depuis des années avec leur fille – toujours prompte à asséner le coup de grâce lorsqu'elle est énervée. Plus souvent qu'à son tour, cependant, Silver semble bénéficier d'une immunité. Denise s'agace d'une pareille injustice, de ce statut privilégié dont ce connard bénéficie au seul motif qu'il se comporte en père irresponsable. Mais si, sur ce coup-là, elle peut tirer son épingle du jeu en s'engouffrant dans son sillage, elle inscrira ça dans la colonne des « victoires » et tournera la page. Pour l'heure, il lui faut avant tout colmater sa propre barque pour ne pas sombrer dans la trouée ouverte par cet épouvantable fourvoiement.

Elle prend peu à peu conscience des stridulations sourdes et hypnotiques des criquets. Sont-ils dix, ou mille, à chanter ainsi en chœur ? se demande-t-elle. Ce n'est pas la première fois qu'elle s'interroge à ce sujet, mais c'est là un de ces mystères qu'elle ne s'est jamais souciée de résoudre. Sans doute Rich connaîtra-t-il la réponse. Elle prend note, dans un coin de sa tête, de lui poser la question sans faute lors de leur prochain séjour au chalet, comme si le seul fait d'avoir un ordre du jour l'assurait qu'il y aurait bien une prochaine fois.

Elle discerne un raclement métallique contre le bois : Rich est en train d'accoster au ponton. L'obscurité faussait sa perspective et l'empêchait de voir la lumière se rapprocher de la rive. Le ventre glacé de peur, elle descend l'escalier puis, avec précaution, gravit la butte sablonneuse jusqu'au ras du ponton. Rich émerge de l'ombre avec cinq ou six truites de belle taille à la main. Lorsqu'il l'aperçoit, il marque une pause, puis avance vers elle. Chacun de ses pas ébranle les planches. Ils se dévisagent longuement. On entend les feuillages qui murmurent, caressés par la brise, et les chants des oiseaux nocturnes qui hantent les bois alentour. Denise embrasse du regard la voûte sombre des arbres qui encerclent le lac et devine qu'un assortiment de mystérieuses créatures a élu domicile dans ce havre végétal. Nous pourrions vivre ici, songe-t-elle. Cette maison deviendrait notre foyer.

— J'avais oublié combien c'est paisible ici, la nuit, observe-t-elle.

Il lui semble que Rich sourit. Avec les ombres qui dansent sur son visage, c'est difficile de l'affirmer. Il brandit sa prise : six longues truites à la robe mouchetée que la lumière du porche, au loin, pare de reflets argentés.

— Des arcs-en-ciel, annonce-t-il.

Les lucioles sont des poux lumineux, et les truites, des arcs-en-ciel. Il peut les baptiser du nom qui lui chante, dans sa bouche, cela sonnera toujours juste.

— Rich.

Il secoue la tête, il ne veut pas qu'elle en dise davantage.

— Je vais lever les filets, dit-il. Tu les feras cuire.

Et il se remet en route, en direction de la maison. Denise lui emboîte le pas ; les battements frénétiques de son cœur commencent enfin à ralentir. Il lui semble que le voile noir qui descendait sur son avenir comme la nuit sur ce lac se relève, enfin. Rich comprend. Cependant il ne passe pas totalement l'éponge et un jour prochain, au détour d'une dispute orageuse, il lui ressortira cette incartade, et elle en sera réduite à mariner en silence dans sa fureur. Mais cette gifle est un prix modique à payer en échange de son pardon d'aujourd'hui. Et ils sauront franchir ce cap difficile, exactement comme ils le feront avec celui-ci. Parce que Rich comprend, peut-être mieux qu'elle-même, que son moment d'égarement était une conclusion et non un commencement.

Seule se profile à l'horizon la vie qu'ils bâtiront ensemble, et cette pensée la remplit d'un sentiment de paix qui, elle s'en aperçoit maintenant, lui a fait défaut tout au long de leur période de fiançailles. Elle aimerait lui faire part de cette découverte, qui serait de nature à le rassurer, pense-t-elle, mais Rich lui a clairement fait comprendre qu'il ne voulait pas en parler. En cet instant où la certitude de l'amour qu'elle éprouve pour lui l'envahit et la réchauffe, elle doit donc, et à jamais peut-être, ravaler son euphorie. Elle devra se contenter de la savourer seule. Cette pensée l'attriste, mais elle se dit, en pénétrant dans la maison baignée de la lueur chaude des ampoules à incandescence de la cuisine, qu'il existe des prix bien plus accablants à payer en échange du pardon.

CHAPITRE 42

Depuis une heure que Casey est au volant, elle ne lui a pas décroché un mot, ni accordé un seul regard. Silver s'emploie de son mieux à la laisser bouder tout son soûl, jusqu'à ce qu'il craque.

— Tu vas dire quelque chose, à la fin ?

— Qu'est-ce que tu veux que je te dise ?

— Je ne sais pas. Je pense qu'on devrait parler de tout ça.

— De quel épisode ?

— Pardon ?

— De quel épisode en particulier souhaites-tu parler ? De celui où tu me trahis en parlant de Jeremy à maman ? Ou bien de celui où tu trahis à peu près tout le monde en couchant avec maman ?

— Ce sont mes deux seules options ?

— Plaisanter en ce moment serait une grave erreur, Silver. Et je dis ça en pleine connaissance de ton lourd dossier.

— Pardon. Dis-moi ce que je dois faire, et je le ferai.

— Ce que j'aimerais que tu fasses, c'est que tu dé-couches avec maman.

— Tu as décidé de ne pas me faciliter la tâche, hein ?

— Va te faire foutre, Silver. Je passe mon temps à te faciliter la tâche. Et en échange, tu m'as pourri la vie. Tu *nous* as pourri la vie à tous. C'est tout ce que tu sais faire.

— Il y a une aire de repos. Arrêtons-nous pour acheter des glaces.

— Va te faire foutre, avec tes glaces.

— Tu me dis souvent d'aller me faire foutre.

— Et tu le mérites à chaque fois.

— Tu sais, tu n'as pas vraiment de raison d'être en colère à cause de ce qui s'est passé entre ta mère et moi.

— Ah bon ?

— Oui. Quand tu y réfléchis bien, ce ne sont pas tes oignons. C'est un faux pas commis par deux adultes consentants et un peu ivres. Et nous en assumerons les conséquences, s'il devait y en avoir, exactement comme tu dois assumer celles de… bon, tu vois de quoi je parle.

— Je crois que tu ferais mieux de la fermer, maintenant.

— Si seulement je le pouvais.

— Fais un effort, retiens-toi.

— J'ai passé ma journée à ça. Ça continue à sortir, contre mon gré. Comme si un boulon était desserré. Ou avait pété.

— Tu as pété un boulon, je confirme.

— Je pense que tu devrais me pardonner.

— J'ai passé ma vie à te pardonner.

— Et je t'en sais gré.

— Tu es vraiment un connard.

— Je sais. Je ne le conteste pas. Dis-moi juste ce que je peux faire pour obtenir ton pardon.

— Garder tes distances.

— Quoi ?

— Garder tes distances avec nous tous. Maman, Rich, moi. Nous sommes une famille, la seule que j'aie jamais eue. Et maintenant, à cause de toi, elle risque de voler en éclats. J'en ai déjà perdu une, je ne peux pas me permettre d'en perdre une seconde. Pas maintenant. Ni plus tard.

— Casey.

— Je ne dis pas ça par méchanceté. J'ai juste besoin que tu comprennes.

— S'il te plaît.

— Tu comprends, oui ou non ? !

— Oui, je comprends.

CHAPITRE 43

Dans l'ascenseur qui le mène jusque chez lui, il chancelle contre la paroi puis, incapable de se maintenir debout, se laisse glisser par terre. Il est exténué, laminé, le peu d'énergie qu'il lui reste déserte lentement son corps, se répand, s'étale autour de lui, comme du sang dans un film d'horreur. Il regarde les portes de la cabine coulisser et dévoiler le papier peint fané du couloir. Jamais il n'avait eu l'occasion de l'observer depuis cet angle. Ses yeux se trouvent à la hauteur d'une constellation miniature de griffures et d'accrocs dus à des coins de meubles et aux roulettes de ces cohortes de valises que des hommes tristes, préoccupés, égarés, en colère ont trimballées dans les couloirs du Versailles au gré de leurs emménagements et déménagements. Normal qu'ils laissent des traces de leur passage, songe-t-il. Des entailles et des déchirures, des cicatrices, qui témoignent de toutes ces vies et de ces familles qui se délitent, et de tous les dégâts qui restent à venir.

Les portes se referment et la cabine reste immobile. C'est étrange de se trouver dans un ascenseur immobile ; le temps semble s'être arrêté. Lorsque les portes se rouvriront, peut-être Silver pénétrera-t-il dans un autre monde – celui dans lequel Casey n'a jamais dit tout ce qu'elle lui a dit pendant le trajet de retour. Ces paroles qui sont désormais comme des éraflures indélébiles le long des murs, dans les corridors de son cerveau.

Il n'y a pas un bruit. Quelqu'un appuiera bientôt sur le bouton et l'ascenseur reprendra sa montée, ou sa descente, et la vie, ou quel que soit le truc qu'il endure ici, recommencera. Mais pour l'instant, il n'y a rien que l'immobilité saisissante de cette boîte dans laquelle résonne, par intermittence, le bruit discret de sa respiration superficielle. L'ascenseur serait un curieux endroit pour mourir. L'avantage, cela dit, c'est qu'on le trouverait sans tarder, avant qu'il ait eu le temps de pourrir et d'empuantir son appartement. Il deviendrait une sorte de légende, au Versailles – l'ex-rock star découverte sans vie dans l'ascenseur. Les spéculations iraient bon train quant à la raison pour laquelle il se trouvait pieds nus dans un ascenseur. Ensuite, au bout d'un petit moment, le roulement des pensionnaires aidant, il deviendrait une simple note de bas de page dans les vastes annales qui n'en auront jamais fini de recenser le tragique folklore du bâtiment.

Cela étant, il parvient tant bien que mal à rameuter assez de forces pour se remettre debout, tituber le long du couloir jusqu'à son appartement et s'effondrer sur le lit où, les interruptions pour répondre à un appel de la nature étant réduites à un minimum étonnant, il passe les quarante-huit heures suivantes dans un état de semi-conscience et un silence complet.

CHAPITRE 44

Ashley Roos célèbre sa bat-mitzvah au Stoneleigh Country Club, entourée des trois cents plus proches amis de ses parents. Eu égard au thème insulaire de la fête, l'atrium s'orne de faux palmiers, un mur d'écrans LCD affiche une vague bleue déferlant sur une plage de sable blanc et trois Blacks, avec des dreadlocks et en robes de cérémonie, jouent des airs de calypso sur des xylophones.

Tous les invités se sont vu offrir des colliers en corail qu'ils arborent sur leurs vestes et sur leurs robes, et le bar propose des Bahama Mamas et autres cocktails exotiques à base de rhum. Silver, pour avoir joué un million de fois dans ce genre de réception, reconnaît les percussionnistes, les barmen et la femme qui, sur son stand dans un coin de la salle, noue des tresses agrémentées de perles aux cheveux des filles. Comme toujours, Silver est sidéré de voir à quoi les gens dépensent l'argent gagné à la sueur de leur front. Mais bon, les Bahama Mamas font du bien par là où ils passent, le buffet est de premier choix, alors l'un dans l'autre, il aurait mauvaise grâce à se plaindre.

Il s'est fait tirer l'oreille, avant de venir ici. Il a même commencé par opposer un refus catégorique quand Ruben a débarqué chez lui pour le secouer, le tirer du lit et le pousser sous la douche.

— Allons, debout ! a-t-il en se plantant devant le lit. Tu m'as promis.

— Non, j'ai accepté pour te faire plaisir.

— C'est pareil, lui a rétorqué son père en arrachant l'édredon. Seigneur, ces draps sont bons pour l'incinérateur. Tu ne laves donc jamais rien ?

— Je ne me sens pas bien, a protesté Silver en se roulant en boule.

— À cause de toi, mon cœur saigne des larmes aussi roses que du bortsch.

C'est une des expressions favorites de son père, qu'il case à tout bout de champ dans ses sermons.

— J'ai besoin de dormir.

— Tu dormiras quand tu seras mort.

— Tu plaisantes avec la mort. Bravo, papa.

— Quand tu es à Rome… Tu connais la suite.

— Va-t'en.

— Allons, viens, on va s'amuser. Ça te donnera l'occasion de voir du monde.

— Je ne connaîtrai personne.

Ruben s'est assis sur le bord du lit pour refaire son lacet.

— Tu connaîtras au moins Casey.

Silver a ouvert les yeux et dévisagé son père.

— Casey sera là ?

— À ce que j'ai compris, elle a été la baby-sitter de la fille qui célèbre sa bat-mitzvah. Le monde est petit, a-t-il ajouté avec un haussement d'épaules.

Silver s'est assis, soudain frais comme un gardon.

— Elle sait que je viens ?

— Non. On lui va lui faire la surprise.

Silver s'est accordé un temps de réflexion.

— Je devrais sans doute me doucher.

Ruben lui sourit avec chaleur.

— Je pense que ce serait sage, oui.

Sitôt arrivés, ils sont tombés sur Casey, qui lui a lancé un regard, un seul, avant d'en décocher un autre, exaspéré, à son grand-père :

— C'est une blague ? a-t-elle lâché, avant de tourner les talons.

À présent, Silver vient de la localiser sur la piste de danse, au milieu des gamines et des entraîneuses absurdement sexy qui, en rang d'oignons, exécutent à pas réglés une chorégraphie de « Cotton Eyed Joe » qui met le feu aux planches. Le visage éclairé d'un grand sourire, Casey se régale à claquer des talons et tournoyer en rythme, et prend grand soin d'éviter tout contact visuel avec son père. Mais peu importe, Silver est heureux de la voir danser et sourire, même si sa jubilation se pare, à ses yeux, d'une certaine ironie.

Silver n'était pas prévu dans le plan de table ; il s'est présenté à la fête sans invitation, dans le sillage de ses parents. Comme Ruben est sans cesse happé par des conversations avec ses fidèles, Silver s'est glissé à sa place, aux côtés d'Elaine, qui sirote avec parcimonie un cocktail multicolore. Elle sourit à son fils et approche sa chaise de la sienne.

— Qu'est-il arrivé à ton nez ? demande-t-elle.

— Rich m'a cassé la gueule.

Elle le considère avec sévérité.

— Bon, lui ou un autre, ça devait arriver. (Puis elle détourne les yeux et se force à changer de sujet.) Ils en ont fait un peu trop, non ? dit-elle en balayant la salle du regard. Après ça, on se demande ce qu'ils pourront bien trouver pour fêter ses seize ans.

Silver regarde sa mère et remarque qu'autour de ses yeux les rides accusent maintenant des cassures abruptes, dégringolent à la verticale et strient ses joues autrefois rebondies. Ses lèvres sont plus minces que dans son souvenir, comme si Elaine les avait usées à force de les pincer pendant toutes ces années, et ses cheveux sont désormais uniformément gris. Depuis quand ? s'interroge-t-il, en état de choc.

— Qu'y a-t-il ? demande Elaine, à qui ce regard scrutateur n'a pas échappé.

— Tu as vieilli.

Un instant désarçonnée par tant de franchise, elle porte la main à son visage.

— Je voudrais t'y voir, avec un fils comme toi.

— Je suis désolé, maman. Pour tout.

Elle lui prend la main. Elle a les doigts froids et humides, à cause du verre qu'elle tenait.

— Tu veux te faire pardonner ? Vis suffisamment longtemps pour prendre soin de moi quand je serai vraiment vieille.

Silver hoche la tête et se recule contre le dossier de sa chaise.

— Tu ne vas pas m'obliger à assister à tes obsèques, n'est-ce pas ? poursuit-elle. Parce que, autant te le dire tout de suite, si tu te laisses mourir, ne compte pas sur moi pour venir à ton enterrement. J'irai chez la manucure, tiens. La liste de ce que je ne ferais pas pour toi n'est vraiment pas longue, mais t'enterrer arrive en première place.

Il se penche et appuie sa tête contre la sienne.

— Je comprends.

— Formidable. Parce que moi, je ne te comprends pas du tout.

Ils ne disent plus rien pendant un petit moment et observent Casey participer à l'Electric Slide.

— Regarde-la, ajoute Elaine. Elle ne sait plus où elle en est.

— Elle s'en sortira.

— Non ! se récrie Elaine en s'écartant avec brusquerie. Non, elle ne s'en sortira pas !

Silver se redresse un peu, surpris par cette flambée de colère qui a jailli sans prévenir.

— Je n'ai pas besoin de te dire que tu as été un mauvais père, enchaîne Elaine.

— Et pourtant, tu t'en sens obligée, riposte-t-il prudemment.

— Parce tu n'as toujours pas compris ! Ta fille de dix-huit ans est enceinte.

— Ce n'est pas comme si elle se prostituait pour payer ses doses de crack. Elle a juste fait une connerie.

Elaine secoue la tête.

— J'ignore ce qui se passe dans ta cervelle, mais je sais en revanche que tout ça est ta faute.

— Moi ? Mais qu'est-ce que j'ai fait ?

— Précisément. Qu'est-ce que tu as fait ?

— Maman, nom d'un chien…

Elaine est toute rouge et son menton tremble de rage contenue.

— Tu lui as donné toutes les raisons au monde de te rayer de sa vie. Par je ne sais quel miracle, elle ne l'a pas fait. Elle continue à t'aimer et à croire en toi. Pourquoi penses-tu qu'elle s'est adressée à toi ?

— Parce qu'elle avait la trouille d'en parler à Denise. Elle s'est dit que je me montrerais plus sympa.

Il est conscient que la musique s'est tue, que le chef des musiciens a annoncé le plat suivant. L'habitude qu'il a de ces réceptions est telle qu'il l'a enregistré sans même s'en apercevoir.

— Tu es un imbécile, assène Elaine en se levant et en renversant par inadvertance son verre sur la table.

Les deux couples âgés assis en face d'eux mettent un point d'honneur à montrer qu'ils ne prêtent aucune attention au mini-drame qui se déroule sous leurs yeux à la table 16.

— Elle s'est adressée à toi parce qu'elle est terrorisée et qu'elle veut son père à ses côtés. Pour que tu l'aides à arranger la situation.

La vérité du propos s'enfonce en lui comme une lame. Casey veut son papa. Cela fait tellement longtemps qu'il se comporte en crétin que, parfois, il oublie à quel point il en est un.

— C'est ce que j'essaie de faire.

— Comment ? En te suicidant ? Tu te fiches de moi ? Qu'adviendra-t-il d'elle, selon toi, si tu fais ça ?

— Elle a la tête sur les épaules. Elle s'en sortira très bien sans moi.

Elaine secoue la tête et recule d'un pas.

— Tu peux te répéter ça en boucle jusqu'à l'épuisement, ça ne deviendra pas vrai pour autant.

Elle lui décoche un dernier regard peiné avant de tourner les talons. Silver, lui, observe les deux autres couples en face de lui et se fend d'une mimique d'excuse.

Le DJ, au centre de la piste de danse, s'adresse aux invités :

— Mesdames et messieurs, pour votre divertissement, la famille Ross est heureuse de vous présenter le parapsychologue de réputation internationale, Mr Dave Zellinsky.

Un homme grand, maigre et chauve, vêtu d'un luxueux smoking, s'avance sous les applaudissements et prend le micro.

— Merci, merci infiniment, mesdames et messieurs. Je vous propose d'applaudir comme il se doit notre hôtesse, Ashley !

Les invités s'exécutent. Silver décide qu'il ne peut plus supporter cette salle étouffante, bruyante, étincelante de mille feux et pleine à craquer d'inconnus. Il se lève et commence à se faufiler entre les tables afin de gagner la sortie.

— Bien, l'heure est venue de nous amuser un peu, annonce Zellinsky en s'avançant vers les tables. Il me faut un volontaire. Allons, les amis, l'alcool coule à flots. Quelqu'un parmi vous est forcément assez soûl pour se porter volontaire.

C'est le baratin du pro chevronné. Ce type a de la bouteille. Comme chaque fois qu'il croise des artistes qui, comme lui, végètent dans les basses sphères de l'industrie du divertissement, Silver se demande par quelle déviation tragique ce type a échoué dans le circuit des bar et des bat-mitzvah. Quelle que soit son histoire, Silver pense avoir une idée assez juste de l'enfer de solitude et de mépris de soi qu'il retrouve une fois rentré chez lui.

Encore un peu assommé par la tirade hargneuse de sa mère, Silver ne prend conscience du moment fatidique où ses pas le portent à l'orée de la piste de danse que trop tard.

— Formidable ! se réjouit Zellinsky en se jetant sur lui. (Il glisse un bras dans le dos de Silver et l'entraîne au centre de la piste.) Nous avons notre première victime !

— Non, non, proteste Silver. J'allais juste…

Zellinsky se tourne vers lui.

— Comment vous appelez-vous, monsieur ?

— Silver.

— Je vous demande d'applaudir très fort Silver ! braille Zellinsky.

L'assistance s'exécute. Silver aperçoit son père, entouré d'un groupe de vieux messieurs, qui relève précipitamment la tête, les yeux écarquillés d'inquiétude.

— Bien. Silver, avant de lire dans vos pensées, je voudrais que nous fassions un peu connaissance. Quel est votre métier ?

— Musicien.

— Et vous êtes bon ?

— Pas mauvais.

— Ouais, moi non plus. C'est d'ailleurs pour ça que je me produis dans une bat-mitzvah. C'est là qu'on juge du vrai talent, pas vrai ?

Les invités, ravis, gloussent.

— Alors, y a-t-il quelques mots que vous voudriez adresser à Ashley, tant que vous avez l'attention du public ?

— Félicitations, Ashley.

— Et comment connaissez-vous cette jeune fille ?

— Je ne la connais pas.

— Ah bon ? Vous vous êtes incrusté dans une bat-mitzvah ?

— Je suppose qu'on peut dire ça.

Zellinsky, désarçonné, semble mal à l'aise. Il décoche un regard inquisiteur à Silver, qui hausse nonchalamment les épaules. Le silence se fait dans la salle. Silver remarque que l'amuseur a le trac. Soudain, il transpire, le sommet de son crâne chauve se couvre de gouttelettes qui dégoulinent le long des tempes. Silver sent lui aussi des sueurs froides lui parcourir les reins. Son regard tombe par hasard sur Casey, qui s'est écartée du mur et qui secoue la tête en lui désignant la sortie avec insistance.

Il lui adresse un petit signe.

— Casey, laisse-t-il échapper.

Comme il n'avait pas prêté attention au micro tendu vers lui, sa voix résonne dans la salle. Trois cents paires d'yeux se retournent vers Casey, qui rentre sous terre. Elle rougit, ébauche à son tour un signe de la main et un sourire, forcé certes, que Silver juge néanmoins adorable. Sans la quitter des yeux, il arrache le micro des mains de Zellinsky.

— Je te demande pardon, mon bébé.

Casey écarquille les yeux et secoue frénétiquement la tête. *Pas maintenant ! S'il te plaît !*

Malheureusement, c'est comme si Silver s'observait lui-même depuis le plafond, perché sur l'imposant lustre en cristal pendu en son centre, réduit à un rôle de spectateur.

— Je n'ai pas envie d'être ici, poursuit-il. Je ne sais pas ce que je fais là. Je ne veux pas dire, ici, dans cette salle, encore que pour être tout à fait franc, je ne sais pas non plus ce que j'y fais. Je ne connais pas ces gens, et si cette fête ridicule a valeur d'indice, je suis bien certain que la plupart d'entre eux ne me plairaient pas. Mais ce n'est pas ce que je veux dire.

Il a vaguement conscience que le silence s'est fait plus pesant. On n'entend plus un seul tintement de couvert sur une assiette, plus un murmure ni même une toux discrète. De poli, le silence est devenu religieux. Silver constate que Casey a renoncé à lui indiquer la sortie et se contente de le fixer, et il ne saurait dire s'il s'agit d'un regard d'épouvante ou d'intérêt – l'équipe vidéo braque sur lui des éclairages crus qui éblouissent son œil valide. Mais il retient son attention, et il ignore quand l'occasion se reproduira.

— Je ne sais pas comment je suis devenu celui que je suis, ce poids mort pathétique, apathique. Je me creuse la cervelle, j'essaie d'identifier à quel moment, ou à cause de quel événement tout a dérapé, et je n'y arrive pas. C'est comme si un beau matin, je m'étais réveillé hébété.

Casey s'est avancée entre les tables, et il distingue maintenant assez bien son visage pour savoir qu'elle est en train de pleurer.

— Cela faisait très longtemps que je ne sentais plus rien, Casey. J'avais même oublié ce que ça faisait d'avoir des sensations. Mais le jour où je me suis réveillé à l'hôpital, tout d'un coup, elles me sont toutes revenues. Et elles ne m'ont plus quitté. J'ai toujours su combien je t'aimais, à quel point j'étais fier de toi, mais aujourd'hui, je peux à nouveau ressentir cet amour et cette fierté, et c'est énorme. Ça me comble. Voilà pourquoi je ne veux pas me faire opérer. Je préfère mourir maintenant, ici même, en ressentant tout cela, plutôt que vivre encore trente ou quarante ans comme j'ai vécu ces dix dernières années.

À présent, Casey pleure sans retenue. Derrière elle, près de l'entrée de la vaste salle de bal, Silver aperçoit l'homme qu'il suppose être Mr. Ross, en plein échange animé avec deux vigiles qui entreprennent de naviguer entre les tables, en direction de la piste de danse. Silver tourne la tête vers Zellinsky, toujours planté là, à côté de lui, et qui semble à deux doigts de vomir.

Et puis, dans son dos, résonne un riff de basse aux accents familiers, qui monte en puissance et remplit la pièce, ponctué par quelques notes de guitare, puis c'est au tour de la batterie d'entrer dans la ronde tandis que l'orchestre se met au diapason de ce vieil enchaînement d'accords. En un instant, la musique le ramène à une belle matinée de printemps. Il est affalé sur le canapé avec son bébé, sa petite fille qui vient de naître, couchée sur sa poitrine. Il embrasse son crâne chauve tout en fredonnant une mélodie improvisée, sans rime ni raison, qui peu à peu prend forme et deviendra celle de cette chanson.

Silver se retourne. Danny Baptiste est sur scène et le contemple d'un air réjoui tandis que les autres musiciens se saisissent de leurs instruments. Silver le remercie d'un sourire pour cette initiative qui rompt un silence pénible. Danny se penche vers le micro.

— Mesdames et messieurs, voici Drew Silver, je suis Danny Baptiste et nous sommes The Bent Daisies !

Des applaudissements surpris éclatent çà et là dans la salle. L'orchestre délivre les dernières mesures fracassantes de l'intro de « Rest in Pieces », qui s'interrompt net sur la pause qui était le signal de Pat McReedy, mais McReedy n'est pas là. Baptiste fixe Silver et l'encourage d'un signe de tête. Silver regarde Casey, approche le micro de sa bouche, inspire profondément, ferme les yeux. Et commence à chanter. Bien qu'il ne possède pas le coffre de McReedy, chante moins juste que lui et, à cause du coup de poing de Rich, d'une voix plus nasale que d'habitude, il est tout de même capable de chanter cet air auquel sa voix est habituée puisqu'il assurait autrefois les chœurs.

Il ne rouvre les yeux qu'aux premières notes du solo de guitare et découvre alors qu'il est cerné de corps, qu'autour de lui, sur la piste, les gens dansent et tapent des mains. Il tend le cou pour apercevoir Casey, qui n'a pas bougé d'entre les tables désormais désertes, et lui sourit à travers ses larmes en se balançant imperceptiblement au rythme de la musique. Le solo de guitare prend fin et Silver recommence à chanter. Les danseurs l'encerclent et frappent dans leurs mains en rythme. Ils vivent, tous autant qu'ils sont, un instant exceptionnel, un de ces instants impossibles à planifier. Ils sont tous – lui-même, Casey et cette foule – unis par la bonne chanson, au bon moment. Chaque cellule de son corps se souvient de cette sensation. Et lorsque vient le moment de bisser le refrain, Silver tournoie sur lui-même, immergé dans la musique comme cela ne lui est plus arrivé depuis longtemps.

And someday soon, I'll rest in peace. But till that day does come, I'll rest in pieces[1].

Et une centaine de voix reprend le refrain avec lui. Il se sent emporté et discerne parmi elles celle de Danny, à l'unisson avec la sienne, comme au bon vieux temps. Et Casey, les joues striées de mascara, chante elle aussi, comme quand elle était petite et qu'il lui passait la chanson dans la voiture. La salle tout entière résonne. Ce serait chouette de penser que la musique est revenue le chercher et que tout va changer. Mais la musique, il le sait, va s'arrêter, comme toujours, et la réalité, dont les lendemains ne chantent pas, réaffirmera ses droits. Pour l'instant, alors que le bourdonnement dans ses oreilles atteint son paroxysme, il reçoit plus d'amour qu'il ne peut en accueillir. Il n'y a rien à faire sinon fermer les yeux et laisser cet amour le submerger aussi longtemps que la musique continuera.

1. « Et un jour prochain, je reposerai en paix. Mais jusqu'à ce que vienne ce jour, je ne serai que ruines. »

CHAPITRE 45

— C'était vraiment super, papa.

— Merci.

— Qu'est-ce qui ne va pas ?

— Rien, c'est juste que… tu m'as appelé papa.

— Comment je devrais t'appeler ?

— Papa, c'est parfait.

— Alors tout va bien.

— Simplement, tu ne m'appelles pas toujours comme ça.

— Ah bon ? Euh… je n'ai jamais fait gaffe.

— En tous les cas, ça me plaît.

— Je n'en reviens pas que tu aies volé la vedette dans une bat-mitzvah !

— Ouais, bon…

— Dans laquelle tu t'es incrusté !

— Je n'ai pas volé la vedette. J'ai juste été un incident de parcours.

— Tu te fiches de moi ? Tu as vu comme ils t'ont tous photographié, après ? Tu étais la star de la fête !

— Et je suis le seul truc qui ne leur ait rien coûté.

— Tu as assuré grave. Je ne t'avais jamais vu sur scène.

— Je n'ai jamais été sur le devant de la scène. J'étais planqué derrière ma batterie, protégé.

— En tous les cas, ça te va bien. Tu devrais réfléchir à un *come-back*.

— Nan.

— Pourquoi pas ?

— C'est un sport de jeunes.

— Tu n'es pas si vieux.

— Je ne suis plus si jeune.

— J'ai entendu ces choses que tu m'as dites – enfin, que tu as aussi dites à tout le monde, mais peu importe. Merci.

— Avec plaisir.

— Tu es vraiment fier de moi ?

— Tu te fiches de moi ? Tu es la plus belle preuve que ma vie n'a pas été un simple gaspillage d'oxygène de A à Z.

— En ce cas, si ta vie n'a pas été un gaspillage, pourquoi ne pas te faire opérer ?

— Ce n'est pas si facile.

— Tu n'arrêtes pas de dire ça, mais pour moi, c'est des conneries. Tu veux soit vivre, soit mourir.

— Je veux devenir meilleur.

— Ben, c'est pas une fois mort que tu vas t'améliorer.

— C'est un bon argument.

— Je vais même t'en donner un meilleur.

— D'accord.

— Tu nous as quittées, papa. Maman et moi. Certes, tu voulais juste divorcer d'avec maman, mais tu as aussi divorcé d'avec moi.

— Je sais.

— Et je t'ai pardonné, à l'époque. Exactement comme je te pardonne aujourd'hui. Tu sais pourquoi ?

— Non. Pourquoi ?

— Parce que je n'ai pas le choix. Maman s'est trouvé un autre mari. Ça ne m'a pas donné un autre père pour autant. Or, j'en ai besoin d'un. Franchement, regarde-moi.

— Bon, merci. J'apprécie.

— Mais si tu me quittes à nouveau, jamais je ne te le pardonnerai.

— Je comprends.

— Je te haïrai. Je me ferai tatouer un énorme « Fuck you Daddy » sur la poitrine et je coucherai avec une armée de paumés pour me venger de toi.

— C'est bon, j'ai pigé.

— Je suis sérieuse.

— Je sais.

— Donc, tu vas te faire opérer.

— Je vais réfléchir à la question avec le plus grand sérieux.

— Bon sang, papa.

— Alors, maman et Rich ?

— Ils avancent tête baissée. Le compte à rebours pour le mariage a commencé…

— C'est une bonne nouvelle.

— … en dépit de tout le mal que tu t'es donné.

— C'est le signal que j'attendais pour changer de sujet. Pourrait-on arrêter de parler de moi pendant un petit moment ?

— Si tu veux.

— Que vas-tu faire pour régler ta situation ?

— Je suis ravie de t'entendre poser cette question parce que j'ai pris ma décision.

— C'est vrai ?

— Oui. J'ai décidé de faire ce que tu me diras de faire – quoi que ce soit.

— C'est ça, ta décision ?

— C'est ça.
— C'est ridicule.
— Tu sais quoi ? Ça fait maintenant huit ans que je me débrouille sans toi. Huit années pendant lesquelles tu aurais dû être là, pour m'ôter cette pression sur les épaules, me guider, me soutenir. De mon point de vue, tu me dois huit ans d'attention paternelle. Disons que je te réclame l'équivalent en une seule fois.
— C'est un bon argument, mais ta logique est bancale.
— En quoi ?
— Tu réclames un conseil à quelqu'un qui, chaque fois qu'il a eu à prendre des décisions majeures, a systématiquement fait le mauvais choix.
— Eh bien, c'est parfait parce que dans le cas qui nous occupe, tu ne peux pas te planter. Quelle que soit la décision, je sais que je vais la regretter.
— Sache bien que, quoi que tu décides, je te soutiendrai.
— Tu t'avances beaucoup pour quelqu'un qui pourrait être mort demain.
— Je suis désolé. Je ne peux pas prendre cette décision pour toi. Personne ne le peut.
— Si. Maman.
— En ce cas, adresse-toi à ta mère.
— Mais alors, à quoi tu sers ?
— C'est ce que je m'évertue à te dire depuis une heure.

CHAPITRE 46

Nous sommes mardi et le mardi, c'est masturbation. Quand Silver songe à tous les événements survenus depuis son dernier dépôt, il est abasourdi. En sept jours à peine, le monde a été mis sens dessus dessous, et c'est à croire qu'il marche sur la tête. Exemple parfait s'il en fallait un : la voiture de Jack accueille aujourd'hui un passager supplémentaire. Casey, assise d'un côté de la banquette arrière, regarde pensivement par la fenêtre, les cheveux au vent. Silver a ajusté la position de son pare-soleil de façon à la surveiller par miroir interposé. Depuis la bat-mitzvah, Casey affiche un optimisme à toute épreuve, presque pesant, et Silver s'attriste de la voir se démener autant pour sauver les apparences. Le mariage de Denise doit avoir lieu samedi, et il est évident que Casey redoute d'éventuelles répercussions sur son père. Silver y pense, lui aussi, mais dans l'ensemble, il s'estime serein – triste, certes, mais quelque chose dans le caractère définitif de cet événement lui procure un sentiment de paix. Peut-être ce mariage lui permettra-t-il enfin de tourner la page. Mais peut-être aussi que ce soir-là, il se soûlera jusqu'à ne plus tenir debout et s'endormira d'épuisement après avoir pleuré toutes les larmes de son corps. Quoi qu'il en soit, Silver est à la fois soulagé et vexé de ne pas avoir été invité. Et pour l'heure, il essaie de deviner ce que Casey a besoin d'entendre concernant sa grossesse, afin de pouvoir le dire et de l'aider à prendre sa décision.

Jack se gare sur le parking de Blecher-Royal, et Casey regarde alentour, l'air dérouté.

— Ce n'est pas le centre commercial.

— On doit d'abord faire une petite course rapide.

— Quel genre de course ?

— Le genre sur lequel on préfère rester discret, lui rétorque Jack, quand, au même moment, Silver répond :

— Un dépôt de sperme.

— Quoi ?

— Putain, Silver ! Il n'y a donc rien que tu puisses taire, en ce moment ?

— Il semblerait que non.

— Attends, papa. Tu es sérieux ?

— C'est dans l'intérêt de la recherche médicale, se défend-il.

Casey secoue la tête, sidérée.

— Et, du coup, ça n'a rien de glauque.

— Bon, présenté comme ça..., souligne Jack, sur la défensive.

— Je suis censée attendre dans la voiture pendant que mon père se branle ?

Tout en ouvrant sa portière, Jack fusille son ami du regard.

— Je te préférais, et de loin, à l'époque où tu savais mentir.

— Je suis probablement disqualifié, de toute façon, observe Silver. On est tenu de les informer de tout problème concernant son état de santé.

— Merde, alors ! s'exclame Jack en s'immobilisant, une jambe à l'extérieur de la voiture. Tu crois que ç'a un rapport avec ta crise cardiaque ?

— J'en doute.

Jack s'accorde un instant de réflexion, puis se réinstalle derrière le volant et met le contact.

— Fais chier.

— L'intérêt de la recherche médicale te tient drôlement à cœur, ironise Casey.

Son rire qui résonne d'une délectation enfantine arrache un sourire à Silver en même temps qu'il lui brise le cœur.

CHAPITRE 47

Silver écoute Lily chanter devant les enfants. « Oh, Mr. Sun », « Michael Finnegan », « Puff le Dragon ». Elle a lâché ses cheveux aujourd'hui et ne semble pas maquillée. Il lui trouve les traits tirés.

— Alors, c'est qui ? demande Casey en approchant dans son dos.

— Personne. Une fille.

Il a profité de ce qu'elle explorait le rayon littérature pour s'éclipser, mais elle a retrouvé sa trace. Dehors, il pleut ; c'est un de ces déluges d'été qui crépite contre la vitrine de la librairie comme des applaudissements. Ces averses violentes inspirent à Silver la nostalgie de son enfance – les cirés, le frottement des bottes en caoutchouc sur le trottoir. Bien qu'il soit à peine 13 heures, dehors, on croirait qu'il fait nuit. D'un coup d'un seul, Silver se sent déprimé et de mauvais poil.

— Elle est mignonne.

— Ouais.

— C'est pour elle que tu traînes ici, ajoute Casey qui vient de piger.

— Ouais.

— Alors, quel est ton statut ?

Il lui fait signe de se taire, bien qu'elle parle à voix très basse.

— J'en ai pas, répond-il.

— Depuis combien de temps viens-tu ici ?

— Je ne sais pas.

Il regrette de l'avoir amenée ici. Il se sent mis à nu.

— Quelques semaines ? insiste Casey. Un mois ?

Il la regarde.

— Oh, merde, dit-elle.

— Tu dis beaucoup de gros mots.

— Foyer brisé.

— Ta gueule.

— Touché.

— Allons viens, grommelle-t-il.

— Pourquoi tu ne l'invites pas à boire un verre ?

— J'attendais que l'occasion se présente.

— Papa, arrête. C'était quand, la dernière fois que tu as invité une fille ?

Il frictionne l'arrière de son crâne et ses cheveux détrempés par la pluie tout en réfléchissant à la question. Cela fait si longtemps qu'il n'a plus connu de relation sentimentale. Chaque fois qu'il croise une femme avec laquelle il aimerait sortir, une inexplicable paralysie s'empare de lui. Quand il pense à toutes les années de solitude qu'il s'est infligées à cause d'une timidité latente, ou d'une peur insurmontable de se faire éconduire, c'est franchement exaspérant.

— Ça fait un bail, répond-il.

Des années, estime-t-il, bien qu'il n'en soit pas certain. La chronologie n'a jamais été son fort.

— Elle est musicienne, tu es musicien, reprend Casey. C'est pas compliqué. Je veux dire, tout de même, tu étais une rock star, papa !

— J'étais batteur.

Casey secoue la tête.

— Comment peux-tu ne pas voir l'ironie de la situation ?

Il hausse les épaules. L'ironie, il a laissé tomber depuis des années. C'était ça, ou la mort par barbituriques.

— Tu as été assez rock star pour bousiller ta vie, observe Casey. Et maintenant que ça pourrait t'aider de le redevenir un peu, brusquement, tu n'es plus que le batteur ?

Il contemple sa fille, si belle, si sage et si mûre pour son âge. Le gâchis qu'il a fait de sa vie lui donne envie de pleurer. Casey, semble-t-il, perçoit ce revirement d'humeur et s'avance pour l'embrasser. Quand l'a-t-elle fait pour la dernière fois ? Il se sent dans un état proche de la dissolution. Casey pose les mains sur ses épaules et le regarde droit dans les yeux.

— Papa.

— Oui.

— Tu es un mec séduisant. Tu as un petit côté adorable de mauvais garçon, comme si tu étais dangereux, mais juste un peu, tu vois ? Tu as un regard doux, un sourire qui tue, et la vie t'a abîmé juste ce qu'il faut pour donner à n'importe quelle nana l'envie de te sauver. Merde ! Même maman a recouché avec toi, alors qu'elle te hait. (Elle lui décoche un regard contrit.) Pardon. Enfin, tu vois ce que je veux dire. En fait, j'ai toujours cru que tu étais un tombeur.

Il secoue la tête.

— Non, pas vraiment.

Casey opine, et il lui est reconnaissant de lui signifier, par cette réponse laconique, qu'elle mesure l'immense sentiment de solitude qu'il serait incapable d'exprimer.

— OK, voilà ce qu'on va faire. Nous ne partons pas d'ici tant que tu n'as pas invité cette minette à boire un verre.

— Lily.

— Pardon ?

— Elle s'appelle Lily.

— D'accord, répond Casey avec un sourire. Vas-y.

Pile au moment où il s'approche d'elle, Lily s'accroupit et pose un genou à terre pour presser sur le fermoir de son étui à guitare. Planté devant elle, il se sent trop imposant, alors il recule, sauf que la distance entre eux est à présent trop grande pour engager une conversation, alors du coup, il refait un pas en avant. À force d'avancer, reculer, avancer à nouveau, il se sent idiot, il préfère donc battre en retraite et attendre qu'elle se relève. Il se sent trop gros et mal à l'aise dans ce rayon de littérature enfantine, avec les tables miniatures et les petites chaises rouges à dossier blanc orné de fleurs sculptées.

Elle se redresse, glisse l'étui à guitare sur son épaule, puis le remarque enfin. Jamais il ne l'avait vue d'aussi près. Elle a deux petites cicatrices en creux sur le front, juste au-dessus du sourcil gauche, ses yeux vert sombre sont plus grands qu'il ne l'avait cru, et il les trouve séduisants, en dépit des cernes prononcés de fatigue. Elle a la mine tristounette, aussi, ou alors, la gueule de bois. Comment savoir ? Il a beau venir ici depuis longtemps pour la voir, il ne sait absolument rien d'elle.

— Je ne sais rien de vous, bafouille-t-il.

Elle hoche la tête et réfléchit.

— Il existe des groupes de soutien pour ça, répond-elle.

Sarcasme. Ou sens de la repartie, peut-être ? Difficile de trancher.

— Je m'appelle Silver, ajoute-t-il en tendant la main.

Elle la serre.

— Je sais qui vous êtes.

— Ah bon ?

— Vous êtes le type qui vient ici chaque semaine et se planque derrière ces rayonnages comme un espion pendant que je chante.

Il se sent rougir.

— Je suis désolé.

— C'est bon.

Il éprouve le besoin pressant de dire un truc intelligent.

— J'aime votre façon de chanter.

C'est à son tour de rougir.

— Ce sont juste des chansons pour enfants.

— Je sais. Il n'empêche.

— Bon, merci.

Un blanc. Comment diable est-ce censé marcher ? Tous les jours, des gens se rencontrent. Ils discutent, sortent ensemble, s'embrassent, baisent, tombent amoureux, fondent une famille, et tout ça parce qu'ils parviennent à dépasser une introversion initiale et l'étrangeté de la prise de contact. Il regrette qu'ils ne soient pas ivres.

— Je ne suis pas doué pour ça.

— Ça, quoi ?

— Vous parler.

— Beaucoup de gens ne sont pas doués pour me parler. Vous devriez rencontrer mes parents.

— Je ne pense pas être prêt pour ce genre d'engagement.

Elle lui décoche un sourire ironique, puis le regarde dans les yeux, en essayant de le percer à jour.

— C'est une conversation bizarre.

— Pardon.

— Non. Pas de problème.

Et elle continue à le regarder dans les yeux. C'est très déconcertant, pour tout dire. Silver prend conscience à quel point c'est rare, et combien peu de gens osent le regarder ainsi. La faute, il s'en doute, lui en incombe plutôt qu'aux autres. Ces dernières années ont enseveli une partie de sa confiance en lui, et il ne sait pas comment y remédier. Mais maintenant, Lily le regarde, et il y a dans ses yeux de la sagesse, de la douleur, une timidité non dénuée de culot, quelque chose qui le réchauffe et l'attire, comme lorsqu'elle chante. Il sent en elle une profonde bonté, une douceur qu'il brûle d'envie de connaître et de protéger. *Devient adulte*. Pour elle, il pourrait le devenir.

Lily le dévisage d'un air bizarre.

— Vous savez que vous êtes en train de dire tout ça à voix haute, n'est-ce pas ?

À présent qu'elle le lui a fait remarquer, il entend rétrospectivement le son de sa voix.

— Je le sais, maintenant, dit-il.

Ils rentrent sous une pluie battante, blottis sous un petit parapluie de bazar. Silver glisse un bras autour de Casey, qui se cale naturellement au niveau de sa taille. Les rues sont inondées, les voitures les dépassent en soulevant des gerbes d'eau. Casey, qui l'écoute refaire le film de la conversation pour elle, rigole, belle, heureuse, et il regrette de ne pas pouvoir figer cet instant pour l'éternité.

CHAPITRE 48

Sad Todd – lunettes de piscine, bouchons d'oreilles orange, maillot de bain rouge et palmes bleues – enchaîne les longueurs. Il s'entraîne tous les matins, cinquante longueurs dans la piscine du Versailles, avant qu'elle soit envahie et qu'il devienne impossible de nager. En dépit de son accoutrement bariolé, il nage avec une puissance et une grâce qui contrastent avec son attitude de type effacé.

Jack, Oliver et Silver l'observent en silence sur le bord du bassin. Le soleil, vif et brûlant, émerge peu à peu de derrière l'immeuble. Pour l'instant, la terrasse de la piscine leur appartient, et Sad Todd agit sur eux comme un pendule, les mettant en transe.

— Au fait, j'ai un cancer, annonce Oliver.

Jack et Silver se tournent vers lui comme un seul homme.

— Merde, lâche Jack.

— Un cancer de quoi ? demande Silver.

— Du côlon.

— Ça se soigne, non ? (Jack)

— Les médecins affichent un optimisme prudent.

— Quand l'as-tu appris ? (Silver)

— Il y a un mois et demi, environ.

— Quoi ? ! (Jack)

Oliver se tourne vers Silver et sourit.

— Tu m'as comme qui dirait volé la vedette.

— Toutes mes excuses, vieux.

— Tu as un cancer depuis deux mois et c'est maintenant que tu nous en parles ? fulmine Jack.

— J'ai commencé la chimio. Je voulais voir comment ça allait se passer.

— Et ça se passe comment ?

— La tumeur a diminué de façon significative. Maintenant, ils veulent opérer.

Jack se rallonge sur sa chaise, l'air écœuré.

— Merde ! Vous allez tous les deux crever et me laisser seul dans ce trou à rats, c'est ça ? C'est ça, votre plan de merde ?

Oliver éclate de rire.

— Mais pas du tout.

— Alors, c'est quoi, le plan ? demande Silver.

Ils regardent tous les trois Sad Todd, parvenu à l'extrémité du bassin, qui exécute une bascule improbable mais d'une étonnante perfection avant de revenir vers eux d'un crawl lié. Nous étions tous d'autres gens, avant tout ça, songe Silver.

— J'aimerais revoir mes gosses avant de passer sur le billard, répond Oliver.

Silver et Jack échangent un regard. Jamais Oliver ne leur parle de ses enfants.

— Où vivent-ils ? s'enquiert Silver.

— Mes filles sont toutes installées dans l'Ouest. Et mon fils habite dans le New Jersey.

Jack hoche la tête et se lève.

— OK. Je t'y emmène.

Oliver le dévisage.

— Quoi, là, maintenant ?

— Un peu, mon neveu. Tout de suite, confirme-t-il en enfilant sa chemise. L'un de vous deux peut clamser d'une minute à l'autre. Je ne me sens plus du tout en sécurité, quand je traîne avec vous. C'est comme si je participais à une convention de la poisse. On se retrouve dans vingt minutes dans le hall, leur lance-t-il en se dirigeant vers le bâtiment.

Oliver et Silver le regardent s'éloigner.

— Au fond de lui, il pense chaque mot de ce qu'il vient de dire, observe Oliver.

Silver éclate de rire. Oliver l'imite. Dans le bassin, Sad Todd fait une autre bascule, repart en avant, et le monde fait de même.

Le fils d'Oliver, Tobey, vit à Long Branch, une ville côtière. Il leur faudra environ deux heures et demie de route pour y parvenir. C'est la journée idéale pour une virée en décapotable : le ciel est bleu et les récentes averses ont eu raison de l'humidité écrasante de l'air ; du coup, malgré la nature sinistre de leur mission, ils ne peuvent s'empêcher de la considérer comme une excursion. Casey les accompagne. Installée à l'arrière avec Silver, le visage offert au soleil, les yeux fermés, elle écoute de la musique sur son téléphone. Silver, coincé derrière le siège du conducteur, remonte les genoux, se cale confortablement contre le dossier et savoure les rafales de vent qui soufflent au ras du pare-brise et lui caressent le visage.

Lorsqu'ils arrivent à Long Branch, poussiéreux et sonnés, Oliver s'avère infichu de retrouver la maison de son fils. Le temps qu'il tente de rassembler ses souvenirs, ils tournicotent dans des rues résidentielles paisibles et bordées de grandes maisons sans prétention. Jack propose d'entrer l'adresse dans le GPS mais Oliver, catégorique, soutient qu'il est parfaitement capable de reconnaître la maison et paraît peu enclin à recourir à l'assistance des satellites, comme si celle-ci ne ferait que confirmer cet éloignement de dix ans avec son fils. Il finit par jeter l'éponge, et cherche l'adresse sur son téléphone, les traits creusés par le dépit.

Deux bifurcations plus tard, ils se garent devant une maison cossue, à laquelle on a ajouté une aile, et dont l'arrière-cour donne sur la mer, visible à environ quatre cents mètres. C'est une maison idyllique, presque factice dans sa perfection sans apprêt. Oliver, impressionné, laisse échapper un sifflement.

— Maison de style géorgien, restaurée, cinq chambres, trois salles de bains et demie, entièrement refaite, vue sur l'océan, débite Jack. Sacré patrimoine !

— Que fait ton fils ? s'enquiert Silver.

— Il écrit des livres pour enfants.

— Il doit être bon.

Oliver regarde par la vitre et se tasse dans son siège.

— Je crois que je vais être malade, annonce-t-il.

— Tu es malade, confirme Jack. C'est pour ça que nous sommes là.

— Je vais gerber, clarifie Oliver.

Il entrouvre sa portière et vomit sur le trottoir.

— Putain, Oliver, râle Jack en détournant le regard.

Casey se penche pour frictionner le dos d'Oliver, un geste que Silver trouve drôlement généreux compte tenu qu'elle connaît à peine cet homme, et il sent une boule grossir dans sa gorge.

— On n'aurait jamais dû venir, dit Oliver en se rasseyant bien droit et en essuyant ses lèvres avec une serviette qui traînait par terre. Je crois qu'on devrait repartir.

Casey tourne la tête vers Silver et, du regard, l'implore d'intervenir.

— Tu te fiches de nous ? fait Jack.

— Je suis désolé, dit Oliver, le teint encore un peu verdâtre. C'était une erreur.

— N'importe quoi ! s'écrie Silver.

Jack et Oliver, peu habitués à tant de certitude tonitruante de sa part, se retournent.

— Ce n'est pas une erreur. Les erreurs, elles ont déjà eu lieu, il y a des années. Nous les avons toutes faites. Et on n'a jamais cessé d'en payer le prix. Mais arrive un moment où l'on ne peut plus. Je ne sais pas ce qui s'est passé entre ton fils et toi. Mais quoi que tu lui aies fait, ça ne peut pas être pire que ce que j'ai fait à Casey…

— J'ai couché avec sa fiancée.

L'information cloue le bec à Silver. Elle leur cloue le bec à tous, même à ceux qui ne disaient rien.

— Merde, Oliver, lâche Jack. Silver se débrouillait comme un chef avec son discours de motivation, et toi, t'as rien trouvé de mieux que de tout foutre en l'air.

— Je suis désolé.

— Mon argument reste valable, reprend Silver. Tu ne peux pas laisser tes erreurs te pourrir la vie. Tu as déjà assez donné. Aucun gamin ne devrait couper les ponts avec son père. Et si ton fils s'obstine dans cette voie, alors c'est son problème à lui. Ton boulot de père, c'est de lui laisser le choix. Tu ne peux pas trancher à sa place.

Oliver considère longuement Silver, puis reporte son regard sur la maison.

— Il va sans doute me dire de dégager et d'aller au diable.

— Si c'est le cas, tu pourras rentrer chez toi en sachant que tu as essayé.

Oliver hoche lentement la tête, puis rouvre sa portière.

— Bonne chance, dit Casey.

Ils observent Oliver s'engager dans la longue allée sinueuse qui grimpe vers la maison.

— Il sait depuis un mois et demi qu'il a un cancer, et il ne nous a rien dit. Vous ne trouvez pas ça incroyable ? râle Jack. Qu'est-ce qui ne tourne pas rond, chez lui ?

— La même chose que chez vous tous, lui indique Casey en observant Oliver sonner à la porte.

— À savoir ? demande Jack en se retournant.

Mais Casey ne répond pas, préférant apparemment ne pas développer.

Une femme grande et mince, en tenue de gym, vient ouvrir. Un petit garçon se tient derrière elle. Oliver est un instant déstabilisé par la présence de l'enfant. Tandis que la femme lui parle, Oliver ne peut détacher les yeux de son petit-fils. Il adresse quelques mots au petit garçon qui répond, et Oliver hoche la tête d'un air sombre.

La femme jette un regard par-dessus l'épaule du visiteur, en direction de la voiture, où attendent Jack, Silver et Casey. Les trois lui sourient en agitant timidement la main. Elle leur répond – un signe encourageant ? – puis disparaît à l'intérieur de la maison, abandonnant Oliver à la porte avec son petit-fils. Un instant plus tard, un homme costaud, en bermuda et tee-shirt, les rejoint. C'est Tobey. L'air de famille est indéniable, jusqu'au tracé de leur calvitie. Père et fils se toisent, chacun prenant la mesure de l'autre. Comme sa femme, Tobey jette un coup œil par-dessus l'épaule d'Oliver, en direction de la voiture, et ses trois occupants lui font un signe. Tobey ne leur répond pas. Et là, Jack met le contact et démarre sur les chapeaux de roues. Silver et Casey sont projetés contre le dossier de la banquette.

— Jack ! hurle Silver. Qu'est-ce que tu fous ?

Tout en tentant de déguerpir du quartier, Jack crie, pour couvrir le bruit des accélérations :

— Il faudrait que son fils soit vraiment un gros con pour le foutre à la porte, maintenant qu'il n'a plus de moyen de locomotion.

Silver doit reconnaître que Jack n'a peut-être pas entièrement tort.

Jack localise le front de mer et parvient même à dénicher quelques couvertures dans son coffre. Silver achète des sandwiches et des sodas au kiosque, puis ils déjeunent en contemplant les rouleaux. Pour un jour de semaine, il y a foule sur la plage. Les gens commencent à sentir que l'été touche à sa fin. Silver observe Casey attacher négligemment ses cheveux en queue-de-cheval, visage offert au vent, et il éprouve ce coup au cœur d'amour mêlé de regrets auquel il est maintenant habitué. Il aurait été si simple de faire des trucs comme ça, songe-t-il ; l'emmener se balader en voiture, aller à la plage, au cinéma… N'importe quoi. Ce n'est pas comme s'il avait été occupé à sillonner la planète. Il était là, sur place, et pourtant aux abonnés absents.

Il s'allonge sur le dos, ferme les yeux et tente de chasser le dégoût qui vient de l'envahir.

— Ne meurs pas, l'avertit Jack.

— Je vais faire de mon mieux.

Plus tard, Silver et Casey vont marcher pieds nus le long du rivage, dos au soleil. Casey lance des miettes de pain aux mouettes qui volent bas, plongent pour virer de bord et les rattraper à la volée.

— J'ai recouché avec Jeremy, lâche-t-elle.

Silver tourne la tête, mais Casey garde les yeux rivés sur l'horizon. Elle guette sa réaction, sans le regarder. C'est bizarre qu'elle lui fasse cette confidence, mais en ce moment, n'est-ce pas leur relation tout entière qui est étrange ? Les vagues, en se brisant, lui semblent émousser les angles de leur conversation, et il a l'impression que le terrain est un peu moins glissant que d'habitude.

— Le soir de sa fête, avant que maman et toi débarquiez, poursuit Casey. Je suis allée là-bas pour lui parler du bébé, et au final, j'ai recouché avec lui.

— Je m'en suis douté, répond-il en se souvenant de la tête qu'elle faisait ce soir-là, en descendant l'escalier aux côtés de Jeremy. Pourquoi as-tu fait ça, d'après toi ?

Un instant, il craint que sa question ne résonne un peu trop comme celle d'un psy, mais la façon dont elle la soupèse lui prouve qu'il a eu raison de la poser.

— Parce que je voulais me sentir à nouveau comme une ado normale, je pense. Tu vois ? Je voulais ressentir ce que j'aurais éprouvé si je n'étais pas tombée enceinte, si on avait continué à sortir ensemble pendant quelque temps, une amourette de vacances, mon premier vrai petit copain.

— Je comprends.

— Pour ce qui est de l'amourette de vacances, j'ai bien foiré.

— Il y en aura plein d'autres.

— Plein ? Tu me prends pour une fille facile, c'est ça ?

— Tu sais pertinemment ce que je voulais dire.

Elle sourit.

— Tu crois que le fils d'Oliver va lui pardonner ? demande-t-elle.

— Je ne sais pas. Tout le monde n'est pas aussi indulgent que toi.

— C'est vrai.

— Merci, dit Silver. Merci de ne m'avoir jamais laissé tomber.

— Oh, mais je t'ai laissé tomber, dit-elle en lui prenant la main. C'est juste que je n'ai aucune suite dans les idées.

Il sourit et ils poursuivent leur promenade le long de la plage du pas paresseux de deux personnes qui n'ont rien de spécial à faire, ni de destination précise en tête.

Lorsqu'ils arrivent pour récupérer Oliver, ils le trouvent installé sous la véranda, son petit-fils assis sur les genoux, entre Tobey et un autre garçonnet, un peu plus grand.

— C'est plutôt bon signe, observe Jack.

Oliver se lève et repose son petit-fils à contrecœur. Il se tourne vers Tobey ; les deux hommes échangent quelques mots tendus ainsi qu'une poignée de main. Puis Oliver se risque timidement à toucher l'épaule de son fils. Le geste est emprunté, presque gauche, et Silver, par empathie, se crispe intérieurement. Il sait à quel point il faut que l'amour ait été malmené pour inspirer un tel contact.

Oliver s'accroupit pour serrer ses petits-fils dans ses bras. Le plus jeune se dégage pour lui planter un baiser sur la joue. Et la voix affectueuse et haut perchée du petit garçon porte jusqu'à la chaussée :

— Au revoir, grand-père.

Oliver se réinstalle dans la voiture et Jack démarre.

— Alors ? Comment ça s'est passé ?

— Il ne m'a pas jeté dehors.

— Un premier petit pas.

Oliver détourne le visage vers la vitre, tandis que les quartiers résidentiels cèdent le pas aux centres commerciaux, aux feux de circulation, puis à la quatre-voies à péage. Personne ne parle, tout le monde se détend dans le courant d'air bruyant tandis que Jack file sur l'autoroute. Seule, de temps à autre, une secousse discrète des épaules d'Oliver indique qu'il pleure en silence contre la vitre.

Alors qu'ils quittent le parking d'une aire de repos, à la sortie nord de Newark, Jack demande à Oliver si son fils sera présent le jour de l'intervention.

— Il n'est pas au courant de ce détail, répond Oliver.

— Tu as oublié de lui dire que tu allais passer sur le billard ? s'exclame Jack, incrédule.

— L'occasion ne s'est pas présentée.

— Et le cancer, il s'est présenté ?

— Je ne voulais pas le manipuler.

Jack freine si soudainement qu'ils sont tous projetés vers l'avant, puis il se tourne vers ses trois passagers, en se moquant pas mal d'être arrêté au beau milieu de la bretelle d'accès.

— Je tiens à ce qu'il soit consigné que j'aurais dit ceci : l'un comme l'autre, vous traitez votre maladie avec une ineptie confondante. Entre l'un qui ne veut pas s'emmerder à subir l'opération qui lui sauvera la vie, et l'autre qui cache son cancer à ses amis et à sa famille, franchement, c'est n'importe quoi. Putain !

Derrière eux, un klaxon retentit et une voiture les contourne rageusement. Jack se dresse sur ses pieds et déverse un tombereau d'injures sur l'automobiliste.

— Jack. Du calme.

— Ta gueule, Silver, riposte Jack avec hargne. Et va te faire foutre, avec ton aorte déchirée et tes petits monologues sentimentaux qui mettent tout le monde mal à l'aise.

— Jack…, tente Oliver tandis qu'une autre voiture klaxonne avant de les contourner elle aussi.

— Et toi pareil, Oliver. Va te faire foutre, enchaîne Jack, qui est lancé. Va te faire foutre, avec ton cancer du cul, tes secrets et tes platitudes de vieillard. Tu as cinquante-six ans, bordel ! Ressaisis-toi.

Son regard fait la navette entre ses deux amis, puis il se rassied et regarde droit devant lui, l'air grave.

— J'ai une ex-femme qui aimerait me voir mort, et un bâtard de huit ans qu'on a élevé dans l'idée que je suis l'antéchrist, reprend-il. Je n'ai pas de famille. C'est vous, ma fichue famille. Et, croyez-moi, je sais pertinemment à quel point c'est pathétique, mais c'est là que j'en suis. Alors j'en ai ras le bol de vous voir traiter la mort par-dessus la jambe. La mort est la dernière chose à traiter par-dessus la jambe, dans ce monde. Si tous les deux vous m'abandonnez ici, parce que vous êtes infoutus de prendre soin de vous comme des gens normaux, je mettrai un point d'honneur à aller chaque semaine sur vos tombes pour vous pisser dessus.

Il conclut par un hochement de tête emphatique, et redémarre.

— Je suis désolé, lâche-t-il, comme pris de remords.

— Ne le sois pas, répond Oliver.

— C'était une belle tirade, renchérit Silver.

— Tu trouves ? Je me disais que j'avais peut-être poussé le bouchon un peu loin, avec l'histoire d'aller pisser sur vos tombes.

— Nan, fait Silver. C'est pas grave.

— T'es sûr ?

— Ouais. T'étais bon.

— Parce qu'en réalité, c'était une sorte de métaphore, précise Jack.

Le ton qu'il a employé provoque chez Casey une crise de fou rire qui lui fait venir les larmes aux yeux et dure pendant presque un kilomètre.

CHAPITRE 49

Ce soir, tout paraît compliqué.

Pour commencer, Silver voit des étoiles. Pas des étoiles au sens propre, mais des scintillements, comme si l'air s'était revêtu de paillettes, si bien que, depuis son tabouret de bar, entre Jack et Oliver, tout clignote, dans la salle. Ensuite, il en est à son troisième bourbon sans glace.

Il n'a jamais été un buveur de bière. La bière, trouve-t-il, le rend trop léthargique. Il s'en tient donc au bourbon, toujours sec, mais il a appris, par expérience et à ses dépens, qu'après le troisième verre, il est temps d'allonger les suivants à l'eau. Pour l'instant, les trois petits verres de Noah's Mill lui procurent une sensation de bien-être, de léger flottement, comme si quelqu'un, dans la salle, procédait à des petits ajustements de gravité.

Donc, il y a ça.

Et puis aussi Lily qui, sur la petite scène de fortune dressée dans un coin, gratte sa guitare, perchée sur un tabouret. Elle chante une reprise acoustique et mélancolique de « We Belong », de Pat Benatar, que Silver trouve à la fois belle et un peu à côté de la plaque. Il est venu ici à son invitation, qu'elle lui a lancée dans la librairie, alors qu'il battait maladroitement en retraite.

— Demain soir, je chante au Dice. Je n'ai pas beaucoup de public. Vous devriez passer.

Il a été ému par la fausse désinvolture de son invitation, lancée de façon anodine, alors le voilà, plein d'espoir, et du coup, énervé contre lui-même. L'espoir n'a jamais été son allié.

Ce soir, la situation est en outre un peu périlleuse du fait que Miranda, la mère du bâtard de Jack, Emilio, sert au bar, et n'est visiblement pas ravie de la présence du géniteur. De tous les rades du monde, il fallait qu'elle bosse dans celui-là, songe Silver. Et Jack qui la fixe, les yeux au ras de sa chope, ne fait rien pour arrondir les angles.

Oliver les accompagne, moins pour offrir à Silver un soutien nullement superflu que par besoin de noyer son chagrin, ses espoirs et sa peur dans l'alcool puisque, aujourd'hui, il a affronté son fils qu'il n'avait plus revu depuis dix ans et fait la connaissance de ses petits-fils.

Sans compter Denise, qui se marie ce week-end. L'échéance flotte comme un symbole dans l'esprit de Silver. Il ne sait pas si ce mariage est la meilleure ou la pire chose qui puisse lui arriver, s'il va lui sauver la vie, ou le précipitera dans le gouffre.

Donc, ouais, ce soir, c'est compliqué.

Le temps fait des méandres. Il ralentit, puis accélère, sans rime ni raison. Lily termine la chanson de Pat Benatar et enchaîne avec une autre de Chrissie Hynde, mais soudain, celle-là aussi se termine alors que Silver ne se souvient pas de l'avoir entendue la chanter, et Lily attaque « She Talks to Angels », des Black Crowes – qui, inexplicablement, semble un passage obligé de chaque concert acoustique, dans tous les bars du pays – et cette fois, il distingue chaque note, il voit les accords flotter devant ses yeux, qui se parent de couleurs changeantes et clignotent dans l'air scintillant.

She never mentions the word addiction, in certain company[1].

Ce soir, elle a lâché ses cheveux. C'est la première fois qu'il la voit coiffée ainsi ; elle est discrètement maquillée, porte une robe et des bottes hautes. Silver est à ce point transporté qu'il prie Dieu lui-même ou quiconque passera par là de l'aider à trouver en lui des rudiments de conversation, et peut-être aussi à dénicher, dans quelque recoin en friche de sa personnalité, un soupçon de charme. Il ignore s'il en a jamais possédé, mais il devine que cela a pu être le cas, un jour – un poil, au moins.

She'll tell you she's an orphan, after you meet her family[2].

La voix de Lily, aiguë et douce, traverse tant bien que mal le bourdonnement métallique dans ses oreilles et pénètre en douceur dans sa tête. L'air qui scintille pare la scène d'un voile onirique. Oliver siffle cul sec un autre verre de Marker's, pendant que Jack maudit Miranda dans sa barbe.

— Tu as quelque chose à dire ? lui lance-t-elle avec une agressivité contenue.

Miranda n'est pas très grande, avec une peau café au lait. Elle a une plastique de rêve, une superbe crinière brune, et tout en se déplaçant derrière le comptoir avec grâce, elle esquive les

1. « Jamais elle ne prononce le mot addiction, en présence de certaines personnes. »

2. « Elle vous racontera qu'elle est orpheline, après vous avoir présenté ses parents. »

interminables et pitoyables tentatives de drague de ses clients, s'assurant des pourboires par son rire facile et le décolleté plongeant de son tee-shirt sans manches imprimé du nom du bar en lettres rose vif. On voit sans mal ce qui, chez elle, a bien pu captiver Jack.

— Non. Rien, répond Jack en abattant un pourboire excessif sur le comptoir. Une autre bière, s'il te plaît.

— Ce type t'emmerde ? lance une voix à quelques pas de là.

Toutes les têtes se tournent. Le type approche de la trentaine, ses cheveux sont gominés en arrière, comme dans les années 50, et, sous son tee-shirt moulant, épaules et biceps semblent ne faire qu'un.

— C'est la maman de mon petit, lui répond Jack.

Silver regarde Lily chanter, subjugué. C'est ridicule, tout cet amour, toute cette tendresse qu'il sent affluer en lui. Il se demande si cette sensation pourrait être le signe avant-coureur d'une nouvelle attaque, puis il se rappelle que Lily lui a fait cet effet-là dès la première fois qu'il l'a vue chanter dans la librairie, un an plus tôt. Il a suffisamment roulé sa bosse pour savoir que les hommes – du moins ceux comme lui – peuvent tomber amoureux de cette façon-là. Il discerne quelque chose en elle, dans son sourire en coin, dans cette habitude qu'elle a de rouvrir les yeux entre chaque couplet et de fixer le fond de la salle, dans l'hésitation pleine de douceur de sa voix, dans ses choix de chansons. Il la connaît sans la connaître.

— Mais boucle-la ! s'énerve Jack, bien que Silver soit presque certain que personne n'a parlé.

— Hé, du calme, s'entend-il rétorquer.

— Peter et Max, dit Oliver. (Ce sont les prénoms de ses petits-fils.) Max est le portrait craché de Tobey au même âge.

On dirait que les conversations se sont toutes emmêlées.

— J'essaie juste de te parler. (Jack)

— Vraiment, le portrait craché. (Oliver)

— Lâche-moi, Jack. Je ne rigole pas. (Miranda)

— Tobey fait plus vieux que je ne m'y attendais. Vous l'avez trouvé vieux ? (Oliver)

— Tu aimais bien rigoler avec moi, autrefois. (Jack)

— Tout doux, mec. (Silver)

Et pendant ce temps, la voix de Lily coule dans ses oreilles tandis qu'elle chante une chanson qui parle d'anges. Ce qui, pour une raison qu'il ne s'explique pas, lui va comme un gant.

— Ta gueule !

— Deux garçons. Ils sont mignons.

— Va te faire foutre.

— Rien à battre.

Silver n'arrive plus à suivre le fil des différentes conversations. Il a toujours été un petit buveur et les alcooliques lui ont souvent inspiré une admiration mélancolique. L'alcoolisme n'est pas à sa portée. Quand trois verres suffisent à vous soûler, ça laisse augurer le pire pour la suite. Dommage, car quels que soient les problèmes que peuvent rencontrer les alcooliques, aller au bout des choses n'en fait pas partie. Et à cet égard, il se sent inférieur.

Sur scène, Lily joue les premières mesures d'une mélodie qui lui rappelle vaguement quelque chose, et à laquelle elle a intégré une ligne de basse discrète et paresseuse. Ce n'est que lorsqu'elle commence à chanter qu'il reconnaît « Rest in Pieces ». Jamais il n'avait imaginé le morceau sous ce jour-là, et il est sidéré par l'élégance dépouillée qu'elle a réussi à instiller à cette chanson pop idiote qu'il a écrite. Cette élégance était-elle là depuis toujours, attendant d'être révélée, ou bien Lily a-t-elle imprégné la chanson de nuances qu'elle n'a jamais possédées ? Aux yeux de Silver, c'est une question capitale, aux multiples implications, mais il n'a plus les idées assez claires, il ne sait plus où il en est, il est trop pompette, trop amoureux, terrifié, fatigué, pour essayer de les démêler.

Lily se tait et se lève, saluée par des applaudissements enthousiastes. « Rest in Pieces » était le dernier morceau de son set. Qu'est-ce que cela signifie ? se demande Silver – si tant est que signification il y ait. Quand elle descend de scène avec sa guitare, il est là, qui l'attend. Elle ne semble pas surprise de sa présence, ce qu'il décide d'interpréter comme un signe positif.

— C'était très beau, dit-il.

Elle sourit en contemplant ses bottes.

— J'ai pensé que ça pourrait vous faire plaisir.

— Vous savez qui je suis, alors.

Sans trop comprendre pourquoi, il est un instant désarçonné par cette idée.

À la façon dont elle le regarde, elle semble penser qu'il plaisante, puis elle voit que ce n'est pas le cas.

— Vous êtes modeste, observe-t-elle. Je ne l'aurais jamais imaginé.

— Je ne suis pas certain d'être modeste.

— C'est exactement la réponse de quelqu'un qui l'est.

Il la regarde et la trouve belle, mais pas seulement physiquement. La vie l'a marquée mais ne l'a pas vaincue, ou alors à peine, et parce qu'elle l'a aussi dotée du sens de l'humour, elle sait en rire. L'avenir le dira. En outre, elle possède une bonté innée, qu'il voit émaner d'elle presque comme une couleur.

Elle est tellement mignonne.

— Vous semblez être une très bonne personne, dit-il.

— Vous n'avez pas beaucoup de tours dans votre manche, n'est-ce pas ?

— Non. Je crois qu'on peut le dire.

Elle croise son regard, le soutient, et il ne se dérobe pas. Cela leur réclame un effort à tous les deux et Silver sent monter une émotion forte. Entre eux, l'air chatoie comme après un coup de baguette magique. L'a-t-elle remarqué, elle aussi ? Il se passe quelque chose. Il existe des mots qu'il lui suffirait de prononcer pour qu'ils deviennent un peu plus que des inconnus. Silver donnerait tout pour les connaître. Et puis, ces mots lui viennent, et le sourire aux lèvres, il sait qu'il va les prononcer, qu'elle va les entendre, que plus rien ne sera comme avant.

Et c'est à ce moment-là que, sans crier gare, Jack se jette sur le musclor assis au bar, lui décoche un direct au foie et qu'éclate une altercation sans gravité.

Personne n'ayant envie de perdre son temps avec une énième rixe de bar à la noix, l'incident fait long feu. Si le type que Jack a cogné a pour lui la taille et la jeunesse, Jack a Silver dans son camp, qui s'interpose pour siffler la fin des hostilités mais qui, au final, encaisse un coup qui le déséquilibre, l'envoie dinguer contre le comptoir et lui fait voir trente-six chandelles. Suivent un échange nourri de cris, une bousculade puis, soudain, émerge du chaos le visage de Lily, qui plane au-dessus du sien, une ébauche de sourire ironique au coin des lèvres.

— Ça n'a pas fait un pli, observe-t-elle.

— C'est à ça qu'on reconnaît les vrais champions.

Elle éclate d'un rire adorable tandis que Silver la contemple d'une façon qui lui vaut un regard interloqué.

— Qu'y a-t-il ? demande-t-elle.

— Je veux vous embrasser.

Elle sourit.

— Le moment semble assez mal choisi.

Il a vaguement conscience que derrière eux, Jack éructe un chapelet d'insultes tandis que la direction du bar l'expulse *manu militari*.

— Il semblera bien choisi après coup, argumente Silver. Lorsqu'on racontera l'histoire.

— Il y aura une histoire, donc ? Ce doit être un sacré baiser que vous avez en tête.

— Ce pourrait être mon dernier.

— Pourquoi ? Vous allez mourir ?

— Ce n'est pas exclu. Ce n'est pas encore très clair.

Elle le regarde, le regarde vraiment, en essayant de comprendre ce que lui-même ne comprend pas, et une fois de plus, la sincérité sans fard de la jeune fille le terrasse.

— En ce cas, je suppose que vous y avez droit, dit-elle.

Elle lui tend la main. Il se relève. La salle autour de lui tangue un instant, avant de se stabiliser. Il contemple Lily. Elle sait ce qu'est la solitude. Il le voit, comme seul le peut quelqu'un qui l'a aussi connue, à cette imperceptible crispation dans son expression, due à de nombreux repas et séances de ciné en solitaire, à trop de temps consacré à de vaines introspections, à regretter un passé impossible à défaire. C'est quelqu'un qui est prêt à être aimé, pense-t-il.

— Je vous aime bien, dit-il.

— C'est votre problème, répond-elle.

— Vous n'imaginez pas à quel point.

Il l'attire vers lui comme on le fait quand on est sûr de soi et il l'embrasse sur la bouche. Lily lui abandonne ses lèvres dans ce qui ressemble à la fois à une reddition et à une conquête, et Silver est envahi d'un désir plein de tendresse qu'il n'a plus ressenti depuis des années. Quand le baiser se termine, la salle tangue un peu, se stabilise.

Et il l'embrasse à nouveau.

Il a aimé une fille, autrefois ; sans raison particulière, juste une foule de petites raisons rassemblées à la va-vite. N'est-ce pas ça, l'amour, de toute façon ? L'addition d'un million de détails intangibles qui se sont trouvés réunis au bon moment ? C'est du même ordre que la conception. Ou l'Univers. Il est tombé amoureux d'elle avant de lui avoir adressé la parole, ce qui est moins romantique qu'il n'y paraît, car aimer de loin vient naturellement à certaines personnes. Et lorsqu'ils ont fait connaissance et qu'elle lui a souri, dans l'air qui chatoyait, il a ressenti un coup au cœur. Il l'a ramenée chez lui – leur destination n'ayant pas donné lieu à une discussion préalable, elle s'était comme imposée d'elle-même – et le rapport sexuel a été essentiellement sexuel : excitant, intime et bizarre. Ces choses-là exigent du temps. Une fois cette formalité accomplie, ils sont restés allongés et ont discuté à voix basse, confessant tous les péchés qui leur venaient à l'esprit, s'absolvant réciproquement comme seuls peuvent le faire de quasi-étrangers. Au matin, elle s'est rhabillée, et quand il l'a embrassée pour lui dire au revoir, l'idée qu'ils demeuraient, en fait, des étrangers l'un pour l'autre et que même si sa vie en avait dépendu, il n'aurait su comment les faire passer de ce statut à un autre, l'a bouleversé. La perspective de bâtir une relation à partir de rien lui a semblé une entreprise vaste et complexe, d'emblée épuisante. Et pourtant...

En dépit de l'étrangeté de cet instant, des efforts qu'il fallait déployer pour parler de tout et de rien à la lumière crue du jour, du départ précipité de la fille et du désir qu'il avait de rester seul avec ses peurs – en dépit de tout cela, il a ressenti quelque chose qu'il n'avait plus ressenti depuis des années, une énergie qui le réchauffait en se répandant dans sa poitrine, puis dans son corps tout entier. Il pourrait, lui a-t-il semblé, aimer cette fille pour toujours comme ne jamais plus la revoir, mais cette énergie était la preuve irréfutable, qui n'avait que trop tardé, qu'il restait encore du carburant dans ce cœur meurtri et déglingué.

CHAPITRE 50

Sad Todd rentre chez lui.

Ils sont tous assis dans le hall, Silver, Jack et Oliver, tandis que Todd, entre deux allées et venues, surveille les deux déménageurs qui chargent ses possessions dans le petit fourgon garé dans l'allée. Quelques autres pensionnaires sont descendus assister aux opérations. L'heure est au cynisme, et à la stupeur.

Réconciliation. Le rêve impossible.

— Alors comme ça, elle le reprend, dit Jack.

— Ça arrive, remarque Oliver.

— Pas parce qu'elle a besoin d'un mari. C'est du renfort, qu'il lui faut. Vous avez vu les mioches, non ?

— Peut-être qu'il lui manquait, hasarde Silver.

Jack le dévisage, en haussant très haut les sourcils.

— Toi, tu n'y vois plus clair parce que tu t'es envoyé en l'air hier soir.

Silver sourit. Que répondre à ça ? Chaque fois qu'il ferme les yeux, il revoit le sourire de Lily, sent son odeur, le parfum de sa peau sur ses lèvres.

— Et toi, tu t'es fait botter le cul.

Jack arbore une vilaine estafilade sous un œil, et un bandage lui enveloppe la main au niveau des articulations.

— Ouais, et j'ai rendu coup pour coup.

— C'était comment, avec cette fille ? s'enquiert Oliver.

— C'était bien.

Silver répugne à admettre, même en lui-même, qu'il ignore à quel point c'était bien. Quoi qu'il se soit passé, c'était mieux que le désert de ces sept dernières années.

Sad Todd traverse le hall en poussant un chariot sur lequel trône du matériel informatique. Silver se représente le bureau que Sad Todd va réinvestir, il devine le vent de renouveau qui va souffler dans cette maison et il s'en réjouit pour cet homme.

— Il sera de retour dans moins d'un an, prophétise Jack.

— Ta gueule, Jack, lâche Oliver. Laissons-le profiter de ce moment.

— J'imagine qu'on ne peut plus l'appeler Sad Todd, observe Silver.

Le chargement terminé, une poignée d'hommes se rassemblent pour faire leurs adieux. Silver, Jack et Oliver se joignent à eux, serrent la main de Todd, lui souhaitent le meilleur. « On reste en contact », dit Todd. Puis, sans un dernier regard pour le hall, sans s'accorder une pause nostalgique ni une dernière respiration dans ce triste environnement, il gagne l'allée, démarre le moteur et s'en va.

Sad Todd a quitté le Versailles. Ils ne le reverront jamais. Et en moins de deux, plus personne ne se souviendra de lui. La vie engloutit ainsi les gens.

CHAPITRE 51

Les choses commencent à s'accélérer. Il perd la notion du temps. Les vertiges deviennent plus fréquents et, parfois, il se retrouve au milieu d'une pièce, ou d'une conversation, sans savoir comment il est arrivé là. Il sait que c'est lié à l'afflux de sang dans son cerveau, aux petits caillots dans son aorte, qui se détachent et, telles des balles microscopiques, partent bombarder son cerveau, y laissant des traces d'impact semblables à celles que l'on retrouve sur la façade d'un immeuble après une fusillade.

À un moment donné, il est en train de dire au revoir à Lily, et l'instant d'après, il se retrouve dans le hall du Versailles à assister au départ de Sad Todd redevenu Todd tout court. Ensuite, il passe sous la douche, et le voilà maintenant, qui dîne avec Casey chez Carlucci, un restaurant italien familial, à quelques blocs de sa résidence. Il ne se souvient pas d'avoir réservé de table, ni marché jusque-là, pourtant, ils sont bien là, en train de terminer leur potage. Minestrone pour lui, soupe de poireaux-pommes de terre pour elle. Casey vient de se faire un brushing, et sa beauté lui brise le cœur.

— Alors, papa.

— Oui.

— Cette fille. La chanteuse ?
— Lily.
— Lily. Comment ça s'est passé ?
— Difficile à dire.
— Tu vas la revoir ?
— Je l'espère.
— Tiens-moi au courant de l'évolution de la situation.
— Compte sur moi.

Casey se cale contre le dossier de sa chaise et le dévisage.

— Tu sembles triste.
— Je ne le suis pas.
— Tu te sens comment, alors ?
— En attente, répond-il après réflexion.

De quoi ?

— Qu'attends-tu ?
— De ce que me réserve la suite.

Casey remplit sa cuillère de soupe, songeuse. Manifestement, elle hésite à parler.

—Tu sais, il y a des gens qui n'attendent pas ce que leur réserve la suite. Ils décident de ce qu'elle doit leur réserver et font en sorte que ça arrive.

Silver sourit d'un air triste. Il lui vient à l'esprit que ce qu'il a échoué à transmettre par sa sagesse, il l'a peut-être transmis par sa stupidité.

— Tu as raison, convient-il. Je pense que les choses auraient tourné différemment si j'avais été de ceux-là.
— Je suis exactement comme toi.
— Tu ne me ressembles pas du tout.
— Si, je t'assure. Je passe mon temps à attendre que l'univers décide pour moi, et le problème, c'est que l'univers à mieux à faire.
— Quand es-tu devenue si intelligente ?

Elle hausse les épaules.

— Foyer brisé. C'est une bonne école.

Il y a quelque chose qui cloche dans cette soupe. Il avale quelques cuillerées de plus, en se concentrant, et il lui faut une bonne minute pour cerner le problème. Le minestrone n'a aucun goût. Il tend le bras pour prélever un peu du potage de Casey. Lui vole un croûton aillé, le croque. Rien. Il ne sent rien.

— Que se passe-t-il ? demande Casey, paniquée.

— Rien, fait-il en secouant la tête.

Il se meurt. À petit feu. Le processus est à l'œuvre à l'intérieur de lui, il le sent. Bribe par bribe, son corps commence à jeter l'éponge.

— Papa ?

Désormais, elle l'appelle papa le plus naturellement du monde. Et cela ne manque jamais de lui nouer la gorge.

— Oui, ma puce ?

— Tu vas répondre ?

— À quoi ?

— À ton téléphone. Il sonne.

C'est très rare qu'il trimballe son téléphone, qui ne sonne presque jamais. Il le sort de sa poche. Effectivement, il sonne sur une fréquence proche du sifflement dans ses oreilles, raison pour laquelle il ne l'a pas entendu. Il regarde l'écran, où s'affiche un numéro qu'il ne connaît pas.

— Tu ne vas pas décrocher ?

— Je ne sais pas qui c'est.

— Tu appuies sur le bouton et tu le sauras.

Silver hoche la tête et décroche.

— Allô ?

— Je t'aime bien, moi aussi, dit Lily.

Un peu plus tard, il est à l'hôpital, dans une petite salle, en compagnie de Jack et Oliver. Oliver est installé sur un fauteuil en cuir à dossier inclinable. L'aiguille de l'intraveineuse plantée dans son bras délivre la dernière salve de son traitement par chimiothérapie.

— Je n'en reviens toujours pas que tu sois venu ici pendant tout ce temps sans nous, radote Jack.

— Sad Jack déteste être tenu à l'écart, plaisante Oliver avec un clin d'œil à Silver.

— Va te faire foutre, le Cancéreux, riposte Jack.

Depuis le départ de Sad Todd, ils le surnomment Sad Jack et cela le rend fou.

— À quand l'opération ? demande Silver.

— La semaine prochaine. Tu sais, poursuit Oliver, si tu programmais la tienne en même temps, on pourrait se prendre une grande chambre, là-haut, pour notre convalescence.

Jack et Oliver fixent Silver, l'air d'attendre sa réponse, mais il n'est pas prêt à aborder le sujet.

— Denise se marie ce soir, dit-il.

— Oh merde, lâche Jack.

— Le remariage d'une ex-épouse est toujours traumatisant, compatit Oliver.

— Même celui de ta troisième ex-épouse ?

— Va te faire foutre, Sad Jack.

— Continue de m'appeler comme ça, et je souffle dans ton cathéter.

— Tu vas à la noce ? demande Oliver.

— Non.

— Pourquoi ?

— Comment ça, pourquoi ? s'énerve Jack. Tu as assisté au mariage de tes multiples ex, toi ?

— Non, parce qu'elles me haïssaient toutes.

— On a dû mal à comprendre pourquoi.

— Je ne suis pas invité, dit Silver.

Ses amis le regardent de telle sorte qu'il a l'impression de s'être dévoilé plus qu'il n'en avait l'intention.

— Il y a plein de bonnes raisons de se tenir à l'écart du remariage de ton ex-femme, dit Jack. Mais celle-là n'en fait pas partie.

Oliver opine d'un air pénétré de sagesse.

— Sad Jack a raison.

— Sad Jack va te coller ta poche de chimio dans le cul et te faire chier des braises.

Silver éclate de rire. Il éprouve un élan de tendresse pour ces deux hommes qui lui ont tenu compagnie tout au long de ces années de solitude.

Il y a un bruit derrière eux, quelqu'un se racle la gorge. Ils se retournent et découvrent le fils d'Oliver, Tobey, sur le pas de la porte.

— Salut, dit Tobey. J'espère que je ne dérange pas.

Silver et Jack n'ont jamais vu pareille expression sur le visage d'Oliver. Il ouvre la bouche pour dire quelque chose, mais rien n'en sort.

Un peu plus tard, quand Silver pousse la porte de son appartement, son père est là, qui l'attend, vêtu de son plus beau costume.

— Allez, va t'habiller, dit Ruben.

— Pour ?

— Le mariage. Je ne peux pas être en retard.

— Je ne vais pas au mariage.

— Bien sûr que si. Un événement de chaque cycle de la vie. Tu étais d'accord.

— Je ne suis pas invité, papa.

— Ça n'a jamais été un problème jusque-là.

— Cette fois, c'est différent.

— Pas du tout, réplique Ruben en prenant appui contre le chambranle. Au contraire même, elle sera heureuse de te voir.

— Je pense que la psychologie féminine et toi, ça fait deux.

— Dit le divorcé à l'homme qui va bientôt fêter ses noces d'or.

Silver ne peut retenir un sourire.

— Cela prouve juste que tu comprends une seule femme.

— Ce qui fait déjà une de plus que toi. Alors, enfile ton smoking ridicule, et on y va. Je bosse, moi.

Le voilà donc devant Renni, un grand restaurant avec patio, loué pour l'occasion. Silver aperçoit à travers les fenêtres les invités qui grouillent à l'intérieur. Casey apparaît sur le seuil, vêtue d'une robe longue couleur rouille et perchée sur des talons, si femme déjà que quand il la reconnaît enfin, Silver est bien obligé de se sentir vieux.

— Tu es là ! s'exclame-t-elle avec ravissement.

Elle lui prend le bras pour l'entraîner à l'intérieur, mais il freine des quatre fers.

— Je ne sais pas si c'est une bonne idée.

Elle se tourne vers lui et lui plante un baiser sur la joue.

— Moi, je sais.

CHAPITRE 52

Un cocktail précède la cérémonie. Rich, en habit et nœud papillon blanc, se trouve près du bar en compagnie de plusieurs invités. Silver l'observe en train de plaisanter avec ses amis. Tous des médecins, suppose-t-il – mais ce n'est qu'une supposition. Certains sont peut-être banquiers, gestionnaires de fonds d'investissement, chefs d'entreprise. Une chose est sûre, en revanche : ils sont tous tirés à quatre épingles dans leur smoking coupé à la perfection. Instinctivement, Silver bifurque dans la direction opposée.

— Où vas-tu ? demande Casey.

— Je ne pense pas qu'il ait envie de me voir.

Cependant, Rich l'aperçoit et même si, incontestablement, la bonne humeur a déserté son visage, il ne semble pas pour autant excédé. Il prie ses partenaires de golf de l'excuser – Silver ignore si ces types jouent au golf, mais c'est l'idée qu'il se fait d'eux – et traverse la salle pour rejoindre Silver et Casey.

— OK, dit Silver. Reste calme.

— Je suis calme.

— Je me parlais à moi-même.

— C'est bon, papa. Il ne va pas remettre ça le jour de son mariage.

— Je fais soixante à soixante-dix mariages par an. Crois-moi, j'en ai vu quelques-uns partir en sucette.

Casey lui prend le bras.

— Je suis là, je te protège. Essaie juste de ne pas dire de conneries.

— Tu me connais ?

Casey éclate de rire au moment où Rich approche d'eux, avec son verre de whisky.

— Salut, ma puce, dit-il en embrassant Casey. Tu es superbe.

— Merci merci.

— Félicitations, Rich, fait Silver en lui tendant la main.

Rich hésite avant de la serrer, juste ce qu'il faut pour le rendre nerveux.

— Comment va ton nez ?

— Ça va. Et ta main ?

— Bien.

Rich se tourne vers Casey.

— Je suis sûr que ta mère aimerait que tu l'aides à se préparer.

Casey hésite.

— On ira voir ensemble où elle en est dans cinq minutes.

— C'est bon, ma puce, insiste Rich en souriant. Tout va bien se passer entre Silver et moi, n'est-ce pas, Silver ?

— Si tu le dis.

Casey semble déchirée mais hoche finalement la tête.

— D'accord. Mais vous vous tenez bien, tous les deux ? Pas de drame.

— Pas de drame, promet Rich.

Après un dernier regard inquiet en direction de son père, Casey s'éclipse et Silver se tourne vers Rich.

— Bon, je vais te laisser à tes invités.

— Tu en fais partie. Tu n'étais pas invité à proprement parler, mais cela ne veut pas dire que je ne m'attendais pas à te voir.

— Si tu ne veux pas de moi, je peux m'en aller.

— Je ne veux pas de toi. Quel homme sain d'esprit voudrait te voir ici ? Mais Casey tient à ta présence. Et certes, c'est ta fille, mais c'est aussi un peu la mienne, et ce n'est pas moi qui la décevrai.

— Tu es bien meilleur que moi, souligne Silver. Elles ont toutes les deux de la chance de t'avoir.

— Je ne te le fais pas dire, renchérit Rich, avec plus de hargne qu'il n'en avait l'intention. (Il inspire et se reprend.) Le truc, Silver, c'est que je peux passer outre à votre dérapage, à Denise et à toi – une ultime impulsion, dans un élan de folie… Elle se marie, tu es peut-être mourant. Je suis conscient qu'il y a une kyrielle de problèmes irrésolus, qui existaient bien avant que je n'entre dans le paysage. Ça ne me plaît pas – crois-moi, ça ne me plaît pas –, mais je ne peux rien y changer, et je suis assez intelligent pour le savoir.

Silver opine. Rich se penche et le fixe droit dans les yeux.

— Maintenant, à ton tour de faire preuve d'intelligence. Je sais bien que cela va à l'encontre de ton *modus operandi*, mais tu dois faire la part des choses et reconnaître qu'il y en a certaines justement que tu ne peux pas changer.

— Je les connais.

— Tu en es sûr ?

— Ouais. Et je sais que c'est un peu tard pour ça, mais je suis extrêmement désolé pour tous les problèmes que j'ai causés.

Rich le dévisage en prenant son temps, puis boit une longue rasade de whisky.

— Je t'aimais bien, Silver. Je ne sais pas pourquoi, ce n'est plus le cas aujourd'hui. Mais à propos de ce que tu peux ou non changer, tu dois subir cette opération. Je ne vais pas te supplier. Mais sache que quoi que tu aies perdu, tu as encore une famille.

— Merci, Rich. Et j'espère que Denise et toi serez très heureux ensemble. Vous le méritez, tous les deux.

Rich scrute le visage de Silver, en quête d'une trace de sarcasme. N'en décelant aucune, il hoche la tête et se fend d'un petit sourire.

— Merci.

— Merci à toi d'être si compréhensif et de me laisser m'incruster à ton mariage.

— Remercie plutôt le cocktail Xanax-whisky, réplique Rich en reculant d'un pas et en levant son verre. Je peux te demander un service ?

— Bien sûr.

— Ne gâche pas mon mariage.

— C'est promis, l'assure Silver avec un sourire.

— Je suis sérieux, vieux. Tiens-toi à carreau.

La cérémonie a lieu dans le jardin. Les invités prennent place sur les chaises disposées face à la *houppa*, qui repose sur quatre colonnes décorées de guirlandes de roses. Silver s'assied dans les derniers rangs, à côté de sa mère. Il transpire et a l'impression qu'on ne voit que lui.

— Respire, lui souffle Elaine.

Le Scott Key Orchestra est à la manœuvre. Silver les a croisés pendant le cocktail, et il adresse un coucou à Baptiste, enrôlé dans la formation réduite qui joue l'hymne processionnel. La musique commence et, comme toujours, Baptiste salue Silver d'un bref riff de basse. Il l'en remercie d'un signe de tête.

Les musiciens jouent « Wonderful Tonight », de Clapton, un choix certes à l'eau de rose, mais infaillible. Casey remonte l'allée avec une allure qui fait monter les larmes aux yeux de son père. Elle se tourne vers lui et lui lance un sourire malicieux. Elle s'en sortira, se rassure Silver.

— Respire, chuchote à nouveau Elaine.

— C'est ce que je fais, répond-il si fort qu'elle doit l'inviter à se taire.

Rich, devant l'autel, accueille Casey avec une accolade et un baiser. Silver éprouve, tout à la fois, de la jalousie, de la gratitude et une honte qui lui met le rouge au front. Il a échoué, comme mari et comme père, et cet homme, bien meilleur que lui, a pris le relais et réparé les dégâts. Pendant qu'il est noyé sous cette lame de honte et de regrets, tous les invités se lèvent tandis que Denise apparaît, lumineuse dans sa robe blanche. Ses cheveux crêpés encadrent son visage de boucles luxuriantes, inhabituelles ; ses yeux, son sourire sont immenses. Silver distingue, sous le maquillage, l'ombre discrète de l'hématome provoqué par le choc de la porte, qui semble appartenir à une autre vie. Elle s'avance dans l'allée. La dernière fois que Silver l'a vue revêtue de cette robe, quelques jours plus tôt à peine, elle est tombée dans ses bras, et il a caressé des idées absurdes de réconciliation, il a cru pouvoir ravaler les sept dernières années au rang de mauvais rêve. Maintenant, en contemplant le bonheur et la détermination qui se lisent sur son visage, il comprend qu'un tel retour en arrière n'a jamais été une option. Le pardon est certes réconfortant, mais il n'est pas en mesure de nous rendre ce qu'on a perdu.

Quand Denise passe à son niveau, Silver tente de s'effacer, de se conférer une forme d'invisibilité, mais quelque chose incite la mariée à s'arrêter et à se tourner vers lui. Leurs regards se croisent et Silver sent ses jambes flageoler. Denise le dévisage pendant ce qui lui semble être une éternité, puis, déviant de sa route, se dirige carrément vers lui, en se faufilant entre les rangées de chaises. Le rêve devient réalité, songe-t-il dans un instant d'égarement. Ses voisins se reculent pour laisser le passage à Denise, des pieds de chaises raclent bruyamment les dalles de la cour et des murmures se propagent dans l'assistance.

Son ex-mari.

Je ne sais pas, il n'était pas invité.

The Bent Daisies. Le batteur.

Silver.

Denise est parvenue à sa hauteur. En cet instant, bien qu'il soit tout à fait conscient de la situation, il se demande si elle va lui proposer de s'enfuir avec lui.

Elle sourit et lui pose les mains sur les épaules.

— Silver.

— Tu es magnifique.

Son sourire redouble d'éclat en même temps que ses yeux s'embuent. Elle l'attire contre elle et le serre dans ses bras. Il savoure une dernière fois la sensation de sa peau sous ses doigts.

— J'ai besoin que tu restes en vie, lui chuchote-t-elle, alors même qu'il sent des choses mourir à l'intérieur de lui.

Et puis, Denise se retrouve dans l'allée sans même qu'il se souvienne de l'avoir lâchée. Ensuite, son père psalmodie une bénédiction, les époux échangent les alliances, Rich écrase le verre, embrasse sa femme sous les applaudissements et les cris de joie des invités. Denise est mariée. Et même si rien n'a changé, ou si peu, il lui semble qu'il l'a perdue à jamais, une fois de plus.

La réception bat son plein. La famille, rassemblée sur la piste, se livre à une *hora* endiablée et accompagnée de beaucoup de transpiration. Silver les observe faire la ronde en se tenant par les mains, hilares : Denise, Rich, Casey et les deux sœurs de Rich, deux asperges qu'on pourrait, dans le meilleur des cas, qualifier de belles plantes ; les parents de Rich, étonnamment petits compte tenu de la taille imposante de leur progéniture ; l'oncle Leo de Denise, qui a passé sa vie à ne pas sourire et s'en tire sans une ride ; Ruben et Elaine, nullement perturbés, à ce qu'il semble, de fêter le remariage de leur ex-belle-fille. Surtout Ruben qui, les yeux clos, le visage tourné vers le ciel et éclairé d'un sourire presque voluptueux, participe à la ronde entre Elaine et Casey.

Casey lâche momentanément la main de son grand-père et accourt vers Silver.

— Viens, papa.

Elle m'a appelé papa.

— Je crois que je vais faire l'impasse sur celle-là, dit-il.

Pourtant, Casey est déjà en train de le tirer de force de sa chaise ; ils fendent le rideau de spectateurs qui tapent en rythme dans leurs mains et rejoignent la ronde au centre de la piste. C'est la mariée qui rompt le rang pour l'accueillir. Puis il se lance dans la danse en tenant la main de Denise d'un côté et celle de Casey de l'autre. Dansons sur la bouche du volcan, songe-t-il. Denise lui sourit, l'air béat, et serre fort sa main. Il est heureux pour elle, même si la vue de son bonheur lui fait des bleus à l'âme.

La ronde tourne, tourne, de plus en plus vite, tandis que l'orchestre impose une cadence toujours plus endiablée. Pourtant, Silver a la sensation que tout ralentit. Il est conscient de la présence de Casey, de ses doigts qui serrent les siens, de son rire tandis qu'elle s'efforce de garder le rythme sans s'emmêler les pieds dans la débauche de tissu de sa robe. Il la revoit, petite fille, égrenant un rire aigu de délectation quand, en lui tenant les mains, il la faisait tourner. Aujourd'hui, ils sont plus vieux, plus tristes, mais continuent de tourner.

Silver voit l'orchestre, qui joue ce curieux hybride entre une *hora* juive traditionnelle et une mélodie jazz ; il voit Baptiste, dont la brève heure de gloire est loin derrière, comme pour lui. La vie de Baptiste, après la séparation du groupe, a-t-elle été semblable à la sienne ? Ils n'en ont jamais vraiment parlé. Il voit Dana, flanquée d'une seconde choriste qu'il ne connaît pas, et il se souvient de ses orteils qui se recroquevillaient sous son édredon, lors de cette dernière nuit, triste et chaste, qu'ils ont passée ensemble.

Il voit son père et sa mère, qui le regardent, et il lit dans leurs yeux combien leur amour pour lui est mêlé d'inquiétude, d'incompréhension face à cet homme qu'il est devenu. Il voudrait leur dire à quel point il leur est reconnaissant, et les assurer que rien de tout ça n'est leur faute. Il devrait le leur dire – il le leur dira dès que la danse sera terminée. Ils ont fait tout ce qu'il fallait, mais ça n'a servi à rien, lui a tout fait de travers. Mais Casey, elle, s'en sortira bien.

Il voit Rich, et la transpiration qui perle sur son front, là où son implantation capillaire amorce un repli plus agressif. D'ici quelques années, il sera chauve mais sa calvitie lui conférera un surcroît de séduction, de dignité. Silver a toujours réservé un mépris silencieux aux hommes tels que Rich – collet monté, sincères, pas compliqués. Comblés. Et maintenant, il donnerait n'importe quoi pour être comme eux. Lui, il s'est laissé aveugler par le flamboiement d'une gloire accidentelle, éphémère, et depuis, il voit des taches noires.

Silver les regarde, tous et toutes, tandis qu'il tourne avec la ronde et martèle le sol, le visage ruisselant de transpiration. Et puis il lâche les mains de Denise et de Casey, et le voilà au centre du cercle, en train de tournoyer à contresens, comme un rouage à l'intérieur de la roue. Il tourne sur lui-même, il transpire, il rit, il pleure. Il sent l'amour qui l'entoure, il sent tous ceux qui font partie de sa vie flotter autour de lui comme une brume, il sent le chagrin et les regrets qui s'écrasent sur lui comme des vagues. Il tourne. De plus en plus vite, et ses pieds continuent à suivre la cadence, les demi-temps, les quarts, et les huitièmes. Il pose ses mains sur sa taille, puis plus haut, puis il les lève les bras au-dessus de sa tête. Il a vaguement conscience qu'autour de lui on tape dans les mains, qu'on lui lance des encouragements et des sifflements admiratifs tandis qu'il tourne, les yeux fermés, et que les lumières lui font l'effet de flashs qui transpercent ses paupières. Il se souvient qu'un jour, à l'époque où il était lycéen, il était allé au planétarium voir un spectacle de lumières laser sur de la musique rock. Pink Floyd, Led Zeppelin. Il avait fumé un joint en douce, et il planait sous le plafond parcouru d'explosion de lumières. Il y avait une fille. Il lui tenait la main. Il ne se rappelle pas qui elle était, mais il croit se souvenir de son sourire étincelant, du parfum de son shampoing quand ils étaient tête contre tête, et de l'érection qu'il avait habilement dissimulée sous sa chemise jusqu'à ce que la marijuana ait calmé le jeu.

Silver tourne sur lui-même, et il voit sa vie, dans son intégralité, comme mise à plat autour de lui ; tout est là, la joie et la peine, la colère, la concupiscence, l'amour, la chanson, le sexe, les regrets. Il voit tous les endroits où il aurait dû bifurquer à droite plutôt qu'à gauche, ceux où il aurait dû s'arrêter au lieu de continuer à avancer, et le prix qu'il a payé pour ces fourvoiements. Un sanglot le secoue, il rouvre les yeux. Il voit le plafond décoré, cette fresque qui tout en haut tourne, tourne, et lui donne le vertige. Et c'est là qu'il la remarque : une trace d'enduit de rebouchage, juste à côté de la fixation du lustre, dont la surface grossièrement poncée lui rappelle le plafond de sa chambre d'enfant. Silver se souvient de Dieu et il se surprend à lui offrir une prière éclair, mais qui vient du fond du cœur et, à partir de là, tout dégénère. Il ferme les yeux, renonce à lutter contre le bourdonnement continu dans ses oreilles qui, enfle, enfle et atteint un niveau de décibels insoutenable, avant que tout devienne noir.

CHAPITRE 53

Quand il rouvre les yeux, il se trouve dans une chambre d'hôtel. La pièce est plongée dans la pénombre ; les premières lueurs de l'aube se faufilent par la fenêtre. Il se frotte les yeux et devine les premiers élancements annonciateurs de la gueule de bois. Il a fait des rêves échevelés, intenses, qui commencent à peine à se dissiper. Il se retourne sur le côté et observe la femme endormie à côté de lui. Denise. Le mariage. Tout lui revient, maintenant. Il sourit.

Elle bouge. Son bras émerge de sous la couette, s'agite jusqu'à ce que la main trouve sa poitrine, où elle se pose. Silver savoure la tiédeur de ce contact tout en se remémorant la soirée. Le mariage du cousin Bruce. Elle était la demoiselle d'honneur un peu triste. Ils ont dansé, ri, puis ils sont montés dans cette chambre, où la suite a largement dépassé ses espérances. Maintenant qu'elle est endormie à côté de lui, il a l'occasion d'étudier son visage. Elle est plus jolie que dans son souvenir, fait rare dans ce genre de circonstances. Quelque chose lui a plu, chez elle : elle était spirituelle, chaleureuse. Il lui caresse le dos du bout des doigts. Il aime sa peau chaude et si douce. Il recommence. Denise laisse échapper un petit bruit, comme un ronronnement, roule contre lui et se love dans ses bras au creux de son corps.

— Silver, murmure-t-elle.

— Oui.

— Tiens-moi chaud.

Le ton de sa requête l'émeut terriblement. Il l'enlace, dos contre torse, pose les lèvres sur son épaule, écoute sa respiration, lente, superficielle et décide que c'est exactement ce qu'il va faire.

CHAPITRE 54

Quand il rouvre les yeux, il est allongé sur un canapé, dans le petit bureau du restaurant, et Rich est en train de lui prendre le pouls.

— Tout va bien, dit-il.

Rich secoue la tête, en essayant de contenir sa colère. Ou son agacement.

— Non, Silver, tout ne va pas bien.

Silver s'assied pour lui prouver qu'il se trompe, ou se prouver à lui-même qu'il peut encore s'asseoir. Il est aussitôt pris de vertige, à deux doigts de se rallonger, mais il lutte et tient bon.

— Où est Denise ?

— Dehors. À son mariage, tu te souviens ?

— Je suis désolé. Je ne l'ai pas fait exprès.

La phrase pourrait aussi bien résumer le moment présent ou sa vie tout entière.

Rich le fixe d'un regard dur, puis soupire. Ses traits se radoucissent.

— Je sais.

— Va rejoindre tes invités. Tu ne peux pas louper ton propre mariage. Ça va aller pour moi.

— Casey est partie te chercher à boire. Une petite pause n'est pas de refus, de toute façon.

Ils se taisent un instant. Le bureau exigu sent le renfermé et le chien. Des piles de paperasses envahissent la pièce. Silver a du mal à imaginer que quelqu'un puisse réussir à travailler là-dedans, mais en même temps, que connaît-il du travail de bureau ? Ou du travail tout court.

— Hé, au fait, félicitations, dit-il.

— Merci, fait Rich avec un sourire malicieux.

— J'ai cru que j'étais mort.

— Tu n'es pas passé très loin.

Silver sourit avec gravité. Il a fait son temps, il le sent.

— Il y a plein de médecins parmi les invités. Pourquoi c'est toi qui t'occupes de moi ? Tu devrais être là-bas en train de t'amuser.

Rich lui décoche un regard bizarre.

— Parce que tu fais partie de la famille. Tu es un emmerdeur de première, mais tu fais partie de la famille.

Silver hoche la tête. Il le cognerait volontiers. L'envie ne lui a pas passé. Peut-être que vouloir infliger une souffrance, quelle qu'elle soit, à l'homme dont votre ex-femme est amoureuse ne vous quitte jamais, même si cet homme est bon. Malgré tout, Silver perçoit toute la générosité, sincère et naturelle, dans la remarque de Rich, qui l'inclut dans une famille qu'il n'a plus le droit de revendiquer comme sienne. Silver n'aime pas inspirer de la pitié, il est capable de bien des choses pour éviter de susciter tout ce qui s'en approche. Or il sent qu'en dépit de sa mauvaise conduite assidue, Rich aimerait être son ami et, pour une raison qui lui échappe, cette idée d'apparence saugrenue l'emplit d'un sentiment qu'il pourrait, si on insistait, définir comme l'espoir.

La porte du bureau s'ouvre à la volée et Casey entre, un verre d'eau à la main.

— Salut. Comment va le patient ? demande-t-elle à Rich.

— Il respire, répond celui-ci en lui déposant un baiser sur la joue. Que fait ta mère ?

— Elle circule.

Rich et Casey échangent un sourire entendu. Ces deux-là ont créé leur propre langage. Silver ressent ce vide familier lui faire un pincement au cœur.

— Je vais voir où elle en est, annonce Rich avant de se tourner vers Silver. Normalement, demain, nous partons à Turks et Caïcos. Mais je serais heureux de décaler le départ d'un jour ou deux si tu acceptais que je t'opère.

— C'est très aimable à toi, Rich.

— J'ai besoin de savoir aujourd'hui.

— Je comprends. Merci.

Rich hoche la tête et quitte le bureau.

Casey vient s'asseoir à côté de Silver.

— C'est un brave type, observe-t-il.

— Ouais. Comment te sens-tu ?

— Embarrassé, comme il se doit.

— On t'effacera des vidéos.

— Quand je pense que j'essayais de me faire tout petit….

Casey sourit et lui tend le verre d'eau.

— Que fais-tu quand tu cherches à te faire remarquer ?

Silver esquisse un rictus et boit une longue gorgée. Immédiatement, il est secoué d'un renvoi et recrache en toussant violemment.

— Merde ! C'est quoi, ce truc ?

— Vodka glace.

Il se racle la gorge et halète, la trachée en feu.

— Putain, Casey. J'étais inconscient il y a encore cinq minutes.

— Je sais. J'ai pensé qu'un peu de gnole te serait utile.

Il la contemple à travers ses yeux embués par l'ingestion brutale d'alcool.

— Pourquoi ?

— Parce qu'il est temps de prendre une décision.

— Qui doit décider ? Toi ou moi ?

Elle le considère avec le plus grand sérieux, et il entrevoit la femme redoutable qu'elle va devenir.

— Les deux.

Il lui prend la main et l'attire contre lui.

— Tu m'as manqué.

— Quand ?

— Tout le temps.

Il la sent vibrer contre lui et, quand il tourne la tête pour la regarder, il est surpris de voir qu'elle pleure.

Être un meilleur père.

Devenir adulte.

Tomber amoureux.

Il comprend que le tout ne fait qu'un, que tout est lié et concerne cette splendide jeune fille dont il ne mérite pas la présence à ses côtés, et dont les grosses larmes laissent une trace discrète sur l'étoffe satinée de sa robe.

— Tu savais que ta mère était demoiselle d'honneur le jour où je l'ai rencontrée ?

Casey se tourne vers lui, intriguée.

— Non. En général, tu évites de demander à tes parents divorcés comment ils se sont rencontrés.

— Tu veux que je te raconte l'histoire ?

Elle appuie la tête contre son épaule.

— Oui, s'il te plaît, dit-elle d'un filet de voix si aiguë qu'elle semble avoir de nouveau sept ans.

Donc, il lui raconte. Et ensuite, ils décident.

CHAPITRE 55

Silver est installé derrière sa batterie ; il fait faire un peu d'exercice à son matériel. Il a monté deux grosses caisses, comme à chaque fois qu'il cherche à transpirer. Calé sur un quatre temps, il se déchaîne sur le tom basse et sème des breaks à tout-va en savourant le bruit mat de ses battes sur la peau des grosses caisses. Il ne sent plus vraiment ses mains ; la gauche roule et glisse sur la caisse claire tandis que la droite égrène des rythmes distincts sur la cymbale. Il démultiplie les tempos sans réfléchir, il commence ses fills avec trois mesures d'avance si bien que le temps qu'il enclenche son crescendo, ils ont déjà raconté leur propre histoire. Il s'émancipe du tempo, le garde en tête pendant qu'il se lance dans une séquence compliquée de ralenti, puis le rattrape d'un coup et sans un accroc. Il peut passer des heures à jouer ainsi, à garder le tempo, sans accompagnement ni public, seul avec le rythme. Les années passées derrière le fracas des cymbales lui ont valu son acouphène ; ce n'est que derrière sa batterie qu'il peut noyer le sifflement dans ses oreilles.

Il se déchaîne jusqu'à atteindre ce lieu où plus un son n'existe, où il est entièrement immergé dans le rythme. C'est là, dans ce lieu idéal, qu'il a toujours trouvé la paix. Maintenant, il joue avec une intensité féroce et, attentif à chaque coup, chaque battement, il se concentre pour les intérioriser. Ce pourrait être la dernière fois qu'il a l'occasion de s'asseoir derrière son instrument.

Il a déjà commencé à se rendre fou avec ce genre de pensées. Il est environ 17 heures, et il tourne en rond dans son appartement, comme il le fait depuis sept ans. Demain, peut-être qu'il sera mort. En l'espace d'une semaine, l'appartement aura été repeint, un autre pauvre type aura investi les lieux et, le soir, s'endormira bercé par le grondement de l'autoroute en se disant, pour se rassurer, que la situation n'est qu'un contretemps mineur, temporaire. Il y a pas mal de changements au Versailles, et qui interviennent toujours du jour au lendemain. Il se représente Jack et Oliver allongés au bord de la piscine, Jack qui mate les étudiantes, Oliver qui fait la sieste, et entre eux deux, tel un mémorial, sa chaise longue vacante.

Il sort se balader au moment où le soleil se couche. Il y a un brin de fraîcheur dans l'air, il est à peine perceptible, mais Silver, lui, sent approcher le fantôme de l'automne. Dans un accès de sensiblerie, il salue d'un signe de tête tous les passants qu'il croise et répond à tous les sourires qu'on lui offre. Il aimerait qu'on se souvienne de lui, et l'idée que ce ne sera pas le cas le panique. Maintenant qu'il a décidé de vivre, il est terrifié à la pensée de mourir. Il est douloureusement attentif à chaque battement de son cœur, il se demande si c'est le bon – celui qui va déchirer son aorte et noyer ses organes dans le sang. Quand il s'aperçoit qu'il a oublié de se raser, il se demande aussi si on rase les morts. L'idée d'être enterré avec des joues pas nettes est déconcertante.

À un croisement, juste avant le quartier des affaires, il bifurque dans une rue bordée de maisons mitoyennes. Lily l'attend assise sous son porche, en compagnie d'un chien qui n'est plus tout jeune. Elle lui sourit tandis qu'il vient à sa rencontre ; ce n'est pas le sourire radieux qu'un jour, espère-t-il, elle lui réservera, mais ça reste un sourire chaleureux et bienvenu.

— Bonjour, dit-elle en descendant les marches du perron.

Il se demande s'ils en sont déjà au stade où ils doivent s'embrasser pour se saluer, puis, après une brève hésitation, se souvenant qu'il sera peut-être mort demain, il se penche pour lui planter un baiser sur les lèvres, avec douceur, mais détermination. Sentant sa bouche s'entrouvrir au contact de la sienne, il comprend qu'il a fait le bon choix et du coup, il laisse ses lèvres là où elles sont pendant un petit moment, jusqu'à ce que le besoin d'oxygène devienne impératif.

Elle l'étudie d'un air inquisiteur.

— Alors, quoi de neuf et d'excitant ?

— Je ne veux pas mourir.

— Très bien, parce que la capacité à respirer est pour moi une qualité indispensable chez un homme.

— Ouais. Bon, je ne peux pas vraiment rester. Je voulais juste te dire que je vais me faire opérer. Et que je n'ai pas arrêté de penser à toi.

Elle hoche la tête et lui prend les mains.

— Je sais qu'on vient juste de se rencontrer, mais tu as des gens autour de toi ?

Il avait vu juste, la concernant. C'est agréable de ne pas se tromper sur un sujet pareil.

— Oui, dit-il.

— OK, parce que sinon, je suis là…

— J'apprécie. Mais je pense que je dois régler ce problème seul. Je suis venu te dire que c'est pour cette raison que tu seras sans nouvelles de moi pendant quelques jours. En revanche, si tu es partante, j'aimerais vraiment t'appeler, une fois rétabli.

Elle le fixe en lui souriant.

— Je suis partante.

— Parfait.

Il l'embrasse à nouveau et il se sent brièvement renaître lorsqu'elle lui effleure la joue du bout des doigts. Il s'écarte et, bêtement, lui baise la main avant de reculer pour de bon. Elle éclate de rire.

— Tu n'as vraiment pas l'ombre d'un tour dans ta manche, hein ?

— C'est peut-être là ma force.

— En tous les cas, tu t'en sors bien.

Il sourit et la contemple une dernière fois. Il sait très peu de choses sur elle ; cette histoire pourrait se terminer en queue de poisson, ou au contraire démarrer en trombe, il pourrait aussi mourir demain et ne jamais en connaître le fin mot. Mais pour l'heure, en cet instant, il se sent tomber amoureux et cette sensation à elle seule est un petit miracle.

— Hé ! le hèle-t-elle alors qu'il s'éloigne déjà. Ça va aller ?

Il se retourne et lui sourit.

— C'est ce qui est prévu, oui.

CHAPITRE 56

Pour lui réparer le cœur, on doit d'abord lui raser l'entrejambe. Il ne l'avait pas vue venir, celle-là. Il est allongé sur le lit pendant qu'une infirmière asiatique s'affaire, d'abord avec une tondeuse électrique, puis avec un rasoir jetable. L'ensemble du processus lui fait l'effet d'une profanation. L'infirmière a enfilé un masque chirurgical, une mesure qu'il juge un peu extrême, mais à laquelle il ne trouve rien à redire dans la mesure où il ne tient vraiment pas à savoir à quoi cette femme ressemble.

Il repose la tête sur l'oreiller et compte les battements de son cœur. Hier, il a regardé sa femme épouser un autre homme. Aujourd'hui, le marié va enfoncer dans son entrejambe rasé de frais un cathéter orthoscopique qu'il guidera jusqu'à son aorte endommagée pour la colmater, pile au bon endroit, avec une endoprothèse vasculaire. Si l'opération est correctement menée, elle lui sauvera la vie. Dans le cas contraire, il n'y survivra sans doute pas. Hier, comme un imbécile, il s'est livré à quelques recherches sur Internet, où il a découvert que le taux de mortalité pour cette intervention est d'environ trente pour cent. Pas terrible comme ratio.

D'ailleurs, en ce moment, son sixième sens lui souffle qu'il va mourir aujourd'hui, c'est sûr. D'où ces tremblements incontrôlables. Cela étant, le fait qu'il se trouve dans une salle stérile, frisquette, avec l'entrejambe à l'air et la queue rabattue d'un côté, tel un appendice atrophié, sous une protection en papier, y est peut-être pour quelque chose. Il se demande s'il est l'objet d'une punition. Il lève les yeux au plafond ; Dieu n'est nulle part en vue. Mais peu importe, une petite prière, un truc simple et bien senti, juste pour lui faire savoir qu'il aimerait mieux agir à l'avenir, ça ne peut pas nuire.

Casey est assise dans sa voiture, sur le parking, incapable de contrôler le tremblement de ses jambes. Elle consulte sa montre. Ils doivent être en train de le préparer, à l'heure qu'il est. Hier soir, elle lui a rendu visite dans sa chambre, et elle l'a trouvé allongé sur le flanc, tout grelottant.

— Ça va ? a-t-elle demandé.

— Pardon, lui a-t-il répondu.

Elle s'est allongée à ses côtés et a posé son bras sur lui pour essayer de l'apaiser.

— Ça va aller, papa.

Elle n'était pas mécontente qu'il ait la trouille – ça lui a donné quelque espoir –, mais c'était déstabilisant de le voir dans cet état.

Elle prend une profonde inspiration et regarde par la vitre. Le ciel est couvert et il y a de la bruine sur le pare-brise. Quand la pluie va arriver, ce sera le déluge. Elle ferme les yeux et s'autorise une larme, une seule.

Rich entre, déjà revêtu de sa blouse, et vérifie ses fonctions vitales sur les moniteurs.

— On m'a rasé les couilles, l'informe Silver.

— On t'a rasé le pubis, corrige Rich en consultant sa courbe de température. Gratis. Tu es prêt ?

— Non.

— Eh bien, moi, je le suis, et c'est ce qui compte.

Silver sourit.

— Tu parais sûr de toi.

— Le contraire serait mauvais pour les affaires, rétorque Rich en souriant. (Il repose le tableau de température et lui tapote l'épaule.) L'anesthésiste va passer te voir dans quelques minutes.

— Hé, Rich…

— Ouais ?

— Je ne veux pas mourir.

Rich lui adresse un sourire chaleureux.

— Je suis heureux de te l'entendre dire.

Casey, agrippée au volant, observe un vol d'oies sauvages. Puis elle essuie ses paumes moites sur le cuir du siège et coupe le contact. C'est l'heure. Sitôt descendue de voiture, elle sent l'humidité pénétrer par tous ses pores. Au loin, on devine un grondement de tonnerre, et ce son l'apaise. Un grand soleil, aujourd'hui, serait intolérable.

Elle verrouille la voiture, commence à traverser le parking et s'arrête net en apercevant sa mère qui attend devant l'entrée.

— Salut, dit Denise.

— Je pensais que tu serais à l'hôpital.

Denise la contemple avec tant de tendresse que Casey se décompose.

— Silver m'a demandé de le remplacer.

Casey s'accorde un temps de réflexion.

— Il va s'en sortir, n'est-ce pas ?

— Oui, je pense.

Denise lui glisse un bras autour des épaules et dépose un baiser sur le sommet de son crâne.

— Prête ?

Casey incline la tête contre sa mère et inspire. Puis, elle lui prend la main, et elles entrent.

L'anesthésiste est un type maigre et pas causant, avec des cheveux poivre et sel que Silver trouve rassurants. Il installe les divers goutte-à-goutte en fredonnant distraitement.

Jack et Oliver entrent une dernière fois pour lui souhaiter bonne chance. Oliver parle à voix basse pendant que Jack fait les cent pas dans la chambre et tripote tous les équipements.

— Tu veux bien te tenir tranquille ? lui ordonne Oliver. Tu nous donnes le tournis.

— Désolé. Les hôpitaux me portent sur les nerfs. Tu es sûr que tu peux gérer ?

— Ça va aller, l'assure Silver. Je n'ai pas grand-chose à faire. Ils me réveilleront une fois que ce sera fini.

— Fais au moins en sorte de ne pas mourir, lui rétorque Jack.

Oliver se retourne et le dévisage avec incrédulité.

— Super, ton conseil, Jack. Pourquoi n'irais-tu pas m'attendre en bas ?

Jack hoche la tête et tourne les talons, puis se ravise et vient déposer un petit baiser sur le front de Silver.

— Maintenant, je sais que je suis en train de mourir, observe Silver avec un grand sourire.

— Ta gueule.

— On se revoit de l'autre côté.
— C'est ça.
Jack le dévisage, un long moment, puis quitte la chambre précipitamment. Oliver se tourne vers Silver avec un sourire contrit.
— Il se fait du souci pour toi, c'est tout.
— Je sais.
— Je ne vais pas t'embrasser.
— J'apprécie.
— On va attendre en bas, dit Oliver en lui tapotant la jambe.
Silver, bouleversé, est obligé de détourner le regard tandis qu'Oliver quitte la chambre.

Silver est allongé sur un lit qu'on fait rouler le long du couloir, escorté de part et d'autre par ses parents, comme s'ils le conduisaient à l'autel pour le marier. Elaine lui sourit, mais il voit à ses yeux combien elle est fatiguée et tendue. Ruben récite discrètement une prière à voix basse. Silver sait, sans avoir besoin de l'entendre, qu'il s'agit du Psaume 121. De tout temps, en situation de crise, celui-ci a toujours été le préféré de son père.
Je lève les yeux vers les monts : d'où viendra mon secours ?
Silver sent les roues tourner sous lui, et les cahots imperceptibles chaque fois qu'elles franchissent un raccord de linoléum.
Le secours me vient du Seigneur qui a fait le ciel et la terre.
Ils sont parvenus au bout du couloir. Ses parents ne peuvent pas l'accompagner plus loin. Elaine se penche pour l'embrasser et lutte pour retenir ses larmes.
— Sois sage, lui dit-elle.

— Compte sur moi, répond-il en souriant.

Son père termine la récitation du psaume et dépose un baiser sur sa joue. Silver sent qu'il a les larmes aux yeux.

— Je suis désolé, dit-il. Pour tout.

— Tout va bien se passer.

— Il est là ?

— Qui ? demande Ruben en le regardant.

— Dieu.

Ruben sourit.

— Il est quelque part pas loin.

Les infirmières poussent Silver à travers les portes à battants et bien qu'il ne puisse pas se retourner, il n'en voit pas moins ses parents se rapprocher l'un de l'autre pour le regarder s'éloigner.

Juste avant qu'on lui pose le masque sur le visage, Silver embrasse du regard le bloc opératoire, cette salle stérile, métallique. Pour certains, ce sera la dernière qu'ils verront. Ils devraient faire des efforts pour la rendre plus agréable, songe-t-il. Un peu plus chaleureuse.

Et puis, une fois le masque en place, Rich se penche au-dessus de lui.

— Ça va, Silver ?

Silver hoche la tête, puisqu'il ne peut plus parler.

Rich lui tapote la poitrine.

— Bien. À tout à l'heure.

L'anesthésiste se matérialise à ses côtés et tripote un bouton à côté de sa tête.

— Contentez-vous de respirer profondément, c'est tout, lui dit-il, et Silver voit la pièce scintiller, s'effacer en fondu et disparaître dans les ténèbres.

Et le voilà à côté de la petite maison où il habitait avec Casey et Denise. Il regarde ses pieds nus sur la pelouse mouillée et il sent la fraîcheur et l'humidité sous ses orteils. Deux oiseaux passent à tire-d'aile, et bien plus haut, bien trop haut pour qu'il puisse l'entendre, un avion traverse le ciel en laissant dans son sillage une traînée blanche.

Il entend un rire ; il se retourne et voit Casey, six ans, émerger de l'arrière-cour et contourner la maison en courant.

— Te voilà ! s'écrie-t-elle d'une voix vibrante d'excitation. Je t'ai trouvé.

— Tout à fait, répond-il en lui souriant.

— C'est ton tour. Viens avec moi.

— Où ça ?

— Aux balançoires ! répond-elle en lui décochant un regard légèrement impatient, comme s'il était en train de la faire bisquer.

Elle porte un tee-shirt rouge, un short blanc d'où dépassent ses gambettes éraflées et des tongs blanches. Elle a toujours adoré les tongs et le claquement qui accompagne chaque pas. Il s'en souvient, maintenant. Il se souvient de tout.

Il n'est pas vraiment là. Il le sait. Et pourtant, d'une certaine façon, il y est. Il distingue les gouttes d'eau sur les brins d'herbe, il voit les traces de jaunissement sur le revêtement blanc de sa maison, il entend des gamins passer à vélo dans la rue en s'apostrophant. Au loin, on perçoit le carillon du marchand de glaces qui fait sa tournée.

— Papa ?

Elle l'appelle papa. Évidemment. Puisqu'il est son papa.

— Quoi, mon bébé ?

— Viens !

Elle détale en courant, pour l'entraîner le long de la maison et des haies de rosiers en direction de leur petite cour baignée de la lumière orangée du couchant. Il se demande s'il est mort et si Casey est là pour l'emmener à sa prochaine demeure, ou si elle est simplement venue le ramener chez eux. Dans un cas comme dans l'autre, il sait que rien ne l'empêchera de la suivre à nouveau.

Il la rattrape, lui prend la main, se délecte de la façon dont elle enroule ses doigts autour des siens. Elle lève la tête et elle lui sourit. Il lui sourit, lui aussi.

— Allons-y, dit-il.

REMERCIEMENTS

J'adresse ma plus sincère gratitude à :

Mon père et ma mère, qui ont toujours été là, mais le sont plus que jamais maintenant. Ben Sevier, pour ta patience et tes conseils – tu as sans conteste mérité ton chèque pour celui-là. Simon Lipskar, pour ton expertise, ta sagacité et ton soutien sans faille. Kassie Evashevski, Tobin Babst, David Park et Fred Toczek, qui ont assuré les arrières. Les talentueux et infiniment généreux Laura Dave et Josh Singer pour leur indispensable amitié et leurs conseils. Le docteur Abraham Schreiber pour toutes les consultations médicales, et Greg Yaitanes, pour ma nouvelle photo officielle.

MIXTE
Papier issu de
sources responsables
FSC www.fsc.org FSC® C003309

10/18, une marque d'Univers Poche,
est un éditeur qui s'engage pour
la préservation de son environnement
et qui utilise du papier fabriqué à partir
de bois provenant de forêts gérées
de manière responsable.

Impression réalisée par

CPI
BRODARD & TAUPIN

La Flèche (Sarthe), 3004271
Dépôt légal : mai 2014
X06097/01

Imprimé en France